Cenicienta
NO PERTENECE
A NADIE

RACHEL BELS

Cenicienta
NO PERTENECE
A NADIE

Colección Princesas Valientes
Más de 90.000 lectores

Inspirado en el clásico de *La Cenicienta*

El 10% de los beneficios irán destinados al **proyecto Princesas Valientes**
más información en www.rachelbels.com

Todo el material utilizado para este libro es **ecológico**
con certificado FSC; libre de cloro elemental
proveniente de bosques gestionados de manera responsable
y las tintas son de base vegetal, cuidando el medio ambiente.

Título: *Cenicienta no pertenece a nadie*
© 2019, Rachel Bels

De la edición y maquetación: 2019, Romeo Ediciones
De la composición de la cubierta: 2019, Romeo Ediciones
De la ilustración de la portada: 2019, Zsófia Mészáros (zsomeszi)

Primera edición: julio 2019

ISBN: 978-84-17781-67-5
Depósito legal: TF 587-2019

A mamá.
Por enseñarme que las mujeres somos libres;
por ser el mejor ejemplo de ello.
Te quiero.

Y entender que:
ser valiente en un mundo de hombres
es ser mujer.
ESCANDAR ALGEET

Putero.
Dicho de un hombre que mantiene relaciones sexuales
con prostitutas frecuentemente.

4 de cada 10 hombres en España son puteros.

Más del 90% de mujeres que ejercen la prostitución
son víctimas de trata.

Prólogo

amás olvidaré el primero.

No creo que ninguna trabajadora sexual olvide jamás a su primer cliente. Más aún, si ejercer esta «profesión» no es algo que hayas elegido hacer *motu proprio*. En mi caso, concretamente, he sido coaccionada a ello.

Mi vida, tal y como la conocía, no volvería a ser la misma.

Llegué a la habitación de un céntrico hotel de Madrid con una serenidad que ni yo misma creí que fuera posible, pero es que, en el fondo, seguía pensando que se trataba de una pesadilla de la que despertaría en algún momento. Ingenua de mí.

Lo mismo daba el esculpido cuerpo de gimnasio de mi joven cliente, sus vivaces ojos azules y su sonrisa de anuncio: todo lo que tenía de bonito por fuera, lo tenía de mezquino por dentro. Lo gracioso es que en cuanto apareció en la habitación suspiré levemente aliviada al descubrir que no se trataba de un octogenario al que me vería obligada a chuparle la polla. No duró mucho ese sosiego, en cuanto el Niño Rico posó su repulsiva mirada sobre mí, un escalofrío espeso y oscuro me atravesó la espina dorsal y supe, instantáneamente, que aquello no iba a acercarse siquiera a mi peor pesadilla.

Sería peor.

Un infierno.

En otro escenario habría considerado aquel encuentro una violación sin dudarlo, supongo que el Niño consideraba que haber pagado doscientos euros le daba derecho a tratarme con cierta agresividad llegando incluso a la violencia, a pesar de que en varias ocasiones le advertí de que me hacía daño. El «no» nunca salió de mi boca, porque sabía lo que me estaba jugando, pero tenía bastante claro que, si lo hubiese dicho, él no se habría detenido. Al igual, habría incrementado su excitación, vete a saber.

La realidad es que fue una violación, porque yo nunca quise aquello.

No lloré.

No le pedí que parara.

No cerré los ojos y recé para que pasara lo más rápido posible.

En ese instante, mientras me penetraba desde atrás con fiereza, la chica que era se desvaneció como el sonido que hizo la puerta de la habitación al cerrarse cuando el Niño Rico se marchó lanzando un billete de cincuenta euros sobre la cama, dejándome una propina que nunca quise. Que nunca pedí.

Me duché, me vestí y salí de aquella habitación consciente de que mi vida había cambiado para siempre.

Porque, ese día, me convertí en una esclava.

Capítulo 1

Tenía la esperanza de que los doce centímetros de los *stilettos*, sumados a mi metro setenta y cinco, lograrían aportarme algo de seguridad: es algo que suelo creerme bastante a menudo, quizá por eso y porque me apasionan los zapatos, siempre visto con tacones altos. Pero ahora… no estoy tan segura. ¿Seguridad? Estoy más cerca de ser una inconsciente de metro ochenta, que una mujer valiente con mucho estilo. Sin embargo, aquí estoy, jugándome el cuello.

Con una opresión de pánico aferrada a la boca de mi estómago, me giro con discreción (o al menos, lo intento), oteando toda la calle sin dejar un resquicio por escrutar. Mis pulsaciones, en consonancia con las imágenes que proyecta mi mente, laten desbocadas bajo mis venas, y todo a causa de un solo pensamiento, el de un recuerdo: me parece estar oliendo en este instante el hedor que desprende la carne humana al quemarse.

Bien es cierto que, si mi situación actual me parece una pesadilla, la cosa podría empeorar, ya he sido advertida gráficamente de ello. Aun así, lo he hecho, sabiendo las consecuencias que puede suponer este acto de… ¿desesperación?

Afortunadamente, y tras mi rápida visual, compruebo que nadie me sigue.

Respiro hondo tratando de calmarme, recordando que es miércoles y, por lo tanto, estoy en mi «día libre».

—¿Va a pasar?

Un señor muy amable que abandona la cafetería sujeta la puerta trayéndome de vuelta a la realidad; aunque para mí este instante sea más surrealista que algo cotidiano y banal.

—Gracias —respondo accediendo al local, dejándome embriagar por el aromático olor a expreso.

¡Qué placer! Adoro el olor a café tostado y, por escasos segundos, agradezco haber quedado en este lugar. Pero mi entusiasmo dura lo que tardo en levantar la vista y… verle.

Él.

Sentado en la misma mesa de siempre, evocando los recuerdos de los días más felices de mi vida.

Mi corazón se salta un latido, mis piernas parecen haberse vuelto de gelatina y las palabras «nunca más» se afianzan a cada paso que doy.

Como una emboscada enemiga, reminiscencias como la sensación de quedarme dormida sobre su pecho desnudo asaltan a mi mente sin que pueda hacer nada por evitarlo. Sin que, quizá, no quiera hacer nada por impedirlo. Jamás me permito dejarme embaucar por esta clase de sentimientos. Bueno, ni por esa, ni por ninguna otra. Hoy es una excepción, como lo son los miércoles en mi vida, una anormalidad y un privilegio del que se supone debería estar agradecida. Al igual, y si esto no sale como me gustaría, echaré en falta estos miércoles de «libertad».

Su boca esboza una entrañable sonrisa despertando sensaciones bajo mis costillas, algo cercano a una suave caricia. Se levanta, con esa elegancia innata, para recibirme con la educación que los buenos colegios de pago y una familia de alta alcurnia como la suya podrían otorgarle. Su mano derecha, esa que siempre apartaba mi pelo a un lado antes de besarme, se desliza ahora sobre mi ajustada falda lápiz hasta detenerse sobre la parte más baja de mi espalda.

—Ce…

—Hola, Miguel —le corto, evitando que el sonido de mi nombre en su boca consiga derrumbarme.

En cuanto aparto mis labios de su mejilla embriagada por un masculino olor a *aftershave*, mis ojos ascienden rápidos hasta alcanzar los suyos, que me contemplan como si no hubiese pasado un día desde la última vez que nos vimos. Pero esa tibia sonrisa que ilumina su rostro termina por evaporarse a causa de un plato que se estrella contra el suelo en el extremo opuesto del local.

Me sobresalto de manera inevitable, y es que vivo en un estado de alerta casi permanente.

Observo a nuestro alrededor con urgencia, degustando a la vez el ácido sabor del miedo sobre le lengua. Sí, el miedo tiene sabor, olor… puede verse, tocarse y, lo peor de todo, se puede escuchar.

Miguel se sienta y procedo a hacer lo mismo, frente a él, ignorando el mal sabor de boca, tragando para ello con fuerza.

Se instala entre nosotros un silencio más que evidente en el que ambos aprovechamos para escrutarnos con precaución, esa que precisamente no tuvimos en el pasado. Rectifico, que no tuve yo.

—Estás preciosa, como siempre.

—Gracias. Tú… estás igual. —Y sí, eso en realidad ha sido un cumplido.

Idéntico a la última vez que le vi. Hasta su ropa es similar a la de aquel día: camiseta blanca con cuello de pico y vaqueros oscuros de marca. Cierto es que el dolor que irradiaba se ha desvanecido, aunque aún hay rescoldos, es algo que ni el tiempo va a poder hacer desaparecer, de eso estoy más que segura.

—¿Qué desea tomar?

Levanto la vista y me encuentro a una joven camarera muy sonriente. Me quedo contemplándola, con añoranza, apenas rondará los veinte años. Esa edad. En la que empieza a estar superada la terrible adolescencia y estás de camino a la edad adulta, decidiendo el rumbo que quieres que tome tu vida: ¿qué persona quieres ser? ¿A qué te quieres dedicar? ¿Un viaje sabático, quizá? El momento ideal para equivocarte y volver a intentarlo. Empiezas a ser consciente de que eres la dueña de tu vida para hacer con ella todo lo que imagines. Te sientes... libre.

—Un expreso doble —responde Miguel finalmente por mí debido a mi repentino mutismo, haciéndolo además con naturalidad, como todas aquellas veces que veníamos a este lugar y, sentados en esta misma mesa, pedía por mí. Ambos parecemos incomodarnos en cuanto sus palabras escapan de entre sus labios sin premeditación—. Perdona, quizá querías otra cosa.

—No, un expreso está bien, gracias.

La camarera se aleja dejándonos en el mismo punto en el que nos encontrábamos justo antes de que apareciera: observándonos, tratando de encontrar quizá las «siete diferencias». Él apenas ha cambiado, con su carita redonda, suave y lampiña; su sonrisa a un paso de entrar en escena (como «el niño» risueño y encantador que siempre ha sido), y qué decir de ese pequeño tupé castaño envuelto sobre sí mismo, siempre retando a la gravedad. Sus cejas pobladas y ligeramente enarcadas parecen estar buscando algo en mí que le recuerde a aquella chica que fui, esa de la que se enamoró. Pero yo, a diferencia de él, soy una persona completamente distinta y no creo que tarde en darse cuenta, si acaso no lo ha hecho ya.

Mi mirada se desvía hacia sus manos, de dedos largos y de líneas limpias, que se concentran eficientemente en alinear los objetos de la mesa: su taza de café, la cucharilla, el servilletero, su móvil... Conozco a este hombre lo suficiente como para saber que está buscando las palabras adecuadas. Quiere decirme algo.

Clava sus ojos en mí.

—Reconozco que recibir noticias tuyas después de cómo terminaron las cosas entre nosotros ha sido... inquietante.

—Lo sé —admito sin apartar la mirada de sus ojos castaños.

Una disculpa se arremolina entre mis labios, pero aprieto con fuerza. Ahora, aquí, frente a él, ya no me parece tan buena idea este acto de valentía que me ha empujado a acordar esta cita. No me considero una persona impulsiva que haga las cosas sin pensar, y haberle escrito un mensaje después de tres años sin hablarnos no ha sido un acto pasional o irreflexivo. La razón para dar este paso lleva madurando en mi cabeza un tiempo que podría considerarse casi incalculable.

—¿Sigues trabajando en aquel atelier? —se interesa, cambiando radicalmente de tema.

—No.

Mi respuesta parece sorprenderle.

—¿Dónde estás ahora entonces?

—Voy por mi cuenta. —Ya me gustaría a mí—. ¿Cómo va la empresa?

Opto por ser yo la que desvíe el tema en esta ocasión, no sé cuál es el número máximo de mentiras que soy capaz de contarle al hombre que más he querido en mi vida y, honestamente, no quiero descubrirlo esta tarde.

—Bastante bien, de hecho, vamos a abrir dos filiales más para el año que viene.

—Enhorabuena, me alegro mucho por ti —añado con todo el entusiasmo que me siento capaz de demostrar, que es bastante pobre, soy consciente. De verdad que me alegro por él, se merece todo lo mejor, a pesar de que no lo demuestre con una gran sonrisa o una emoción exclamada al aire, pero es que nunca he sido una persona muy efusiva, y lo vivido estos últimos años no es que me haya ayudado a mostrarme mucho más abierta que antes—. Estás consiguiendo lo que siempre quisiste.

Observo cómo desvía levemente la mirada un segundo antes de volver a clavarla en mí con una intensidad tan honesta como las palabras que decide pronunciar a continuación.

—El futuro que quería se esfumó el día que desapareciste de mi vida.

«El mío también, Miguel».

La camarera aparece muy oportuna dejando la humeante taza de café frente a mí, acompañada de su correspondiente onza de chocolate negro. Abro el envoltorio transparente que envuelve el cacao y lo dejo caer sobre mi lengua, justo antes de darle un sorbo al café, permitiéndome cerrar un instante los ojos para absorber todo el placer que esta mezcla logra producirme. Dejando, ya de paso, que el peso de sus últimas palabras vaya desvaneciéndose lo suficiente como para fingir no solo que no las he escuchado, sino que no me han afectado lo más mínimo.

—Me alegra saber que hay cosas que no cambian.

Separo los párpados rápidamente encontrándome con una añoranza que no es buena para ninguno de los dos.

Si quiero hacer esto, tiene que ser ya.

—Miguel, escucha —llamo su atención enderezándome e inclinándome levemente hacia delante para acodarme sobre la mesa—, la razón de que me haya puesto en contacto contigo…

Su teléfono móvil comienza a vibrar irrumpiéndome.

—Perdona, tengo que contestar.

—Claro.

Espero que esto no sea un aviso divino para que abandone lo que estoy a punto de hacer; tampoco es que yo crea en Dios ni nada por el estilo. Aun así, mi primer instinto es escrutar de nuevo el local antes de meter la mano dentro del bolso y envolver en un puño la razón de este reencuentro. Dejo la mano sobre el muslo y espero a que termine su conversación aprovechando, ya de paso, a reunir la fuerza que necesito para contárselo de una vez por todas.

Al fin va a conocer la verdad.

—Sí, ya sé que tienes la prueba del vestido esta tarde, cariño, por eso no te he llamado, para no molestarte. Mi madre me ha dicho que lo de las flores está solucionado, así que no te preocupes por eso ahora.

¿Cariño? ¿Prueba del vestido? ¿Invitaciones?

He dejado de respirar, la imagen de Miguel, el amor de mi vida, casándose con otra mujer me ha dejado sin aliento.

¿Qué esperabas? ¡Sé realista, joder!

Me llevo el café a los labios y me lo bebo de un trago echando para ello la cabeza hacia atrás, como si en vez de mi mezcla favorita de arábica y robusta se tratase de un chupito de tequila que, la verdad, es lo que mejor me vendría en este instante.

—¿Te vas a casar? —me intereso en cuanto suelta el móvil sobre la mesa, mostrando una curiosidad que se acerca más al interés cordial que a la sorpresa, ocultando con todas mis fuerzas los celos que esta información acaba de provocarme.

—El mes que viene.

—Enhorabuena.

Mi entusiasmo sigue pareciéndose al de una piedra.

—¿De verdad te alegras?

—Me alegra que seas feliz —miento, esbozando algo parecido a una sonrisa. ¿Las piedras pueden sonreír?

Mis palabras provocan un escalofriante silencio entre nosotros.

—Fui feliz, durante un tiempo, hasta que me rompiste el corazón de la forma más despiadada.

Lo reconozco, creo que me he precipitado acordando esta cita, no estoy preparada para esto. Ni de coña.

—Miguel, yo…

—¿Para qué querías verme? ¿Se trata de algún tipo de juego para comprobar si sigo enamorado de ti?

—¡No! ¡¿Qué?! —Vaya, parece que sí que soy capaz de mostrar algo más de emoción de la que pensaba—. Yo solo… Lo siento.

—¿Lo sientes? ¿Después de tres años vienes a decirme que lo sientes? ¡Esto es surrealista!

—Me temo que sí.

—¿Dónde quedó esa chica dulce, divertida y cariñosa de la que me enamoré?

Bajo la vista clavándola en mi mano derecha, antes de encontrarme de nuevo con sus doloridos ojos castaños, consciente de que hoy no va a ser el día que conozca la verdad. No se lo merece. No se merece que le haga esto ahora.

Suelto todo el aire justo antes de pronunciar unas palabras tan dolorosas para mí, que no he sido capaz de decirlas con anterioridad, precisamente, porque escucharlas fuera de mi cabeza hacen que sea real. Más aún.

—Esa chica murió hace mucho tiempo, Miguel.

Y esto, probablemente, sea lo más honesto que va a llevarse de este encuentro.

Se levanta visiblemente afectado apretando la mandíbula con fuerza, echando mano a su cartera para sacar un billete de veinte euros que deja caer sobre la mesa antes de decir lo que intuyo van a ser sus últimas palabras. Y por la tensión que muestra su rostro, dudo que vayan a ser como para enmarcar y colgar en la pared.

—Lo que más me jode de todo esto es que estoy a punto de casarme con una mujer maravillosa que me quiere profundamente y he venido aquí para reunirme contigo, esperando aún entender qué es lo que sucedió, y porque después del daño que me hiciste... —Se detiene esquivando mis ojos por un instante, para volver a clavármelos con fiereza y decisión—. Porque aún sigo queriéndote y soy incapaz de olvidarte.

Sin darme lugar a replicar nada se marcha, desapareciendo de nuevo de mi vida. Y yo no me giro, ya le vi hacerlo una vez, no creo que pueda soportar una segunda.

Contemplo la palma abierta de mi mano que descansa ahora sobre la mesa.

Nunca sabrá que yo también le quiero tanto como el primer día, del mismo modo que jamás conocerá el contenido de este *pendrive*.

Supongo que es mejor así.

—Perdona, ¿nos conocemos?

Levanto la vista e, instintivamente, llevo la mano al bolso tratando de ocultar en lo más profundo del mismo eso que me arrancó con crueldad de todo lo que era y también de aquello que quería llegar a ser.

Esbozo mi mejor sonrisa, esa que ya de tanta práctica casi parece natural, porque sí, claro que conozco a este hombre.

—Eres… Cenicienta.

Sí, esa soy yo. La jodida Cenicienta de este puto «cuento».

Capítulo 2

o he hecho nada, de verdad que no.

—   —¡¡Cállate!! —exclama golpeando con su enorme mano el volante—. ¿Cómo has contactado con él?

—Yo…

—¡¡Contesta!! —requiere impaciente.

—Compré un teléfono de tarjeta, le mandé un mensaje y luego me deshice de él. Becu, en serio, él no sabe nada.

—¿Qué le has contado?

—Nada, de verdad que yo no…

—Dámelo —me ordena atravesándome con sus acuciantes ojos negros a través del espejo retrovisor.

—¿El qué?

—¡¿Acaso te crees que soy estúpido?! El *pendrive*. Si es cierto que no se lo has contado lo debes llevar encima.

Ni siquiera voy a tratar de convencerle de lo contrario. Sabía a lo que me atenía quedando con Miguel, y después de cómo ha salido la cosa… tengo claro que no voy a volver a intentarlo; así que no me queda otra que resignarme y hacer todo lo posible para intentar salir de esta situación sin un rasguño, al menos, físicamente.

Hasta ahora no le he dado «razones» a Becu para que me ponga la mano encima o para que Lena le ordene ponérmela, y, la verdad, desearía seguir creyendo que eso va a seguir siendo así, no me apetece poner a prueba esos cien kilos de puro músculo repartidos a lo largo y ancho de este gigante de metro noventa.

Saco el pequeño dispositivo del bolso, el mismo que me entregó mi madrastra cuando todo esto empezó, y lo dejo caer sobre la palma de su mano un segundo antes de que apenas, sin esfuerzo, desintegre el objeto entre sus dedos, precediendo un silencio de lo más perturbador.

—No le digas nada, Becu. Por favor —le pido con la esperanza de que sea capaz de contemplar dicha opción.

—¡Pareces estúpida! ¡Estás pidiendo a gritos que Lena te mande con Horatiu! —Es escuchar el nombre de ese salvaje y, aunque no lo demuestre, mi cuerpo (interiormente) se encoge de puro terror—. ¿Acaso se te ha olvidado nuestra visita?

—Jamás podría olvidar aquel día —escupo asqueada.

Que crea que puedo olvidar algo como eso me molesta más incluso que el hecho de que me haya pillado con Miguel.

Fue exactamente tras abandonar el hotel en el que había estado con el Niño Rico. Me encontraba en alguna especie de estado de *shock* y, cuando quise darme cuenta, mis pies me habían llevado hasta la comisaría más cercana. Me quedé varios minutos en la puerta pensando qué hacer, sopesando mis opciones.

Lo que yo no sabía es que a partir de ese día dejaría de estar sola, y lo que conocía hasta entonces por libertad sería algo con lo que soñaría cada noche y cada día. Becu me pisaba los talones, junto con la Matriarca, como es conocida Lena, mi madrastra y la madame de la agencia Princess.

«Si no te he mandado antes con él ha sido por el amor que sentía hacia tu padre y porque prácticamente eres como una hija para mí. Llévatela». Le ordenó a Becu, quien era su chófer en aquel momento, además de mi sombra.

Me sentía como si estuviera colocada, irónico por otro lado teniendo en cuenta la causa que me ha traído hasta esta situación. Fue entonces cuando Becu me llevó a conocer a Horatiu, mejor conocido por el sobrenombre del Pirómano. ¿Qué por qué ese apodo? Fácil. Le gusta jugar con fuego, literalmente. Os invito a dejar volar la imaginación, cualquier cosa que se os pase por la cabeza, por muy descabellada que sea, es más que probable que ese sádico la haya hecho realidad.

Después de aquella visita, que me sirvió como advertencia, las ganas de acudir a la policía o de huir de mi situación se esfumaron ágiles, porque Lena consiguió lo que pretendía, que viera mi situación como un regalo, porque siempre puede ser peor, mucho peor.

—Aquella pobre chica… —murmuro con las imágenes de aquel desgarrador grito volviendo a mi memoria.

—Te estás jugando ser la siguiente.

—No, por favor, Becu —le ruego por primera vez en tres años—. Ha sido una estupidez, no volveré a hacer nada como esto. No me lleves con él, haré lo que sea. Lo que sea.

—Te lo has buscado tú misma, Ce.

Cierro la puerta de mi habitación temblando solo de imaginarlo.

No sé por qué, pero Becu ha cambiado de opinión en el último momento.

—No hagas que me arrepienta de mi decisión —ha dicho con voz grave antes de abandonar el coche tras aparcar frente a la puerta de la casa.

En un pulcro silencio hemos entrado: yo, directa a mi habitación; él, al despacho de Lena, y aunque me ha asegurado que no diría nada, me cuesta no sentirme intranquila. Nunca he sido especialmente confiada y, a pesar de que Becu siempre se ha portado bastante bien conmigo, no sabes cuándo alguien te la puede jugar.

Me dejo caer sobre el colchón, uno que a pesar de que haya vivido tiempos mejores y de que cada noche me clave un jodido muelle en la cadera, agradezco tener, más después de que Becu me haya hecho recordar cómo podrían ser las cosas para mí. Apreciar los pequeños detalles de mi vida es una de las cosas que he aprendido a hacer estos últimos años, más después de haber sido testigo de cómo viven las mujeres que han tenido la desgracia de caer en las garras del Pirómano; aunque, curiosamente, me siento igual de agradecida que culpable. No entiendo mi situación, pero la acepto. Sin embargo, la de esas mujeres… no tiene nombre. Bueno, sí, Horatiu Negrescu. Así que, dentro de lo malo, mi situación no es tan terrible.

Con la vista perdida en el descorchado techo pienso en Miguel. En lo guapo que estaba. En esa añoranza que ha despertado el reencontrarme con él. En que se va a casar. En que todavía me quiere. En que yo nunca he dejado de quererle.

Tocan a la puerta un segundo antes de girar el pomo y entrar sin darme tiempo a decir nada, como es lo habitual. Al fin y al cabo, aquí no soy más que una esclava a merced de Lena, esa mujer delgada como una espiga, de pelo cano y largo, que me mira bajo el umbral de la puerta con un semblante difícil de descifrar, pero eso no es nada nuevo, es la reina de la cara de póquer.

—¿Qué tal tu escapada?

Me incorporo con el pulso acelerado.

—¿Cómo?

Lo sabe. ¡Joder, lo sabe!

—Becu me ha dicho que has estado dando un paseo por El Retiro. ¿Hacía mucho que no salías en tu día libre?

Discretamente suelto todo el aire que contenía. Y es que, por norma general, suelo quedarme leyendo el día entero o dibujando hasta quedarme dormida. Deduzco que mi repentina salida ha despertado su curiosidad.

—Precisamente por eso, me apetecía dar una vuelta.

—¿Y lo has disfrutado?

—Sí.

Odio que me trate como si acaso sintiera algún tipo de aprecio por mí, como si le interesara lo más mínimo lo que sienta o piense. Me da náuseas.

En un sepulcral e incómodo silencio me observa, posando sus oscuros ojos azules sobre mí y, por un segundo, vuelvo a estar segura de que sabe lo que he hecho.

—Aquí tienes lo de este mes —pronuncia al fin tendiéndome dos billetes de cincuenta euros.

—Gracias.

—Mañana tienes un cliente muy importante a primera hora, así que no te acuestes tarde, no quiero verte con ojeras.

—Por supuesto.

Varios segundos después de que se haya ido me levanto para poder mover esta vieja cama de madera, procurando no arrastrarla para no hacer ruido, pero lo suficiente para poder levantar el tablón suelto de parqué y acceder a la pequeña caja de metal que escondo con todo el dinero ahorrado.

Con lo que acaba de darme, suman un total de tres mil veinte euros lo acumulado estos tres años, que es bastante, teniendo en cuenta que me paga mensualmente entre unos ochenta y cien euros, dependiendo de qué le dé por descontarme. Cada servicio que realizo es de doscientos euros, unos casi cinco mil euros cada mes, de los cuales Lena se lleva el setenta por ciento, que van íntegros a saldar mi deuda. El resto, se deducen en concepto de renta, comida, análisis de sangre, píldora y preservativos. Además de ropa, peluquería y esteticista, ya que mi aspecto, según Lena, tiene que ser impecable y, al parecer, hay que gastarse un buen dinero para ello. Así que lo que recibo yo al mes son unos míseros cien euros con suerte, ha habido más de una ocasión en la que tan solo he visto un billete de cincuenta por todo un mes de trabajo.

Solo realizo uno o dos servicios al día seis días a la semana. Podría hacer más y así ganar más dinero, pero Lena asegura no darme más clientes por mi bien, para que mi trabajo sea impecable. ¡Bruja mentirosa! Lo hace, primero, porque entonces hacía tiempo que me habría marchado, ya que podría haber saldado mi deuda, y segundo, porque junto con Gus, soy la puta esclava de esta cárcel de cristal y se quedaría sin criada. Afortunadamente ya me queda poco para salir de aquí; con lo que tengo ahorrado, tres meses son suficientes para ser libre y, por supuesto, llevarme a Gus conmigo.

Supongo que estáis pensando que faltándome tan poco cómo es que me la he jugado de ese modo poniéndome en contacto con Miguel. La realidad es que algo dentro de mí necesitaba darle una explicación, y, por alguna razón, hacerlo antes de que esto acabara, como si fuera una prueba de que no me alejé por propia voluntad. Lo que está claro es que nunca sabrá la verdad, porque cuando esto acabe, lo último que pienso hacer es ir a buscarle de nuevo.

Y ahora, pensándolo fríamente… La verdad es que podría haberla cagado, pero bien, y estos escasos tres meses se habrían convertido en una eternidad bajo el yugo del Pirómano. Y no solo eso, si en vez de Becu fuera el Tuerto el que me hubiese pillado a la salida de la cafetería, ya sería otro cantar. Me hubiese llevado la paliza del siglo para terminar despertándome en uno de los clubs del sádico de Horatiu. Para mi fortuna, el Tuerto hace cerca de dos años que dejó de ser la mano derecha de Lena (o su polvo diario) para serlo de su hermano (la mano derecha, no el polvo, al menos que yo sepa). Todas las palizas que he recibido en mi vida han sido bajo los puños de esa bestia sin escrúpulos. La primera fue dos semanas después de comenzar a trabajar como *escort* para Lena, ya que había recibido queja de varios clientes porque, al parecer, yo no mostraba el interés que se requería, así que le puso remedio rápido. «Ya te voy a enseñar yo a mostrar interés» fueron las palabras del Tuerto justo antes de atestarme el primer latigazo con la hebilla de su cinturón.

Igualmente, de eso hace ya mucho tiempo.

Devuelvo el dinero a su lugar, y justo cuando estoy cerciorándome de que la cama está bien colocada, la puerta de la habitación se abre de nuevo. No necesito girarme para saber de quién se trata, la única que entra sin llamar previamente es Anca, mi hermanastra, mejor conocida como «Anca de rana».

—Necesito que le metas el bajo a este vestido, tiene que estar para el sábado sin falta. Eh, tú, ¿me oyes?

Mi giro poniendo los ojos en blanco agradeciendo no ser violenta, porque son muchos años aguantando a esta tía y las ganas que tengo de arrancarle esa bonita melena rubia están demasiado acumuladas.

—Primero, es mi día libre, Anca. Y segundo, tengo nombre. Así que, por favor, te agradecería que te dirijas a mí con más respeto del que te tienes a ti misma.

Su cara es un poema, porque la pobre tiene menos luces que un Gusy Luz, y lo más probable es que no haya entendido nada de lo que le he dicho.

—¿Día libre? ¡Menuda vaga estás hecha!

—¿Por qué no vas a limarte las uñas o a depilarte las cejas y me dejas en paz, anda?

Anca, a diferencia de su hermana melliza es infantil y superficial. Con esto no digo que Oana me caiga mejor, pero al menos sabe que tiene una cabeza sobre el cuerpo para algo más que sujetar su melena.

—Sigo sin entender por qué Lena te mantiene aquí, eres de lo más vulgar. Estarías mucho mejor con Horatiu, sin duda encajas mejor allí. Veinte euros por chuparla es lo máximo que vales, igual que el resto de putas que trabajan para mi tío.

Ni siquiera me molestan sus palabras, lo que de verdad me duele es el desprecio que muestra por esas otras mujeres, las que el desgraciado de su tío tiene engañadas y esclavizadas en diferentes burdeles a lo largo y ancho del país.

Siempre he creído que ella en realidad nunca ha querido dedicarse a esto, pero Lena nunca le ha dado otra opción. Anca tiene una personalidad de lo más maleable y su madre es lo suficientemente convincente para haberle hecho creer a su propia hija que es una inútil que no vale para nada más que para acostarse con viejos a cambio de dinero. Oana, en cambio, se parece mucho más a su madre, muy segura y de carácter fuerte y decidido. Disfruta con lo que hace y espera heredar el imperio Negrescu que dirige su madre algún día. No es algo que me haya dicho ella, pero tampoco ha hecho falta. Lleva la sangre fría del clan en las venas, de eso no me cabe duda alguna.

—El sábado sin falta, Cenicienta —escupe con mala baba estampándome el vestido sobre el pecho antes de darse la vuelta y salir por la puerta—. Mira, aquí viene tu amigo, *Mudito*. ¡Qué lo paséis bien, perdedores!

La ignoro, ambos lo hacemos.

«¿Dónde estabas?», pregunta Gus en lengua de signos. Parece nervioso y está más… alegre de lo habitual.

Con urgencia coloca sus manos sobre mis hombros y me empuja hacia abajo obligando a que me siente en la cama.

—¿Qué pasa?

«Nos vamos». Gesticula rápido, ansioso.

—¿De qué hablas?

«Tres días y todo habrá acabado. Seremos libres».

Lo hacen porque les gusta, por necesidad no creo, porque hoy en día creo que no es necesario hacer esto. Lo hacen por gusto. Y además las miras y son desinhibidas, son profesionales.

Putero

Puteros New Atlantics

Capítulo 3

—Esto no va a salir bien, Gus. Lena por nada del mundo va a dejarme ir.

«Se lo pregunté y me dijo que no había inconveniente».

—¿Y en serio te fías de ella?

A veces Gus peca un poco (demasiado) de ingenuo. Sé que Lena además de una bruja es su tía, es sangre de su sangre, y que, a pesar de lo mal que suele tratarle y del desprecio que se gasta con él, este aún guarda esperanza en ese gran corazón que tiene de que dentro de esa bruja haya algo bueno, un resquicio de humanidad. Es cierto que la conocida como la Matriarca no es el pirómano de su hermano, pero tampoco está para ganarse una medalla a la mejor madre, tía o mujer del año. Como empresaria… igual lograría una mención, pero como persona…

—De verdad que admiro tu optimismo.

«Confía en mí».

—Confío en ti, de quien no me fío es de ella.

Acompaño a Gus hasta la puerta con una extraña sensación pululando por mi cuerpo, tratando de comprender la férrea confianza de mi único amigo en que esta locura vaya a salir tal y como nos gustaría.

Lo que Gus asegura es nuestro billete de salida de esta cárcel de cristal (a la que llamamos de este modo por estar cubierta por enormes ventanales de arriba a abajo), no es más que una inmolación por todo lo alto. Gus, que es el asistente, secretario, chófer, recadero, criado; en resumen, uno más de los lacayos de Lena, se enteró de que este sábado, es decir, en apenas unos minutos, un tal Dalca organiza una fiesta de esas en las que se reúnen los mayores criminales del país para hacer negocios de esos que se encuentran fuera de la ley (muy, muy fuera). Y todo bien bañado de drogas y aderezado, como no podía ser de otra manera, con las mejores prostitutas de lujo.

El tal Dalca, un tipo que debe ser de la peor calaña posible, se puso en contacto con mi señora madrastra para contratar los servicios de su agencia Princess, solicitando exactamente todo el catálogo de princesas para así amenizar el ambiente. Ah, es verdad, no había caído en que aún no estabais puestos al día en la originalidad de la empresaria, y es que Lena tiene asignado un rol de princesa para cada una de nosotras. ¿Adivináis cuál es el mío? ¡Todo un genio! ¿Verdad? (Léase con sarcasmo, por favor). De este modo, los clientes seleccionan entre el amplio catálogo para cumplir todo tipo de fantasías con las diferentes princesas entre las que se encuentran Pocahontas, Bella, Blancanieves, Ariel y una servidora: Cenicienta. Pero aquí también hay hueco para las villanas, no os creáis, desde Úrsula, pasando por Maléfica, sin olvidarnos de las odiosas hermanastras de Cenicienta (Oana y Anca), las que, por cierto, ofrecen servicios en pareja, para los que fantasean con un trío con dos mellizas bien pervertidas. El quid de la cuestión de todo esto, y a lo que realmente quiero llegar, es a la ingente pasta que se mueve en esta clase de eventos sociales; y no me refiero a la de comer. Pasta contante y sonante, es decir, en efectivo y sin límite. Y aquí es donde entro yo. Bueno, donde necesito entrar. Conseguir hacerle un buen trabajo a alguno de esos delincuentes sería mi billete de salida de esta vida. Y es que a pesar de que el anfitrión paga una cuantiosa cantidad por la contratación de todas las chicas de la agencia, estos... empresarios (por llamarlos de alguna manera) suelen ser bastante generosos con sus propinas si sabes jugar bien tus cartas.

Todo esto os lo cuento sin haber acudido nunca antes a una de estas fiestas, pero sé de buena tinta lo que se cuece. Esmeralda, una de las chicas con la que mejor relación tengo, llegó a ganar en una noche de estas características más de seis mil euros por un par de horas de trabajo. ¡Seis mil euros! Yo necesito nueve mil, ya que los tres mil ahorrados los necesitamos Gus y yo para poder salir adelante una vez nos marchemos. No puedo usar ese dinero para pagar la deuda, necesitamos algo de dinero para empezar de cero teniendo en cuenta que ninguno de los dos tiene a nadie a quien acudir una vez seamos libres. Tan solo nos tenemos el uno al otro.

—Lena, vamos a ser las últimas en llegar. El coche ya está en la puerta —espolea Oana a su madre con impaciencia y visiblemente molesta.

—¡¡Anca!!

El grito de Lena es rápidamente irrumpido por nuestra llegada al enorme vestíbulo de la casa. Tanto Lena como Oana van muy elegantes, con sendos trajes de alta costura en color negro. No me llama la atención su elegancia, porque hay que reconocer que van muy guapas, sino las máscaras que cubren sus rostros. Ambas tienen sus ojos puestos en mí, y mientras Oana me echa un rápido vistazo con desdén, Lena me observa y... me observa.

—¡¿Tú?! —Todos giramos la cabeza en dirección a una preciosa Anca que, con los ojos desorbitados, viene directa hacia mí, o mejor dicho, a por mí—. ¡Ese es mi vestido! ¡¿Qué haces con él puesto?!

—Dijiste, literalmente, después de tenerme dos días haciéndole cambio tras cambio, que no pensabas llevarlo porque no te favorecía, que me deshiciera de él.

—¡¿Y sabes lo que eso significa?!

—Anca. —Lena tan solo necesita pronunciar el nombre de su hija para que esta cierre la boca, no sin antes cruzarse de brazos resignada regalándome su peor mirada de odio—. No pensabas ponerte ese vestido, ¿no es cierto? —Esta asiente formando un fina línea con los labios—. Ayer mismo, Gus estuvo contigo toda la tarde buscando uno que te gustara, así que no hay nada de malo en que Ce haya aprovechado un vestido tan caro. ¿No lo crees así?

—Claro.

¿Quién osaría llevarle la contraria a la Matriarca?

Por un momento siento una leve emoción de triunfo eclosionar dentro de mí, pero antes de que esa satisfacción llegue a alcanzar siquiera la comisura de mis labios…

—Nadie te culpa por haber aprovechado ese vestido, Ce. Y de verdad que todas estaríamos encantadas de que nos acompañaras, la cuestión es…

—Que no tengo máscara —adivino.

—Es un requisito imprescindible. Una lástima que Gus no haya tenido a bien recordártelo. Lamento que tengas que desperdiciar ese precioso maquillaje y ese bonito peinado. En otra ocasión quizá —arguye apartando un mechón de pelo de mi cara, en un gesto que hasta podría parecer maternal, si no fuera porque proviene de las garras del mismísimo diablo en la tierra.

No me muevo un ápice, si lo hiciera me verían derrumbarme y llevo demasiado tiempo controlando mis emociones frente a ellas como para fastidiarla a estas alturas, tan cerca del final.

Abandonan la casa en silencio. Lena, la primera, Oana detrás y Anca, antes de salir y una vez se ha asegurado que su madre no puede verla, se vuelve contra mí completamente airada.

—¡¡Zorra estúpida!! —exclama al tiempo que alza una mano y, antes de que pueda darme cuenta, me ha desgarrado el vestido, dejándome un pecho al descubierto.

La realidad es que hay algo más que ha dejado a la vista: mi vulnerabilidad. Acompañada también de un enorme nudo bajo mi garganta.

En cuanto me aseguro de que ya se han ido, esta vez de verdad, huyo a mi habitación.

—¡Ha sido una maldita mala idea! —exclamo reteniendo unas inmensas ganas de llorar.

Gus me sujeta por los hombros tratando de tranquilizarme sin éxito. Me deshago de él de malos modos.

—¡¿Acaso no lo entiendes?! ¡Estoy harta, Gus! ¡Harta de que me humillen! —Ni siquiera me molesto en usar la lengua de signos, Gus es mudo, pero no sordo—. ¿Cómo no sabías que hacía falta una puta máscara?

«Sí que lo sabía», dice muy tranquilo.

—¡¿Qué?! ¿Estás de broma?

«Siéntate un momento y déjame explicarte, por favor. Y tranquilízate».

Me siento, cierro los ojos y respiro profundamente un par de veces antes de fijar la vista de nuevo en mi único y mejor amigo.

«Necesitaba que creyeran que querías acudir a esa fiesta, hubiese sido raro que no hubieses querido».

—¿De qué estás hablando? Nunca he querido ir a ninguna, nunca me han dejado y tampoco yo se lo he pedido. ¿Por qué ahora iba a ser diferente?

«Porque han pagado tres mil euros mínimo por chica», me explica deteniéndose un instante para que interiorice bien esa información, «más que nunca antes. Y porque las propinas son lo suficientemente generosas como para que puedas saldar tu deuda. Y porque, obviamente, Lena esperaba que yo te informara de todo esto. Y antes de que digas nada, nunca me dijo que había que llevar máscara, lo averigüé por mi cuenta. Bueno, se le escapó a Anca ayer cuando estábamos buscando su dichoso vestido».

—¿Y no podías habérmelo dicho en vez de dejarme pasar este mal rato?

«Así parecía más real».

—¡Serás…!

«Yo también te quiero», añade burlón antes de abrir nuestro minúsculo armario y sacar de él un vestido que no tardo en reconocer, además de una bonita máscara en un color dorado que nunca antes había visto. «Lleva demasiado tiempo cogiendo polvo».

—Sí, exactamente tres años.

«Pues ya es hora de que lo luzcas, ¿no crees?».

—¿Y qué se supone que voy a hacer? ¿Plantarme allí y, sin que ella ni las otras dos brujas se enteren, camelarme a uno de esos mafiosos, lograr que me pague una buena suma y largarme sin hacer ruido?

«Siempre has sido una chica lista».

—¡Tú flipas!

«Yo no voy a obligarte a nada, eres tú la que vas a jugarte el cuello. Yo ya he hecho mi parte, ahora te toca a ti tomar una decisión».

—Claro, porque mi parte es coser y cantar —arguyo sarcástica.

«Es más chupar y cobrar».

—¡Imbécil! ¿Y qué hacemos con Becu? A las dos hace la ronda, y además es imposible salir de este lugar sin ser vista.

«De él me ocupo yo, pero es cierto que tienes que estar aquí antes de la ronda. Así que tienes —se detiene para comprobar la hora en el reloj de pared que hay justo sobre mi cabeza—, dos horas y media exactamente».

—¿Hablas en serio?

Sin añadir nada más sale de la habitación dejándome sola con el vestido, la máscara y una importante (y arriesgada) decisión que tomar.

Sopeso las opciones, los pros, los contras…

A ver de qué manera os puedo explicar esto. Si tuviera que redactar por escrito ambas alternativas, los contras ocuparían algo así como un disco duro de cincuenta teras; para los pros, en cambio, me daría con una línea de Word. Y a pesar de esa diferencia tan abismal, me quedo con el pro. Hablamos de mi libertad, de ser la dueña de mi propia vida, poder tomar mis propias decisiones y dejar de una vez de sentirme como un objeto, una moneda de cambio. De eliminar el miedo y las amenazas, la violencia física y, por supuesto, la verbal. De recordar lo que es el placer, preocuparme únicamente por el mío propio y no por el de los demás. De ser egoísta. O no. De tener, al fin y al cabo, el poder para decidir si quiero serlo. En definitiva, de dejar de ser la esclava de nadie.

Creo que está más que decidido. Es como si en el fondo no existiera otra opción. El que no arriesga no gana dicen, y yo ya no tengo nada más que perder. Excepto la vida, claro.

Diez minutos más tarde me encuentro en la puerta de la entrada, en el punto exacto en el que Anca me arrancó el dichoso vestido, pero en esta ocasión solo estamos Gus, yo y un profundo silencio cargado de tanta esperanza que casi se puede tocar con la yema de los dedos.

Mi amigo, mirándome con una radiante sonrisa, se lleva la mano a la barbilla para decirme, en dos rápidos gestos, que estoy muy guapa. En respuesta, elevo la comisura de los labios agradecida por su cumplido, al tiempo que arrastro las palmas de mis manos por el suave encaje que cubre mi piel con un vestido en color hueso hasta la rodilla, de manga larga y escote en uve elegante y sensual que, según Gus, realza mi «cuerpo de diosa», lo que me hace reír aún más.

Hace tres años que compré este vestido para acompañar a Miguel a la archiconocida fiesta anual que organizan sus padres y a la que nunca pude asistir. He recordado mientras me vestía la ilusión que sentí cuando salí de la tienda con la prenda en la mano, inmediatamente, una fuerte tristeza me ha embargado sin que apenas haya podido hacer nada por evitarlo. Y no ha sido por Miguel, ni por esa fiesta a la que acude hasta la Preysler y que me perdí, sino por la añoranza hacia esa clase de cosas tan cotidianas que he dejado de sentir, como la ilusión o el entusiasmo. Apenas recuerdo la última vez que algo me llenó de alegría de verdad. Aunque saber que quizá pueda poner punto y final a esto se acerca levemente a la dicha. Pero no vendamos el huevo antes de tener la gallina.

«Yo me encargo de Becu, tú tranquila».

—¿Tranquila? Créeme, estoy de todo menos tranquila.

Y es que Gus desconoce mi aventura del miércoles pasado y lo cerca que estuve de terminar siendo una de las chicas de Horatiu. Estoy cavando mi propia tumba o quizá, con algo de suerte, lo esté haciendo hacia la superficie.

—Gus, escucha. Si esto no sale bien…, quiero que cojas el dinero y te vayas.

«Va a salir bien. No pienso irme a ningún lado sin ti».

«¿Cómo piensas hacer con Becu?», me intereso esta vez usando la lengua de signos.

Y es que desde su pequeño hogar en la casa de la piscina, Becu controla todas las cámaras de la cárcel de cristal, es imposible salir de aquí sin que me vea. No sé cómo se supone que Gus piensa hacerlo.

«Voy a bajar los plomos, el apagón provocará que Becu venga a ver lo que sucede, en cuanto esté dentro, sales lo más rápido que puedas. El taxi ya está esperando en la esquina de arriba».

—¿Y cuándo vuelva?

«Lo mismo pero a la inversa. Así que ya puedes estar puntual, porque a las dos menos diez realizo el mismo proceso. ¿Todo claro?».

—Cristalino. Salir sin ser vista, seducir a uno de esos narcotraficantes, proxenetas y/o mafiosos sin que Lena ni la dos brujas de sus hijas me vean, conseguir la pasta, llegar a la hora y entrar sin ser vista. Facilísimo.

«Nadie dijo que la libertad fuera un camino de rosas. ¿No querías un cuento de hadas, Cenicienta?», se burla, sabe que odio los cuentos y más aún los de princesas desvalidas esperando ser salvadas por un puto príncipe.

—Idéntico, vamos. Lo que quiero es ser libre, eso es lo único que ansío. ¿Algo más, *hada madrina*? —me burlo yo ahora.

«Sí, que consigas el dinero».

—Lo haré. Lo voy a hacer —aseguro más para convencerme a mí misma que a él—. Por cierto, ¿sabes cómo es el tal Dalca ese?

«¿Vas a ir a por el pez gordo?», enfatiza sorprendido con el movimiento de su cuerpo.

—Si voy a hacer esto, voy a hacerlo bien.

«No averigüé mucho sobre él. Hice una rápida búsqueda en Internet, pero antes de poder leer nada, Oana apareció y tuve que cerrar el navegador. Únicamente sé que es uno de los mayores proxenetas de Rumanía, y por la foto que atisbé a ver deduzco que tendrá... ¿unos cincuenta años?».

—Genial, cada vez tengo más ganas de acudir a esa fiesta. ¿Y a qué vendrá todo eso de las máscaras?

«¿Morbo?».

—Madre mía... Deséame suerte.

«Recuerda: a las dos menos diez».

—Solo espero no perder un zapato como Cenicienta.

La ventaja de pagar por sexo es que no tienes que preocuparte por ser simpático.
Putero

Tricked

Capítulo 4

Llego al lugar donde se celebra la fiesta pasadas las doce y media, lo que significa que tengo, exactamente, una hora para llevar a cabo esta locura. He calculado el tiempo que ha tardado el taxi desde la cárcel hasta la dirección que me ha dado Gus, y han sido diecisiete minutos de reloj. Vamos, que cuando salga de esta fiesta deberían conocerme por el nombre de Cenicienta Exprés por lo rápido que voy a tener que hacer este trabajo.

—¿Podría volver en una hora? —le pido al taxista.

—Por supuesto.

—Muchas gracias.

Me guardo las vueltas en el bolso, he tenido que recurrir a mis ahorros para pagar el taxi: una pequeña inversión para llevar a cabo esta misión.

Aún no me creo que haya podido salir sin ser vista de esa cárcel. Lo que realmente espero es que podamos repetir la jugada a la inversa, porque lo que se dice limpia… no ha sido precisamente mi huida. Y es que estaba todo tan oscuro que no he visto la jodida manguera, se me ha enredado un pie en ella y he terminado rasguñándome las rodillas contra una de las piedras que conforman el caminito del jardín y que dan acceso a la casa. El taxista, que ha sido de lo más amable, me ha tendido unos pañuelos con los que he conseguido apañar un poco el riachuelo de sangre de mi rodilla izquierda, que es la que se ha llevado la peor parte. Así que ese aspecto de diosa que según Gus tenía antes de salir a hurtadillas, claramente lo he perdido, parece que me haya caído del Olimpo, de hecho, parece que me hayan empujado de él. Y el largo del vestido, que deja mis rodillas completamente a la vista, no ayuda a mejorarlo, no hay forma de arreglar este destrozo. Espero que en la fiesta ya estén todos lo suficientemente entonados como para no fijarse en los moretones que ya empiezan a intuirse en mis piernas.

—¡Vamos allá! —me aliento a mí misma al tiempo que cuadro los hombros tratando de mostrarme segura y confiada.

El chalet donde se celebra la fiesta se encuentra en Los Lagos, la zona más exclusiva de la urbanización de la Finca, que a su vez es una de las zonas más lujosas de Madrid, ubicada en el noroeste de la capital. Esta urbanización es conocida por la cantidad de famosos que aquí viven, supongo que una de las razones de esta alta concentración de *celebrities* se debe a la seguridad (hay que pasar un control para acceder a la urbanización) y, por supuesto, a la privacidad de la que obviamente disfrutan sus vecinos en este oasis a las afueras de la ciudad.

Lo primero que llama mi atención, o no, teniendo en cuenta hacia donde me dirijo, es la cantidad de coches de alta gama que ocupan toda la calle: Ferrari, Maserati, Porche, Bentley y un largo etcétera de despilfarro de cuatro ruedas.

Justo en la puerta, un gorila de dos por dos con cara de no haber sonreído en su vida me recibe con una mirada tan fría, que juraría que se me han congelado las pestañas.

—Hola, soy de la agencia de…

Ni siquiera me deja terminar, porque sin emitir un solo sonido y sin que su rostro muestre ninguna clase de... absolutamente nada, me permite el acceso echándose a un lado.

—Gracias.

Primera parte: conseguida.

El sonido de la música (trap, si no me equivoco), el alboroto de risas y algún que otro grito de euforia, asaltan mis oídos acaparando toda la atención en un primer momento, hasta que mis ojos se pierden en la enormidad del lugar y uno de mis sentidos termina acaparando al otro. Tan solo de un primer vistazo, concluyo que el lugar debe abarcar unos... ¿diez mil metros cuadrados entre casa y jardín? En serio que no exagero. Y eso que apenas puedo ver la parte trasera, pero los árboles, que se divisan altos y frondosos desde mi posición, me ayudan a hacerme una ligera idea.

Recorro un camino hecho en piedra que me lleva directo a la entrada de la casa, la puerta está abierta y gente entra y sale a su antojo. Pocos reparan en mí, diría que andan demasiado perjudicados u ocupados como para percatarse de mi presencia, lo que en cierta medida me conviene. La realidad es que necesito ser discreta, no solo para que no me vean las tres brujas de este «cuento», también porque no me interesa encontrarme con alguna que otra chica de la agencia que podría delatarme. Y me refiero concretamente a Ariel, que ya me la ha jugado alguna vez y he terminado con el labio partido y un ojo morado por su culpa; ya podría haber adquirido el rol de villana que, ciertamente, le pega mucho más.

Entro a un vestíbulo amplio en el que un estanque repleto de peces de todos los colores me recibe nada más pisar el brillante suelo de mármol y, junto a él, unos pequeños escalones dan acceso a un salón que podría considerarse casi de baile.

Lo primero que tengo que hacer es ubicar a Lena y las malvadas mellizas, una vez situadas, podré moverme con más libertad para dar con el anfitrión de esta fiesta, pero con la cantidad de gente que hay… es como buscar al Wally original en una fiesta temática de *¿Dónde está Wally?* La mayoría de invitados son hombres, aunque hay mujeres, muchas de ellas pertenecen a la agencia. Calculo que debe haber una treintena de personas, esto solo entre el salón y el jardín, que es adonde me dirijo en este preciso instante.

—¿Qué haces tan sola, preciosa?

Un tipo gordo y pasado de rosca en todos los sentidos me obliga a detenerme al cogerme por la cintura mientras me repasa minuciosamente con la mirada.

Muestro mi mejor sonrisa e incluso me lo camelo con un amable coqueteo.

—Acabo de llegar, quizá puedas ayudarme.

—¿Qué es lo que buscas? Estoy seguro de que puedo darte todo lo que necesitas.

«Dime que eres Dalca y pónmelo fácil» pienso.

—Busco al anfitrión, me gustaría darle las gracias por haberme invitado.

Dejo caer la palma de mi mano con suavidad sobre el pecho del tipo haciéndole creer, con mi mejor actuación, que me resulta un hombre de lo más atractivo.

—Claro, preciosa, te acompaño. Yo también quiero agradecerle que te haya invitado.

No hace falta que lo jure, puedo sentir su erección presionando mi cadera.

Dejo que me dirija hacia mi verdadero objetivo: el misterioso señor Dalca.

Cuando aparto la vista de su cuello peludo descubro que vamos directos hacia un grupo de varias personas entre las que se encuentran Lena, Oana y Anca acompañadas de varios hombres que, en principio, no me resultan para nada conocidos, hasta que reparo en uno en concreto: alto, calvo, vestido con pantalón y camisa negra y que se oculta bajo una máscara en colores vivos que parece estar en llamas, simulando una hoguera. Instantáneamente, freno en seco.

Ese es… ¡No puede ser! ¡No, no, no!

—Ne… necesito ir al baño.

Invadida por el pánico abandono a mi amable acompañante y desaparezco como si el mismísimo diablo fuera tras de mí. Un diablo capaz de arrastrarme al verdadero infierno en la tierra.

Estoy temblando, una fina capa de sudor ha comenzado a cubrir mi frente y las palmas de mis manos. Me cuesta conseguir el aire suficiente para respirar y mi estómago parece convulsionar tratando de expulsar lo único que he comido en todo el día de hoy: un sándwich. Estoy perdiendo el control sobre mi cuerpo y es algo que no puedo permitirme, al menos, no aquí fuera.

Me cuelo dentro de la casa tratando de llamar lo menos posible la atención de los invitados. Cubriéndome la boca con una mano busco un baño libre. Termino recorriendo toda la maldita casa atravesando un gimnasio, una piscina cubierta, una sala de juegos e incluso una pequeña sala de cine, en la que los espectadores se estaban montando su propia película para adultos. Y en todo este *tour* no doy con un dichoso baño libre, hasta que se me ocurre subir a la planta de arriba y, ahora así, en la tercera puerta que encuentro a mi derecha doy con uno.

Apenas me da tiempo a echar el pestillo cuando tengo ya la cabeza metida en el váter. Imágenes como fogonazos de las cruel- dades que el Pirómano es capaz de hacerle a una mujer asaltan mi mente, llegando incluso a modificar mi percepción de la realidad. Jamás en mi vida había conocido el pánico, hasta que lo conocí a él, Horatiu Negrescu.

¡El puto clan Negrescu al completo! ¡Esto es una puta locu- ra! ¡¿En qué cojones estaría pensando para dejarme convencer?! También digo, ¿quién narices iba a pensar que Horatiu acudiría a esta fiesta teniendo en cuenta que no es una persona lo que se dice sociable? De hecho, su carácter es más bien huraño y arisco.

No sé cuánto tiempo paso abrazada a la taza cuando me he calmado un poco y los síntomas que me provoca ese ser parecen haber remitido. Me levanto sujetándome al enorme lavamanos de piedra y aún con la máscara en su sitio, me refresco con un poco de agua. Ahora, con más tranquilidad, me fijo en la inmensidad de este baño, amplio y lujoso, acorde con esta mansión.

Pum, pum, pum.

Llaman a la puerta.

—¡Un momento! —exclamo.

Me adecento un poco frente al espejo mientras trato de tomar una decisión. No sé qué hora será, calculo que la una menos cuarto, todavía estoy a tiempo de conseguir ese dinero, pero la sola idea de pensar que él está aquí…

—¡¿Te has caído por la taza o qué?!

Esa voz… ¡No puede ser! ¿De verdad que no puedo tener un poco de suerte?

Doy vueltas por este enorme baño nerviosa, escuchando a la petarda de mi hermanastra golpear la puerta con impaciencia. ¿Cómo se supone que voy a salir de aquí sin que me vea? ¡Joder!

—¿Qué sucede? —escucho a un hombre preguntarle a Anca.

—Alguna tía le ha debido dar un coma ahí dentro o algo.

—¡¡Eh, abre la puerta!! —ordena la voz al otro lado golpeando con fuerza.

Y no cualquier voz, es la de Horatiu.

¿En serio?

Los golpes aumentan al ritmo que lo hacen mis pulsaciones.

—¿Llevas la navaja encima? —le pregunta a alguien—. Déjamela.

Segundos después escucho cómo trastea con el pestillo.

He cavado mi tumba.

Apoyo la espalda en la pared tratando de calmarme y pensar en algo que… Espera un momento, esto es… ¡una puerta! Una jodida puerta que está tan mimetizada con la pared, que apenas me había percatado de ella.

Ábrete, por favor, ábrete. ¡Sí!

En un rápido movimiento me cuelo al otro lado, escuchando como casi al mismo tiempo acceden al baño como si se tratara de una caballería. Sin perder un segundo compruebo que gracias a Dios la puerta tiene pestillo, lo echo y me apoyo sobre la madera tratando de recuperar el resuello.

—Por poco —susurro soltando todo el aire.

—¿Huyendo?

Capítulo 5

Con la mano sobre la boca ahogo un grito mientras fuerzo la vista esperando que logre adaptarse a la oscuridad reinante y, así, conseguir averiguar a quién pertenece esa voz grave y ciertamente varonil.

La luz que entra de la calle a través de la ventana recorta el cuerpo de un hombre alto, vestido con camisa blanca y pantalones oscuros situado a tan solo un par de pasos de mí.

—¿Qué narices haces a oscuras?

Más que preguntarle le acuso con el corazón desbocado a punto de salírseme por la garganta.

Antes de que le dé tiempo a darme una respuesta, la voz de Horatiu desde el otro lado de la pared le irrumpe.

—Aquí no hay nadie.

—Habrá salido por ahí —dice Anca, deduzco que señalando la puerta, esa que yo he tardado una puta eternidad en descubrir.

Golpean y giran el pomo con insistencia crispando mis nervios, más cuando contemplo cómo el Caballero Oscuro se acerca con intención de abrir.

—No lo hagas, por favor —le ruego en un susurro.

Pero me ignora deliberadamente y, al abrirla, quedo parapetada tras la hoja de la madera.

Con el corazón en un puño contemplo al desconocido. Es joven, de pelo rubio muy corto, y sus ojos se esconden bajo una máscara negra lisa de cuero. Desvío la atención un instante a la habitación que se muestra ante mí gracias a la luz del baño. Se trata de un despacho de grandes dimensiones, pero rápidamente pierdo el interés del lugar en cuanto escucho al desconocido dirigirse a Horatiu con cierta confianza y, además, en rumano. No es un idioma que yo hable, pero después de varios años viviendo con tres rumanas como que algo se te queda. Y por la manera de hablarse… atisbo cierta diversión.

Una carcajada oscura que me pone los pelos de punta abandona la garganta del diablo un momento antes de darle una afectuosa palmada en el hombro al desconocido enmascarado, para, al fin, largarse y desaparecer.

Cierra la puerta y de nuevo nos quedamos a oscuras. Y solos.

—Gracias.

—¿Por qué huías?

No se me ocurre nada que decir, está claro que conoce a Horatiu, que hay cierta confianza entre ellos. ¿Qué voy a decirle? ¿Que huyo de él porque como me encuentre acabaré sometida a un número inimaginable de crueldades? Lo más probable, de hecho, es que este tipo sea también proxeneta o traficante de armas o de drogas, ¡vete tú a saber!

—Prefiero no contestar a esa pregunta —respondo finalmente.

Varios segundos de silencio en los que nos sostenemos la mirada bajo esta escalofriante penumbra, que no me ayuda a calmar los nervios. El misterioso enmascarado se aleja para prender una lámpara que hay sobre el enorme escritorio.

—Deduzco que eres de la agencia —concluye sentándose sobre la robusta mesa de madera maciza cruzando los brazos sobre el pecho.

Agradezco que no haya insistido en mi reciente aventura como fugitiva.

—Sí.

—¿Tu nombre?

—Cenicienta.

—El de verdad —exige con cierta impaciencia.

—Ce.

—¿Ce? ¿Qué clase de nombre es ese?

—El de una prostituta —respondo a la defensiva y con chulería, envalentonada.

La manera que tiene de dirigirse a mí con esa arrogancia impuesta no me gusta un pelo. Y es curioso, porque en todo el tiempo que llevo en este trabajo he conseguido mantener mi ego a raya casi sin esfuerzo y por mi propio bien, y ahora, en tan solo unos pocos segundos…

—¿Tú cómo te llamas? —me atrevo a preguntar.

Parece que lo mío hoy es el riesgo.

—Ion.

Observo cómo su mandíbula, cubierta por una barba muy clara y de pocos días, se tensa ante lo que puede resultar una impertinencia por mi parte, teniendo en cuenta que no sé con quién estoy hablando.

Deporte de alto riesgo, eso es lo mío.

—¿Cómo es que Lena no nos ha presentado? —se interesa, aunque de nuevo la forma que tiene de dirigirse a mí se acerca más a una exigencia de carácter imperativo.

—Eso es porque me gusta meterme bien en el papel de Cenicienta y aparecer la última y de improviso —resuelvo esbozando una sonrisa sarcástica.

De verdad, que hay algo en él… Quizá se deba a esa prepotencia que exuda por cada poro lo que me invita a vacilarle. Puede que también tenga que ver con su juventud. ¿Qué tiene, veinticinco, veintiséis años? Es difícil concretarlo bajo la escasa iluminación, además de que tiene parte del rostro cubierto. Pero dudo mucho que sea mayor que yo, y de alguna manera eso me molesta.

—Es una lástima no poder ver esa cara al completo —apunta poniéndose en pie acortando en un par de pasos firmes y gráciles los apenas tres metros que nos separan.

—Las reclamaciones al anfitrión.

—Presentaré mi queja —añade mostrando una inesperada sonrisa que le hace parecer aún más joven.

Contemplo cómo desciende lentamente la mirada por mi cuerpo y, a pesar de que ya estoy más que acostumbrada a ser observada con lascivia (bueno, no creo que sea solo yo, deduzco que gran parte de la población femenina lo ha sufrido en algún momento de su vida; no hace falta ser puta para que un hombre te mire de esa manera), el caso es que su manera de hacerlo es… distinta, al menos no es el tipo de mirada que suelo recibir habitualmente de otros clientes. Esta es más… profunda. Me descoloca, más de lo que ya estoy.

—Estás sangrando.

—¿Qué?

—Las rodillas —aclara antes de desaparecer tras la puerta de la discordia que da acceso al baño. Escucho cómo revuelve en algún armario hasta que, unos segundos más tarde, aparece con un pequeño botiquín en la mano—. Siéntate ahí —me pide señalando la mesa.

—No hace falta, en serio que…

—Siéntate —me ordena esta vez.

Niñato gilipollas.

Finalmente lo hago, justo en el borde, aferrándome al canto de la madera con las manos, observando a su vez a Ion situarse frente a mí hincando para ello una rodilla en el suelo.

—Va a escocerte un poco —me advierte con el agua oxigenada en una mano y una esponjosa bola de algodón en la otra.

Con destreza y sumo cuidado, uno que no esperaría de alguien con ese carácter tan... sombrío, me cura las heridas de ambas rodillas en un completo e incómodo silencio.

—Tranquilo, he sufrido heridas con peor pinta.

Si él supiera...

Me clava esos ojos castaños, estudiándome, como si tratara de averiguar algo.

—¿Vas a contarme cómo te has hecho esto?

—Me he tropezado al bajarme del taxi —miento.

—Los tacones son peligrosos.

—El asfalto lo es. Los tacones no tienen culpa de mi torpeza.

Su mano derecha, la que hace apenas un segundo presionaba la botella de clorhexidina sobre mi piel, baja ahora con lentitud por mi gemelo, suave, en una caricia que desciende hasta mi tobillo, en donde se detiene varios largos segundos para examinar mis sandalias doradas con vaguedad.

—Bonitos zapatos.

—Gracias —digo apartando la pierna de su mano buscando romper el contacto.

No entiendo qué me pasa. Estoy más que acostumbrada a este tipo de situaciones, a que un tío que no conozco de nada me toque a su antojo, al fin y al cabo, no me queda otra, sin embargo... No sé si es porque en realidad no existe entre nosotros un acuerdo «laboral» directo que le permita tocarme de esa manera (ni de ninguna otra): una conversación clara que ratifique que quiere que realice un servicio. Igual hay uno tácito, y estoy tan confusa con todo lo de Horatiu, que ni siquiera me he percatado de ello. Lo extraño es lo violenta que me ha hecho sentir esa caricia claramente intencionada.

—¿Por qué me miras de ese manera? —pregunta.

—¿Cómo?

—Como si te hubiese pedido matrimonio —resuelve, provocando que arrugue mi nariz en respuesta.

Termino por decir lo primero que se me pasa por la cabeza.

—Un hombre únicamente se fija en los zapatos de una mujer por una razón y…

—¿Por cuál?

—Fetichismo.

Se incorpora, en lo que estimo rondará el metro ochenta de estatura, posicionando para ello sus manos junto a las mías, que ahora se aferran al canto de la mesa con más ahínco, mientras contemplo cómo el Caballero Oscuro se inclina lo suficientemente cerca como para que sienta su aliento sobre mi mejilla al pronunciar las siguientes palabras:

—O porque sabe apreciar algo bonito cuando lo tiene delante.

¡Espera! ¿Qué se supone que ha sido eso? Porque a esto sí que no estoy acostumbrada.

—¿Qué edad tienes? —la pregunta sale de entre mis labios sin que me dé tiempo a sopesar si quizá me estoy metiendo en terreno pantanoso.

—¿Es algo que le preguntas siempre a tus clientes?

—Ah, ¿eres cliente mío? —añado incrédula—. Nunca lo pregunto, es la primera vez que lo hago.

—¿Y eso?

—Simple curiosidad.

—Ya deberías saber que la curiosidad y tu oficio no son compatibles —asegura tirando el algodón que ha usado para curarme en una papelera situada a su derecha.

—Solo te he preguntado la edad, no a qué te dedicas.

—Deduzco que eres lo suficientemente lista como para no hacer esa pregunta —me advierte acompañando sus palabras con una mirada que yo me paso por el mismísimo.

—¿A qué te dedicas? —le desafío.

Un atrevimiento que no es muy bien recibido, en un segundo lo tengo encima de mí, sujetándome un brazo con fuerza. Me hace daño.

—¿A qué coño estás jugando? —mascula claramente irritado.

—¿Yo? ¿A qué narices estás jugando tú? —Me deshago de su agarre al tiempo que salto fuera de la mesa y me alejo unos pasos de él—. Tengo más clientes esperándome abajo, si quieres algo será mejor que dejes las cosas claras: no me gusta perder el tiempo. Además, no estoy segura de que puedas pagarme.

O le meto presión a esto… o no me voy a ir nunca, y se me agota el tiempo.

—¿Así que se trata de eso? —escupe con desdén—. Tranquila, puedo permitirme esta fiesta, así que no creo que me suponga un problema.

¡Para el carro ahí! Él es…

—¿Tú… tú eres Dalca?

—¿Acudes a una fiesta sin saber quién es el anfitrión? Qué poco profesional de tu parte —me reprende.

—Pensaba que… Te esperaba más…

¡¡Voy a matar a Gus!! ¡Cincuenta años, dice! ¡Acabo de cagarla pero bien!

—¿Cuál es tu tarifa por una noche? —pregunta sin rodeos con evidente petulancia.

—¿Cómo?

—Tu tarifa, ¿que cuánto es?

—Diez… diez mil euros. —Sí, diría que me he venido arriba, pero sabiendo de quién se trata… ¡de perdidos al río! Es mi última (y única) oportunidad de salir de aquí con algo de pasta. Y sabéis que os digo: para chula yo—. ¿Qué pasa, es mucho?

—No —asevera dando un paso hacia mí, lo suficientemente cerca para que las siguientes palabras que pronuncia me lleguen claras, cristalinas, vamos—. En realidad, me parece triste que te vendas tan barato.

Si pudiera abrir más los ojos lo haría, y si pudiera romperle esa bonita cara sin terminar metida en un lío muy grande también, porque es cierto que hasta hace tres segundos me he venido arriba con el rollo kamikaze, pero de ahí a inmolarme… hay un paso que no estoy dispuesta a dar, por muy asqueroso que sea este tío.

—No tienes ni idea de lo que hablas —espeto con furia apuntándole con un dedo.

Cojo el bolso y me giro para largarme de una vez de esta puta fiesta.

—Espera —me pide agarrándome de la muñeca, pero no le doy oportunidad a añadir nada.

—Te agradecería que no le mencionaras a Lena que ha existido este encuentro —mascullo con fiereza soltándome tan fuerte, que creo haberme arañado en el proceso.

Abandono la habitación cargando con una ira tan intensa, que presiento me va a costar contenerme por mucho tiempo. Necesito mantener la calma para poder largarme de este sitio sin llamar la atención.

Bajando las escaleras descubro en un estrambótico reloj de pared que son las dos menos veinte. ¡Mierda! Por favor, que el taxi esté en la puerta esperándome. Por favor, por favor…

No me digáis cómo, quizá es el cúmulo de emociones que me tienen en un estado muy cerca de lo narcótico, pero en menos de dos minutos me encuentro dentro del taxi que, gracias a Dios, no se ha convertido en calabaza, a pesar de mi retraso.

—Gracias por esperar. Arranque, por favor —azuzo al conductor algo nerviosa—. Necesito que vaya lo más rápido que pueda.

Dejándome caer en el asiento trasero comienzo a sentirme anegada por un potente y súbito bajón.

—¿Se encuentra bien?

—No.

Por primera vez en mucho tiempo alguien que no sea Gus me hace esa pregunta, y por primera vez yo contesto con sinceridad.

La presencia de Horatiu, ese desconocido, esas palabras…

«Me parece triste que te vendas tan barato».

Sin que pueda hacer nada por evitarlo y tras mucho tiempo sin derramar una sola lágrima, estas, que parecían estar esperando su oportunidad para aparecer en escena, abandonan mis ojos con fuerza, marcando un territorio que les había sido arrebatado, anegando mis mejillas sin descanso. La rabia que siento porque ese gilipollas haya conseguido que me derrumbe es oscura y muy, muy dolorosa.

Pero no puedo permitirme esto, no puedo doblegar ahora después de todo este tiempo, a un paso de la libertad.

«¡Vamos, tranquilízate!»

—Tome.

A través de mi borrosa visión, veo al conductor tenderme un pañuelo de papel con cierta ternura.

—Gracias.

—No quiero meterme donde no me llaman, de verdad que no. Pero sé perfectamente lo que sucede en este tipo de fiestas, además de la clase de gente que… bueno, gente sin escrúpulos. No sé lo que le habrá sucedido, pero… —Se detiene unos segundos, parece que buscando la mejor manera de decir lo que sea que le ronda por la cabeza y tras un leve carraspeo continúa—. Mire, yo tengo una hija que sufrió una violación y… veo en su mirada lo mismo que vi en la de mi hija durante muchos años. Si quiere puedo llevarla a una comisaría antes de ir a su casa.

A casa. Hace demasiado tiempo que dejé de saber lo que es un hogar.

Una oferta tentadora, más teniendo en cuenta que no me he acercado ni siquiera a lo que pretendía hacer aquí: conseguir el dinero para comprar mi libertad. Y que, lo más seguro, es que me haya metido en un lío de los grandes. No creo que Dalca tarde en irle a Lena con el cuento a pesar de que se lo haya pedido. Lo más probable es que mañana, a esta hora, sea una de las tantas chicas de Horatiu, no sin antes claro haber recibido mi merecido y, por supuesto, sin haber sido debidamente marcada a fuego.

—Entonces, ¿la llevo a casa o…?

—A la comisaría más cercana.

Yo cuando vengo de putas, como soy el que paga, sé que soy el puto amo. Consigo lo que quiero, hago lo que me da la gana. Entonces tengo las pibas que yo quiero, una chavalilla joven que es lo que me gusta a mí.

Putero

Puteros New Atlantics

Capítulo 6

—¡Vamos, puta! Camino lo más rápido que puedo, pero las piernas no me responden todo lo bien que deberían, probablemente porque el pánico me tiene levemente aturdida, y tener los mugrientos dedos del Tuerto retorciéndome el brazo mientras me arrastra hacia mi propio infierno no ayuda una mierda. Mis pies, comprimidos en unos altos zapatos rojos de charol sortean escombros y cenizas, además de a una mujer tendida en el suelo con la piel abrasada.

Levanto la cabeza tratando de escapar de esa imagen, pero un pensamiento atraviesa mi mente antes de que siquiera pueda darme tiempo a apartar la mirada de ella: «Tú serás la siguiente».

—Aquí la tienes, jefe.

El Tuerto, que a pesar de su delgadez tiene la fuerza de un culturista, me lanza de un empujón frente a Horatiu. Yo apenas me atrevo a alzar la cabeza y mirarle, es el monstruo de mis peores pesadillas y ahora lo tengo delante, observándome como si no fuera más que un objeto desagradable ante su vista.

—De rodillas —me ordena agarrándome con fuerza del pelo y echándome la cabeza hacia atrás obligándome así a mirar directamente esos ojos crueles e inhumanos desprovistos de compasión—. Ni se te ocurra hacer ninguna tontería.

Hago lo que me pide sin rechistar, ni siquiera me quejo cuando siento un agudo dolor en mis piernas al postrarme frente a él. Las rodillas me arden como si estuviera arrodillada sobre brasas. Duele. Pero no digo nada, no podría aunque quisiera, ha forzado su erección en el interior de mi boca, agitándose con violencia mientras se aferra a mi cabeza marcando un ritmo atronador.

Es brusco.

Tengo arcadas. Profundas. Dolorosas.

Gruesas lágrimas ruedan por mis mejillas y se cuelan entre mis labios.

Me ahogo.

Entra y sale de mi boca a sacudidas.

Comienzo a marearme, presiento que no me queda demasiado para perder la conciencia.

Los párpados pesan más de lo habitual. La visión se me vuelve borrosa.

Pero algo… no, alguien capta mi atención.

Tras Horatiu, oculto en la oscuridad se encuentra ¿Dalca?

No puedo distinguir sus ojos, apenas alcanzo a ver sus labios formando una tensa y fina línea.

Trato de coger algo de aire por la nariz esperando que esa bocanada me ayude a mantenerme consciente y contemplar así cómo se dirige hacia nosotros. Horatiu está de espaldas a él, además de demasiado ocupado como para percatarse no solo de su presencia, sino de que este porta un arma que apunta directamente hacia… mí.

Directo y sin titubear, dispara.

Pipipipíííí… Pipipipíííí… Pipipipíííí…

Me siento en la cama de golpe llevándome las manos a la garganta con una aterradora sensación de asfixia.

En unos segundos tengo a Gus sentado en mi cama gesticulando nervioso.

«¿Estás bien? Solo era un sueño».

Siento las mejillas húmedas, algo impensable en mí, al menos hasta que Dalca se cruzó en mi vida hace menos de cuarenta y ocho horas.

—Era una pesadilla. Horrible y sin sentido.

«¿Qué has soñado?».

—Estaba en uno de los clubs de Horatiu, aunque al mismo tiempo… no lo era. No sé. Había una mujer muerta en un pasillo por donde el Tuerto me arrastraba para llevarme hasta…

«El diablo» adivina, llevándose la mano a la frente manteniendo alzado el índice y el meñique.

—El mismo. El caso es que… me veía obligada a chupársela y era tan brutal, que estaba a punto de desmayarme, pero entonces… —detengo la explicación tratando de darle sentido a esa horrible pesadilla.

«¿Entonces qué?», solicita imperativo en sus gestos.

—Estaba Dalca y… tenía una pistola con la que me apuntaba. Justo cuando me he despertado me ha disparado. Era todo tan… real, Gus. Demasiado, a decir verdad.

«Solo ha sido una pesadilla».

—¿Qué hacía Dalca ahí? ¿Y por qué me quería matar?

«Tan solo estás estresada, probablemente por todo lo sucedido en esa fiesta», asegura tratando de tranquilizarme obsequiándome para ello con una mirada cálida.

—En serio, ¿tú qué crees que significa?

Gus es muy bueno interpretando estas cosas.

Se queda unos segundos meditando antes de darme su veredicto.

«Diría que tienes miedo de que le diga algo a Lena o al loco de mi tío, ya que eso sería exactamente como si te pegara un tiro él mismo».

—Desde luego tiene sentido —reconozco analizando de nuevo cada pequeño detalle de esa pesadilla.

«Será mejor que nos pongamos en marcha ya, es tarde», me azuza. «Me temo que hoy no hay tiempo para el yoga», arguye incapaz de ocultar lo feliz que le hace esa realidad.

—Y tú encantado, claro.

Nos levantamos todos los días a las cinco de la mañana, él, para acatar todos los recados de Lena, y yo, para hacer las tareas del hogar; aunque en realidad no empezamos hasta las seis, esa primera hora la dedicamos para hacer yoga. Ya antes de que todo esto empezara yo lo hacía, pero lo dejé. Dos meses después decidí retomarlo, y gracias que lo hice, no cabe duda de que me ha ayudado bastante a afrontar todo esto de otra manera.

«En cuanto salgamos de aquí te compraré otra».

—¿Qué? —pregunto, pero en cuanto lo hago, descubro a qué se refiere.

No me había dado cuenta de que inconscientemente estaba buscando en mi muñeca izquierda la pulsera de plata con el zapato de tacón que colgaba de ella. El sábado la perdí, probablemente ocurrió al soltarme del agarre del jodido Ion Dalca, que además, como recuerdo, me ha dejado una bonita marca en la muñeca. Gus sabe lo que significa esa pulsera para mí, la compré mi primer día libre hace ya dos años y medio, como recordatorio de una promesa que me hice a mí misma. Algo que, por cierto, a cada día que pasa, resulta más quimérico hacer realidad.

—Solo es una pulsera —arguyo restándole importancia.

«No lo es».

—Bueno, mi vida significa más, ¿sabes? —concluyo saliendo de este repentino sentimentalismo innecesario causado por una estúpida pulsera—. Únicamente me da rabia que las cosas no salieran como esperábamos. Nos puse en riesgo para nada. Solo espero que el niñato enmascarado ese sepa tener la boca cerrada.

«No era un plan sencillo».

—¡Ah! ¿Y lo dices ahora?

«Había que intentarlo», reconoce encogiéndose de hombros.

—Supongo que tienes razón, si no lo hubiese hecho sé que me habría arrepentido.

«Lo sé. Bueno, me voy que es muy tarde», se despide escabulléndose con agilidad al tiempo que me guiña uno de sus siempre vivaces ojos azules.

La realidad es que ni el plan salió como deseábamos ni tampoco llegué a acudir a la policía. Aún no habíamos llegado a la comisaría cuando (afortunadamente) mi cordura decidió regresar. ¿De verdad iba a estropearlo todo a tan solo tres meses de salir de este infierno? Además, ¿qué se supone que iba a contarle a la policía? Ya no tengo el *pendrive* con las pruebas y… hablamos de Miguel Torres, ¿quién me aseguraría que no acabaría saliendo todo a la luz? Mis tres años de infierno no habrían valido entonces para nada.

Finalmente, le pedí al amable taxista que me llevara a casa. Lo hizo, sin tratar de convencerme de lo contrario, cosa que agradecí, pero antes de abandonar el vehículo y ya en la esquina junto a la cárcel de cristal, me tendió una tarjeta con su teléfono personal para que le llamara si necesitaba algo, «cualquier cosa» recalcó. Insistió además en regalarme esa última carrera, pero me negué en rotundo.

Ni siquiera sé cómo lo hice, pero logré llegar a tiempo, y cuando Becu pasó a hacer la ronda ya estaba metida en la cama; aunque completamente vestida, pero ahí estaba yo, fingiendo que no había hecho la mayor locura de mi vida.

Afortunadamente, antes de pisar de nuevo esta cárcel, había conseguido reponerme del repentino lloriqueo, no obstante, el dolor que ha despertado el jodido Dalca con sus dañinas palabras de desprecio ha hecho mella en mí, por mucho que me cueste reconocerlo. ¡Qué me vendo barata! Como si acaso yo hiciera esto por gusto. ¡Niñato gilipollas!

No pienso desperdiciar más energía pensando en él, además, es más que probable que no vuelva a verle en la vida, y por mí perfecto. Más que eso, es un alivio.

Lo mejor será que me ponga ya en marcha, porque los lunes son bien largos y ajetreados.

Me doy una ducha rápida en el diminuto baño que comparto junto con Gus, me pongo unos vaqueros cortos deshilachados, mi vieja camiseta negra en la que pone «VOGUE» en blanco repleta de salpicaduras de lejía y mis desgastadas Nike. Bajo a la cocina y me preparo lo único que me pone en marcha por las mañanas, un expreso doble, eso es lo único que desayuno. Más tarde, y si tengo algo de tiempo, me tomaré una pieza de fruta.

Compruebo la hora en el reloj de la nevera poniéndole fin al café. Son las seis y aún tengo que preparar el desayuno para todo el clan Negrescu, planchar una enorme montaña de ropa y en una hora, en cuanto se levanten, limpiar las respectivas habitaciones, lavar las sábanas y preparar la comida. Este es el plan de la mañana. Mientras tanto, ellas, que por supuesto no mueven un dedo, se ponen en forma con Óscar, el entrenador personal, tomarán el sol y probablemente se darán un relajado baño en la piscina. Esa es su confortable vida, la mía, por el contrario, consiste en hacerme cargo de una casa de cinco dormitorios, cuatro cuartos de baños, un aseo, una oficina, un gimnasio, un enorme salón comedor y una cocina en la que podría habitar una familia de quince. Por fortuna, la pequeña casa que hay junto a la piscina y en la que vive Becu no tengo que limpiarla, es bastante reservado y celoso de su intimidad, así que ya se ocupa él mismo del asunto. De hecho, jamás me ha dejado entrar en ella; tampoco es que me interese mucho el hogar del sicario de una proxeneta, qué queréis que os diga, llamadme rarita si queréis. Lo único que sé de ese lugar es que desde allí controla todas las cámaras que hay dispuestas a lo largo y ancho del exterior de la casa.

—¡¡CENICIENTA!!

La única que me llama de esa manera es Anca, que como bien habéis podido comprobar ya, vive dando por culo al personal desde bien temprano. A ver qué quiere la jodida princesita ahora.

Estamos a mediados de julio y el calor a las doce de la mañana se hace ya insoportable, más después de haberme pasado unas cinco horas largas limpiando esta cárcel gigante, estoy sudando a chorros. ¡Lo que daría yo por darme un baño en la piscina! Pero no, Cenicienta no tiene permitido acercarse a la piscina más que para recoger las hojas y los bichos que flotan en la superficie del agua.

Me recojo el pelo en una coleta alta contemplando a través de la ventana de la cocina cómo Oana se sumerge en esa enorme quimera cristalina y fresca que es para mí esta piscina.

—¡Hola, bombón! —escucho a mi espalda.

Me giro con desgana, observando al cachas rubio que viene directo hacia mí.

¡Qué puta manía tienen todos los hombres de llamarme por nombres como preciosa, cariño, princesa…! ¡No lo soporto, en serio!

Hago un pequeño ademán con la cabeza a modo de saludo y continúo con mi tarea.

—¿Cómo estás? Hace calor, ¿eh? —arguye apartándome un mechón que se ha quedado adherido a mi frente debido al sudor.

—¡Qué elocuente!

—Cuando quieras podemos hacer una sesión tú y yo solos —añade ignorando mi reciente sarcasmo. En realidad, creo que su cerebro de cromañón directamente no lo pilla.

—No va a haber ninguna sesión, Óscar.

—¡Vaya, qué lástima!

—Muchísima, sí. No creo que pueda dormir del disgusto —espeto dándole la espalda con intención de seguir cortando las verduras para el almuerzo, a ver si esta vez se da por aludido y se esfuma.

—Sería un desperdicio no trabajar estos glúteos… —musita llevando sus repulsivas manos directas a la parte mencionada.

—Deja a la chica.

Me giro en cuanto escucho esa advertencia teñida de amenaza. Becu, con cara de escaso entusiasmo (su semblante habitual, vamos), nos observa bajo el gran arco por el que se accede a la cocina.

—Yo no estaba haciendo nada, grandullón —refuta Óscar mostrando las palmas de sus manos. Y si no fuera por el gallo que le ha salido, hasta podría creerme que no se le han puesto los huevos de corbata por la pillada que acaban de hacerle.

—Por supuesto que no, ya te habría arrancado las pelotas de ser así.

—Creo… que debería irme, sí.

—Vamos, que te acompaño a la puerta —dice el *grandullón* plantándole la palma de la mano en la nuca con tanto ímpetu, que de recuerdo va a llevarse una marca bien colorada—, me parece que te hace falta una charlita.

Quizá vaya a ser la primera vez que diga esto, pero agradezco tener a Becu siguiendo cada uno de mis movimientos, al menos, en esta ocasión, no voy a ponerle pega alguna. Tampoco es que lo haya hecho por hacerme un favor a mí, eso está más que claro, sencillamente, si quieres algo con una chica de la agencia tienes que pasar por caja, exactamente por Banco Lena. Este tipo de cosas se las toma muy en serio.

En fin, mejor será que me dé prisa antes de que me pille el toro, llegue la hora de almorzar y no tenga la comida lista; no me apetece imaginarme ese escenario y el consecuente castigo que podría recibir por ello. Pero antes de que pueda siquiera comenzar a pelar la cebolla, de nuevo, una voz masculina me interrumpe.

—¿Te ha hecho algo? —Muevo la cabeza negativamente dándome la vuelta para encontrarme con Becu—. No volverá a molestarte.

De eso no me cabe ninguna duda, Becu no se anda con tonterías en este sentido. Bueno, ni en este, ni en ningún otro.

Contemplo cómo se acerca al frondoso frutero blanco que hay sobre la encimera de mármol del mismo color para hacerse con una manzana, que en sus inmensas manos parece una pieza de fruta diminuta; más cuando de un bocado se lleva la mitad de la carne.

—Por cierto, ¿qué tal las rodillas? —pregunta despreocupado.

Instintivamente me llevo la mano a la más maltrecha de las dos, para comprobar el evidente hematoma que me he llevado de recuerdo.

—Bien, aunque me ha salido un buen...

¡Espera! ¿Cómo...? Levanto la mirada alarmada para encontrarme directamente con los ojos oscuros e inquisitivos de Becu.

—Las cámaras son infrarrojas y continúan grabando aunque se vaya la luz: hay un generador de emergencia —me aclara pagado de sí mismo.

—Entonces...

—Entonces no habrá una tercera, Ce —me advierte con severidad.

—Por supuesto —aseguro—. Ella... ¿lo sabe?

—Te agradecería que me pusieras las cosas más fáciles.

Quiero decir algo, pero no sé el qué, así que me quedo pasmada contemplando cómo abandona la cocina dando el asunto por zanjado.

¿Qué le ponga las cosas más fáciles? ¿Y no va a decirle nada a Lena? Si hubiese sido el Tuerto y no Becu el que me hubiese descubierto, probablemente estaría ya en el suelo sobre un charco de sangre retorciéndome de dolor. Sin embargo, Becu apenas me ha pedido... ¿un favor?

Esto no tiene ninguna clase de sentido.

Es cierto que Becu poco tiene que ver con su predecesor, a pesar de ese aspecto imponente y agresivo, se puede decir incluso que se ha portado más o menos bien conmigo. Pero de ahí a perdonarme mi encuentro con Miguel y ahora esto... Algo no me huele bien aquí. De hecho, es más probable que él corra más peligro ocultándole todo esto a la Matriarca que yo saltándome todas las normas. Lena pertenece al clan de una de las mafias de tráfico de personas más peligrosas del país (quien sabe si del mundo), por lo que aquí nada se toma a la ligera y nada se pasa por alto.

Lo que tengo bien claro es que tal y como ha dicho el propio Becu, no va a haber una tercera, aún no sé siquiera cómo es que he salido indemne de las dos anteriores, pero no voy a volver a arriesgarme faltándome tan poco para saldar mi deuda. Menos cuando todas las locuras que no he realizado en tres años las he cometido en apenas una semana.

Capítulo 7

—¡Ce! —Levanto la vista del cuchillo para encontrarme esta vez con Oana—. Te llama Lena.

—Ya voy, gracias.

Probablemente ya os habréis dado cuenta de que tanto Anca como Oana, se dirigen a su madre por su nombre y jamás la llaman «mamá». Lena, desde que sus hijas eran unas crías, las obligaba a dirigirse a ella de esa manera, como la mujer fría y calculadora que es. Ya cuando sus hijas se pasaban el día de plató en plató de televisión entre anuncio aquí o extra allá esto era así. Algo que probablemente Lena ya tenía más que planeado, siendo plenamente consciente de la rentabilidad que podría sacar de tener a dos «princesas famosas» en su agencia cuando alcanzaran la edad suficiente para explotarlas sexualmente, sin que nadie pudiera denunciarla por ello. Y el premio gordo le llegó cuando las cogieron para hacer de dos mellizas entrañables y divertidas en una famosa serie familiar emitida en *prime time,* y que duró nada menos que ocho años: todo el país las vio crecer. Para Lena todo es negocio, hasta su propia familia. Debí haberme dado cuenta antes de que yo no iba a ser una excepción para ella.

Frente a la puerta del despacho de Lena cuadro los hombros al tiempo que estiro muy bien la espalda tratando de mejorar mi postura, tal como ella desea que lo haga: tiene una obsesión extrema con el aspecto que deben mostrar todas las chicas de la agencia, y al parecer, y bajo sus ojos, yo debo ser algo así como el jorobado de Notre Damm.

Llamo a la puerta y a diferencia de ella cuando acude a mi habitación, espero que me invite a entrar antes de hacerlo.

—Pasa.

Lo hago, cerrando tras de mí antes de plantarme frente a su enorme mesa de cristal, donde permanece sentada concentrada en lo que sea que haya en la pantalla de su portátil.

—Tienes un servicio en una hora, es en el centro —me informa sin tan siquiera mirarme.

—De acuerdo, ¿algo más?

—Deduzco que como fuiste la única de la agencia que no acudió a la fiesta le habrá entrado curiosidad —arguye quitándose las gafas de pasta negra y aspecto felino, antes de levantar la vista para escrutarme con detenimiento.

—¿Cómo?

—Tu cliente, Ion Dalca. —¡¡¿¿QUÉ??!!—. ¡Estírate, niña! No entiendo la manía que tienes de ir encorvada siempre.

Probablemente del susto me he encogido como un caracol.

—¿Ese no es el que organizó la fiesta del sábado pasado?

Lo mejor en estos casos: hacerse la loca. Al menos así puedo darle sentido a mi cara de «¡¿pero qué coño?!».

—Así es. Por lo que no hace falta que te diga lo importante que es este cliente, pero lo voy a hacer, porque probablemente es el más importante que haya pasado por la agencia. Haz todo lo que te pida, no quiero recibir ni la más mínima queja, y por lo que tengo entendido es bastante exigente, así que más te vale estar a la altura.

—Hace mucho que no recibes una queja.

Exactamente tres años.

—Que siga así.

—¿Me puedo ir ya? —espeto con sequedad, incapaz de ocultar la mala leche que me ha entrado.

—Espera, quería comentarte otra cosa… Tu deuda ha aumentado tres mil euros.

—¡¿Qué?! ¡¿Pero, por qué?!

—He tenido que despedir a Óscar, y teniendo en cuenta que tú has sido la culpable de ello, los gastos tendrás que asumirlos tú.

—¡Eso no es justo, yo no he hecho nada!

—¿Me estás gritando?

—No, yo solo…

—No he terminado —me interrumpe tirana—. Dalca ha pagado dos mil euros por ti.

—¿Cómo que dos mil euros?

—Ha insistido mucho en ti, no me preguntes por qué; así que tu deuda solo se ha incrementado en mil euros. En el fondo, eres una chica con suerte.

¿Suerte? ¡Suerte sería que mi padre nunca te hubiese conocido!

—¿Alguna petición? —pregunto ignorando sus palabras.

A veces los clientes tienes peticiones muy concretas de lo que desean, como por ejemplo que te vistas de cierta manera, que lleves algún perfume en concreto e incluso que vayas vestida de monja; eso me pasó una vez, no es coña.

—El único requerimiento es que estés a la altura.

—Lo estaré.

En realidad… no estoy tan segura de ello.

—Ve ya a prepararte, quiero que estés puntual.

Hora y media más tarde hemos llegado al hotel, un cinco estrellas del centro y, como siempre, Becu me acompaña hasta la recepción, en donde espera a que coja la llave que los clientes dejan a mi falso y exótico nombre «Celine Bonner», ese con el que me bautizó Lena cuando me «invitó» a formar parte de la agencia, usando para ello un carnet falso que ella misma me facilitó.

Con la tarjeta de la habitación en la mano y tratando de ocultar mis nervios ante el inminente encuentro con Ion Dalca, entro en el ascensor pulsando el botón de la quinta planta incapaz de creer que vaya a tener que acostarme con ese ser despreciable; uno más que añadir a la larga lista de personas que he tenido el placer de conocer estos últimos tres años de mi vida.

Mientras las puertas se cierran observo a Becu en el centro del elegante *hall*, con su metro noventa de puro músculo enfundado en tela negra, su larga melena recogida en una coleta baja y su cara de pocos amigos, y la verdad, nunca me ha parecido que desentonara tanto en ningún lugar como en este. Probablemente porque no suelo atender a los clientes en hoteles tan lujosos, y sentado en ese sofá de terciopelo azul, que parece de juguete bajo su corpulento cuerpo, parece que le hayan sacado de una peli de gánsteres. Aunque no es que a él eso le afecte demasiado, ni siquiera que las dos mujeres que estaban sentadas justo enfrente hayan decidido levantarse e irse con cara de haber visto a un terrorista. Literal.

Las puertas se cierran y creo ver cierta diversión centelleando en la mirada de Becu mientras les guiña un ojo a las desertoras, lo que de nuevo me hace replantearme la visión que tengo sobre este hombre. ¿Me pasa lo de Miguel, lo de la fiesta y ahora esto? Sé que parece una tontería, pero Becu no es bromista, divertido y creo que jamás le he visto esbozar algo parecido a una sonrisa, ni siquiera creo que tenga capacidad para ello.

El sonido elegante y sutil que hace el ascensor al abrir sus puertas avisándome de que he llegado a mi destino sustituye con gran presteza de mi mente la inusual y desconocida imagen de Becu por la de Dalca, mi inesperado y déspota nuevo cliente. He de reconocer (no voy a tratar de engañar a nadie a estas alturas) que, desde que el nombre de Dalca abandonó los labios de mi querida madrastra, una extraña sensación se ha instalado en la boca del estómago acompañándome desde entonces: alguna clase de nervios de mierda con los que no sé muy bien cómo narices lidiar.

Introduzco la tarjeta en la ranura consciente del incipiente e inusual, aunque discreto, temblor de mi mano. Inspiro un par de veces justo antes de entrar con una entereza y una confianza fingida, porque no es así precisamente cómo me siento en este instante.

Lo primero que llama mi atención es que su tarjeta no está puesta en el enclave que hay junto a la puerta que permite prender las luces: la habitación está a oscuras y en silencio. Sin embargo, no es señal de que el Caballero Oscuro no se encuentre en ella, tras mi única experiencia con él ya sé que se siente cómodo cuando reina la oscuridad.

Sin pensarlo demasiado uso mi propia llave para iluminar la habitación y, sintiéndome levemente preparada, me adentro unos pasos para encontrarme con Dalca. Pero lo único con lo que me topo es con una turbadora quietud y un sobre blanco que descansa pacientemente sobre una mesa a mi izquierda.

Me acerco con precaución, sintiendo el pulso acelerarse ante toda esta incógnita; aún temo que vaya a salir de un rincón en cualquier momento pegándome un susto como el de la primera vez o con una pistola apuntándome directamente a la cabeza, como en esa pesadilla.

«Celine» se puede leer en el dorso escrito en tinta azul. Es más grueso de lo que cabría imaginar, teniendo en cuenta que lo único que se me ocurre podría encontrar dentro sea... ¿una nota, quizá? Y hay una, junto a mi pulsera, la que daba ya por pedida, acompañada de... ¿pero qué...?

Y antes siquiera de que la pregunta tome forma en mi cabeza, desdoblo el pequeño papel para leer (en una letra demasiado pulcra para pertenecer a la despreciable persona que la ha escrito) lo siguiente:

Espero que esto cubra el tiempo que te hice perder.

Y tranquila, Lena no sabe nada.

La habitación está pagada, disfruta de ella.

Ion.

¡Ocho mil euros! ¡Ocho mil putos euros!

Tardo algo así como diez minutos en contarlo todo y asimilar que no es una jodida broma. Ocho mil euros repartidos en varios billetes de cien, doscientos y quinientos que, sumados a los dos mil que ha pagado a Lena por un servicio, que claramente no voy a realizar, harían un total de esos supuestos diez mil euros que le dije a Dalca cobraba por servicio.

Calor. Siento un calor fulgurante e intenso crecer dentro de mí. Completamente dominada por él, cojo un pósit de un bonito color rosa con el logotipo del hotel y escribo, a punto de atravesar el papel con el bolígrafo, tan solo tres palabras. Ni siquiera voy a firmarla, deduzco que no va a ser necesario.

Salgo de la habitación indignada, ¡más que eso! Estoy furiosa, con unas inmensas ganas de darle a ese Caballero Oscuro en su jodido ego de *machirulo* arrogante y prepotente.

Alcanzo el vestíbulo directa a la recepción.

—¡Buenas tardes, señorita!

—Hola —saludo algo seca y puede que un pelín cortante—, resulta que había quedado con el señor Dalca, de la habitación 205, no consigo contactarle y tengo que irme porque me ha surgido un imprevisto. El caso es que necesito entregarle esto —digo tendiéndole el sobre con mi nota pegada a él—, ¿es posible que usted pueda entregárselo de mi parte?

—Claro, sin problema. ¿La 205 me ha dicho, verdad? —Asiento en respuesta—. Sí, aquí tengo su número.

—Es muy importante que lo reciba.

—No se preocupe, yo misma me encargaré de ello. ¿Quiere dejarme algún número de teléfono para que le avise…?

—¿Qué pasa? ¿Qué haces aquí tan rápido?

Becu está justo a mi lado, acompañado de su serio semblante reclamando información.

—Nada, solo…

—¿Te ha hecho algo? —pregunta entornando los ojos levemente.

—No me ha hecho nada porque no estaba. Al parecer, solo quería… —No sé qué narices se supone que voy a decirle, así que simplemente contesto lo que dentro de esta locura podría sonar más «lógico»—. Dejarme una carta de amor.

—Señorita, creo que… se ha olvidado esto —dice la recepcionista con la cara colorada entregándome el pósit en el que se puede leer en letra mayúscula: «¡QUÉ TE JODAN!».

—No me he olvidado nada, entrégueselo tal y como está, por favor.

—Claro, como desee.

Me giro con la misma echando a andar hacia la salida, esperando que Becu haga lo propio y se abstenga de hacer preguntas.

Llegamos al coche en silencio, como viene siendo lo habitual, lo que no lo es tanto son las palabras que Becu dice a continuación:

—No podemos volver tan pronto.

—¿Y qué propones? —me escucho preguntando observando como los últimos rayos de sol de esta tarde de verano recortan su enorme figura frente a mí.

—¿Hace cuánto no comes un helado? —me pregunta con la mirada clavada en algún punto a mi espalda.

Me giro, y a unos doscientos metros veo una heladería.

—¿Vas a invitarme a uno?

Le miro como si literalmente hubiese visto un fantasma.

—¿Te apetece?

—No te diría que no a uno de café.

—Debí haberlo adivinado, es lo único que te he visto beber desde que te conozco —se burla, aunque solemne, como es él—.

Espera aquí —me pide abriendo la puerta delantera del coche esperando que entre.

Lo hago y él echa a andar camino a la heladería, no sin antes cerrar el coche con llave.

Una cosa es que se salga de lo establecido invitándome a un helado en vez de volver a la cárcel como tendría que ser, otra bien distinta, que me deje acompañarle o esperarle fuera junto al coche.

Con la vista perdida en el anodino tráfico de la capital, mi mente debate qué me tiene más asombrada, si el insólito comportamiento de Becu o la desfachatez del jodido Dalca. Antes de que me haya dado tiempo a tomar una decisión, el grandullón se sienta frente al volante tendiéndome una enorme tarrina con tres bolas de helado café.

—Gracias —respondo sorprendida, pero en vez de advertirle de que al igual se ha pasado trayéndome medio kilo de helado, es otro el comentario que se escapa de entre mis labios—. ¿Dónde está Becu y qué has hecho con él?

Como respuesta, sus tensos labios, siempre ausentes bajo su oscuro y denso bigote, se elevan discretamente sin que, al parecer, pueda hacer nada por evitarlo.

¡Ha sonreído! Vagamente, pero lo ha hecho. Carraspea incómodo, imponiendo su semblante adusto habitual, llevándose la mano a esa perilla perfectamente recortada, como si al tocarla activara de nuevo ese interruptor que ha decidido apagarse por un instante para dejar ver a un Becu diferente, más humano, mucho más terrenal. Soy consciente de que no le ha hecho gracia mostrarse de ese modo, y por una parte le entiendo, creo que todos los que vivimos en este mundo necesitamos ese interruptor que nos ayuda a desconectarnos de la parte más vulnerable de nosotros, esa que sacar a pasear puede salirte caro. Muy, muy caro. Con intención de alejarnos a ambos de este instante enrarecido, decido soltar lo primero que se me pasa por la cabeza.

—¿De qué es tu helado?

—Chocolate, aunque prefiero el Brigadeiro.

—¿El qué?

—Brigadeiro, es un sabor típico de mi país.

—¿Es una fruta o algo así?

—Un dulce típico de Brasil, al que también llamamos *negrinho*, y es muy similar al chocolate.

—Anda, no tenía ni idea. ¿De qué parte de Brasil eres? —Me aventuro a preguntarle tras llevarme una enorme cucharada de helado a la boca y paladearla con gusto.

Mmmm… ¡Tres años sin comerme un helado! ¡Esto está de muerte!

—De Vila Cruzeiro.

—Esa es una favela, ¿no?

—De la más peligrosas del mundo.

Y esto lo sé por Miguel, recuerdo escucharle hablar una vez con su padre sobre ello debido a un viaje que tenía que hacer este a dicho país.

Deduzco que crecer en un lugar como ese tiene que marcar, ahora no me sorprende tanto esa personalidad, hace incluso que sienta algo de respeto por él: un respeto distinto. No tiene que haber tenido una vida fácil y bonita precisamente.

—¿Y cómo es que hablas rumano?

—¿Qué había en el sobre, Ce?

Parece que no soy la única que tiene preguntas aquí.

—Dinero —respondo encogiéndome de hombros—. ¿Sabes quién es Ion Dalca?

Intuyendo que no me va a hablar mucho más de sí mismo, se me ocurre que quizá sí me cuente algo sobre el Caballero Oscuro.

—Todo el mundo sabe quién es —responde con sequedad.

Lo que hace que piense que quizá me he pasado de la raya con ese pósit, teniendo en cuenta que al parecer se trata de alguien… importante.

—Nunca debí haber ido a esa fiesta —reconozco.

Y esto sí que lo pienso de verdad. Sé que esta mañana no opinaba lo mismo, pero es que a esas horas aún no me habían insultado de la manera que lo ha hecho Dalca con esas palabras y su jodido y sucio dinero. Nada de todo esto hubiese ocurrido de haberme quedado tranquilita en la cárcel de cristal.

—De nada sirve que te arrepientas ahora de ello, aunque podría haber sido peor.

—Y no lo ha sido gracias a ti. ¿Por qué no le has dicho nada a Lena?

Entiende, sin que tenga que mencionarlo, que no solo me refiero a mi escapada a esa dichosa fiesta, también a lo de Miguel.

—Creo que todos tenemos derecho a cometer errores —responde tras un largo silencio.

—No en este mundo en el que vivimos.

Me sostiene la mirada, parece que sopesando algo… Pero me temo que me voy a quedar con las ganas de saber el qué.

—Será mejor que nos vayamos ya.

—Claro.

Me siento de vuelta a la parte trasera del todoterreno sorprendida por este paréntesis inusual de mi vida.

Levanto la mirada y descubro a Becu observándome a través del espejo retrovisor, justo antes de decir:

—No volverá a repetirse —sentencia.

Este helado. Esta conversación. Esta confianza.

—Lo sé.

Hay personas que se dan un capricho al comprar ropa de marca. Yo destino parte de mi sueldo al placer.
Putero

El Mundo «Hablan los clientes de la prostitución: "Pago por sexo, pero no soy una bestia"».

Capítulo 8

Rafa es un cliché con patas, al menos es esa idea preconcebida que yo tenía de esta clase de tíos. Rafa es piloto, atractivo (no en exceso), seguro de sí mismo, mujeriego, una pizca arrogante y nunca sale por la puerta sin sus Rayban modelo *Aviator,* que deja caer sobre su nariz después de guiñarme un ojo y despedirse con un «cuídate, nena».

Rafa es… cómo decirlo… mi cliente más recurrente. Si no fuera porque me paga cada vez que nos acostamos, podría considerarlo un *follamigo.* Tenemos esa clase de relación distendida y de confianza que yo creo deben tener dos personas que mantienen una relación de este tipo. Claro, esto son solo suposiciones, ya que el único sexo que yo he tenido antes de adentrarme en el mundo de la prostitución fue el que tuve con Miguel, mi ex.

Rafa y yo hablamos, reímos, me cuenta anécdotas del trabajo, pide algo de comida y follamos. Solemos vernos dos veces al mes, cuando su trabajo se lo permite y cuando, bueno, le apetece echar un polvo, supongo.

—¿Estuviste en Valencia y no fuiste a ver a tu madre? —le recrimino apoyando la espalda en el cabecero de la cama.

—No me dio tiempo.

—Eres un mal hijo —le reprocho.

—No estuve ni un día siquiera.

—¿Quién era?

—¿Quién era quién? —pregunta apartando la vista de mis pechos desnudos para mirarme a los ojos.

—La tía que te tenía tan ocupado, esa por la que no podías ni pasar a ver a tu madre.

—Me conoces demasiado —se queja.

—Son tres años ya, Rafa.

—¿Tres? ¡Madre mía, cómo pasa el tiempo!

—No cambies de tema. ¡Espera, no me lo digas! Déjame adivinarlo... ¿una azafata?

—¿Tan predecible soy?

—¿De verdad quieres que te responda a esa obviedad? Bueno, ¿y qué tal con ella?

—Estuvo mejor cuando lo hicimos en la cabina, si de verdad quieres que te sea honesto.

—¿Del avión?

—No, de teléfono. ¿Tú qué crees?

—Mientes.

—Sabes que no, nena.

No suele gustarme demasiado esa clase de apodos, sin embargo cuando viene de él... no me molesta especialmente. Y a estas alturas, sería raro escucharle dirigirse a mí sin acabar cada frase con ese «nena».

—Aún no entiendo cómo no has estrellado ya un avión.

—Estás hablando con el comandante Rafael Suárez, con más de diez mil horas de vuelo a sus espaldas.

—¿Acaso debo rendirte pleitesía por ello?

—Hombre, como mínimo podrías agradecérmelo con una mamada —arguye uniendo sus manos bajo la nuca, elevando levemente la cadera y una semierección.

—Si lo hago no es por sus horas de vuelo, comandante —me burlo—, más bien porque me paga por ello.

—¡Le quitas la gracia a todo, nena!

—Ya sabemos que de los dos eres tú el gracioso.

—En eso tengo que darte la razón, mira.

Algo que he descubierto en estos años como prostituta es que lo que buscan muchos de los hombres que contratan mis servicios no es solo sexo, al fin y al cabo, la mayoría de ellos tampoco es que necesiten pagar por él: véase el caso de Rafa, el piloto adicto a las azafatas de vuelo anda bien servido, pero dos meses al mes rigurosamente solicita mis servicios. Según mi experiencia, un porcentaje alto de estos hombres parecen sentirse solos o incomprendidos por sus mujeres y/o novias, y no solo vienen a buscar esas prácticas sexuales que no obtienen de ellas, resulta que más que nada lo que les agrada en gran medida es sentirse escuchados. Una sesión de sexo y un rato de charla para desahogarse. Y quizá os suene raro, pero prefiero acostarme con esos desconocidos que escuchar sus «desgracias» y fingir que empatizo con ellos y sus desdichas. Sin embargo, con Rafa es distinto, igual porque nuestras conversaciones no son tan profundas (lo cual agradezco enormemente), igual porque a veces siento como si fuera un amigo y, tan solo por un par de horas, puedo dejar de ser Celine para volver a ser...

—¿Cómo van las cosas en el trabajo?

—Como siempre, procurando aprender lo máximo posible —contesto con una normalidad por la que debería sentirme preocupada.

—¿La bruja sigue haciéndote la vida imposible?

—Es su trabajo.

—¿Cuánto hace ya que terminaste la carrera? ¿Cinco años?

—Cuatro —le corrijo.

Frente a Rafa, finjo ser otra mujer, la que sería si no hubiese acabado aquí. Y por un momento es agradable volver a ser esa chica, que tras terminar un Grado en Diseño de Moda, encontró unas prácticas en un estudio. Un lugar en el que ganaba poco, pero en el que disfrutaba mucho. Esa chica, que se sentía la mujer más feliz de la Tierra. En ocasiones, entre las cuatro paredes de esta habitación de hotel junto a Rafa se crea una atmósfera algo irreal y casi parece que puedo sentirme como entonces. Solo casi. Apenas estuve un año en aquel taller, hasta mi veintitrés cumpleaños, cuando lo jodí todo por completo.

—¿Cuándo vas a lanzarte con tus diseños?

—Cuando reúna el dinero.

Esto no es del todo mentira, es lo que pretendo hacer cuando finiquite mi deuda con Lena.

—¿Has hecho algo nuevo que puedas enseñarme?

—Mmmm… ¡espera! —exclamo saltando fuera de la cama en busca del bloc que llevo en el bolso en el que casi todos los miércoles y algunos días entre semana, por la noche y a escondidas, dibujo algunos diseños.

—Este me gusta —asegura mirando uno de mis favoritos, ese que está inspirado en la pulsera que llevaba siempre conmigo, hasta ahora—. Eres buena, Ce, en serio. ¿No sé a qué estás esperando?

—Ya te lo he dicho, necesito dinero. Además, aún no estoy preparada, me queda mucho por aprender.

—¡Excusas! ¿Cuánto dinero necesitas para emprender por tu cuenta? Me extraña que con todo el tiempo que llevas en esto aún no tengas suficiente. —Si él supiera… Para él soy una estudiante de moda que se prostituye para ahorrar y cumplir su sueño: crear su propia línea de zapatos—. Y créeme, estás más que preparada para convertirte en la nueva Donatella Versace, eso de que no te sientes lista no es más que una excusa. Lánzate, antes de que sea demasiado tarde. Le estás negando al mundo tu talento —me reprocha de una manera… que casi consigue que me lo crea.

—Es que me roba todo el protagonismo, comandante. Además, ¿desde cuando sabes tú tanto de moda, a ver?

—Yo paso mucho tiempo con mujeres que llevan zapatos como los que tu dibujas en esos cuadernos, por lo tanto, tengo el conocimiento necesario para opinar al respecto; aunque no lo creas, me gusta mucho la moda femenina —arguye pagado de sí mismo. Lo ya habitual, vamos.

—A ti te gustan las mujeres desnudas, no sé a quién tratas de engañar.

—Bueno, señorita *diseñadora*, creo que ya se ha metido suficiente conmigo. Ahora prefiero ver cómo se corre —ronronea acercándose hasta alcanzar mis pechos tomándose su tiempo con cada uno: primero con la mano, luego con la boca.

Con él es fácil fingir que tan solo somos dos amantes que han decidido disfrutar el uno del otro, él consigue que sea sencillo. Se esfuerza por que yo disfrute, y aunque trato de dejarme llevar para que así sea, la realidad es otra bien distinta: nunca consigo correrme, aunque él cree que sí. Lo que hace que me sienta levemente culpable, quizá porque es el único de mis clientes que de verdad desea mi placer de forma honesta. Al resto les importa bien poco que finja como la actriz de una película porno, lo único que buscan es correrse ellos y creer que son unos machotes porque han hecho que me corra tres o cuatro veces. Rafa no, Rafa disfruta provocándome placer, pero siempre hay algo que me impide disfrutar de verdad. A las puertas del orgasmo algo se activa en mí, un muro defensivo que no logro traspasar, por lo que termino fingiendo. Como hago con el resto de clientes. Y como ahora, mientras acaricia mi clítoris con la yema de sus dedos con la precisión justa y el movimiento adecuado para que de verdad sienta despertar un ligero cosquilleo bajo el vientre, consciente de que no va a llegar más: mi cuerpo nunca me permite pasar al otro lado; es como correr en una cinta eléctrica esperando llegar a otro lugar.

—¿Te gusta así, nena?

Asiento a la vez que cierro los ojos un instante, tratando de concentrarme en el leve placer que me provoca. Y… de repente, algo sucede. Un intenso calor comienza a expandirse por todo mi cuerpo, abotargando mi cabeza. La imagen de Ion Dalca arrodillado frente a mí, con la cara hundida entre mis piernas toma forma y fuerza en mi cabeza. Ni siquiera me da tiempo a cuestionarme el porqué de esa intromisión, apenas tardo unos segundos en alcanzar un orgasmo intenso y de lo más inesperado.

Abro los ojos de golpe en cuanto logro normalizar la respiración, esperando despertar de lo que prefiero creer es otra pesadilla en la que de nuevo, Dalca es el jodido protagonista.

Pero no lo ha sido, no estoy en el destartalado colchón de la cárcel, sino en un hotel con un cliente. Exactamente con Rafa, que me contempla fascinado y en silencio.

¿Qué demonios ha sido eso?

¿Puede alguien sentirse traicionado por su propio cuerpo? Sí, se puede. Me acaba de quedar bastante claro. Engañada, estafada, decepcionada, molesta e… incrédula. Así me siento.

—Nunca te habías corrido de esa manera —asegura con la voz teñida de sorpresa.

«Probablemente porque nunca antes me había corrido contigo, machote».

—Sí, ha sido… inesperado —reconozco.

—Como tus uñas en mi brazo.

Efectivamente le he dejado unas buenas marcas de recuerdo.

—Lo siento.

—Nada que sentir. Me encanta —asegura guiñándome un ojo. Y en un par de movimientos, me sitúa sobre él, preparado ya con un preservativo rodeando su más que dispuesta y enhiesta erección. ¿En qué momento se lo ha puesto?—. A cabalgar, nena. Monta a este purasangre.

—Qué cosas tan bonitas me dice, comandante —me burlo—. Espero que a las mujeres con las que te acuestas no les sueltes estas lindezas.

—A algunas les gusta —arguye realmente convencido.

Pongo los ojos en blanco y omito mi opinión al respecto, no estoy aquí para darla, sino para satisfacer las peticiones de mis clientes, así que… a montar al caballito presuntuoso. Al menos, así puedo concentrarme en algo que no sea en el hecho de haberme corrido con la imagen de Ion Dalca. De Ion Dalca arrodillado entre mis piernas, para ser más exacta.

Sí, mejor fingir que eso no ha ocurrido.

—Es la primera vez que te corres, ¿verdad?

Levanto la cabeza de su pecho para mirarle directamente a la cara incapaz de ocultar mi sorpresa. Vale, parece que no finjo tan bien como creía. ¿Acaso era consciente de que he fingido durante estos tres años o sencillamente acaba de descubrirlo ahora?

No se me ocurre nada que decir, aunque no lo crea, yo soy la primera sorprendida por lo ocurrido.

—Es un buen regalo de despedida —añade alargando el brazo para colocarme un mechón de pelo detrás de la oreja en un gesto cargado de ternura.

—¿Despedida?

—Me han hecho una oferta en otra compañía, una de esas imposible de rechazar. Me mudo a Dubái.

¿A Dubái? ¿A la otra parte del mundo?

Algo muy dentro de mí se encoge.

—Enhorabuena, supongo.

—¿No me vas a echar de menos? —pregunta entornando la mirada, cargando con esas palabras un ambiente ya enrarecido y surrealista después de ese orgasmo de sabor amargo.

—Dejas buenas propinas, así que…

—¡Qué mala eres! —exclama falsamente ofendido haciendo que rodemos por el colchón hasta tenerme bajo su cuerpo, manteniéndome sujeta por las muñecas que aprieta contra el colchón—. Yo te voy a echar de menos —asegura clavándome su mirada con una solemnidad que nunca antes había presenciado en él.

Nos quedamos en esa posición escrutándonos el uno al otro: él, lo hace con intensidad, yo, con recelo, tratando de esquivar lo que esa confesión ha provocado en mí.

Logro soltarme y sin decir una palabra me levanto y me meto en el baño.

Cuando salgo ya se ha vestido y está junto a la puerta ocupado con su teléfono móvil. Levanta la mirada de este en cuanto se percata de mi presencia. Acorta la distancia que nos separa, tan solo un par de pasos y… me besa. Un beso sin lengua, pausado y demasiado íntimo.

—Ha sido un placer conocerte, nena. Cuídate, por favor.

Sin añadir nada más, me guiña un ojo justo antes de dejar caer sus gafas de sol sobre el puente de su nariz.

Me llevo los dedos a los labios, sintiendo aún la presión de los suyos sobre los míos.

Hace tres años que no me besa un hombre y Rafa acaba de hacerlo. Jamás beso a mis clientes, ni siquiera él y yo nos hemos besado nunca antes durante todo este tiempo, hay cierta intimidad en el hecho de besar que me resulta más íntima casi incluso que el propio sexo. La boca es el límite, la frontera.

También es cierto que hace tres años que no tenía un orgasmo, pero en este caso, Dalca ha sido la razón.

Me he quedado tan impactada con ese beso, que no era consciente del sobre que Rafa había puesto en mi mano. Lo que trae de nuevo a Dalca a mi mente; parece que últimamente todo va de sobres con dinero y notas manuscritas. Afortunadamente, en este caso, no hay ofensa. Junto con dos mil euros una nota con letra apenas garabateada y desenfadada pero con personalidad dice:

Espero que esto te ayude
Todas las mujeres de aquí a Nueva York se merecen calzar unos
«Bonner»
Gracias por todo, nena

Sus palabras me sacan una sonrisa. También una lágrima.

Me visto con un nudo apretándome la boca del estómago levemente aturdida, consciente de que no solo he perdido a mi mejor cliente, de hecho, he perdido a un buen amigo; al único que por un rato conseguía que me olvidara de esta vida. De la deuda, de Lena, de los golpes. Del dolor. De Horatiu, de la pérdida de libertad, del sexo con olor a rancio.

Rafa, con sus bromas, su honesta preocupación por mí, su manera de tratarme casi como a una igual. Rafa mantenía a Celia viva, al menos a una parte de ella.

Ahora, Rafa se ha ido para siempre. Lo poco que quedaba de Celia, también.

La verdad que alguna puta sí que me he hecho en el coche, lo que pasa que estás más limitado. Prefiero la verdad al aire libre, en un parque ¿no? Que te permite hacer tus posturitas y sentirte como en una peli porno.
Putero

Puteros New Atlantics

Capítulo 9

Abandono la joyería levemente entusiasmada por tener de vuelta colgando de mi muñeca mi pulsera con su bonito tacón con brillantes Swarovski incrustados. La llevé a arreglar el miércoles pasado y he tenido que esperar otra semana para poder ir a recogerla. Al menos, la he recuperado.

Hacía mucho tiempo que no pisaba el Gran Plaza 2, un enorme y bonito centro comercial de la zona noroeste de Madrid. De pasillos extensos y abiertos en toques de color salmón y dorado divido en dos grandes plantas. Igualmente no me gusta venir aquí por dos razones en concreto: primero, porque no me siento cómoda en lugares atestados de gente, y segundo, y la causa de mayor peso, me recuerda demasiado a Miguel, ya que solíamos venir cada semana a comer las famosas tortitas del VIPS. Nos encantaban.

Salgo de la joyería despistada, absorta en mis pensamientos, cuando escucho a alguien pronunciar mi nombre. Bueno, lo que queda de él.

—¿Ce?

Me vuelvo, sin pensar demasiado antes de hacerlo, y es que cualquiera que se dirija a mí usando ese… diminutivo, es alguien con el que seguro no quiero hablar, especialmente, fuera de una habitación de hotel. Menos aún si es… ¿Dalca?

Y admito que me ha costado varios segundos reconocerle sin esa máscara cubriéndole parte del rostro y sin el elegante traje que llevaba el día en que nos conocimos. Este aspecto más informal con vaqueros oscuros y una camiseta sencilla blanca no me ha ayudado mucho, de hecho, han sido sus labios pronunciando de nuevo mi nombre, acompañados de su mirada castaña escrutándome con detenimiento, los que han logrado que abandone mi ensimismamiento.

Sin decir nada, le doy la espalda para emprender camino en dirección contraria, tratando no solo de ignorarle a él, también a las ganas que tengo de cruzarle la cara. Y recordar que me corrí con su imagen no ayuda una mierda a suavizar lo incómoda que me siento al tenerlo delante de nuevo.

—Ey, espera, por favor —me pide tratando de cogerme del brazo, cosa que no consigue. No se lo permito.

—¿Qué cojones quieres? —espeto enfrentándole.

—Disculparme.

¿Disculparse?

Reconozco que esa confesión me deja desconcertada, lo que menos esperaría que saliera de su boca es una disculpa. Miento, lo que menos esperaba era encontrarme a este despreciable ser en un centro comercial, pero parece que los delincuentes también salen de compras como todo hijo de vecino.

—Me alegra saber que te llegó de vuelta el sobre.

Es evidente que esa «disculpa» viene alentada por las palabras que le dediqué en aquel pósit.

—¿Puedo invitarte a tomar algo? —pregunta esquivando mi desaire.

—¿Me tomas el pelo?

Me río, una risa cargada de ironía. Sabe perfectamente que pertenezco a Lena y que las cosas no funcionan de ese modo en este mundo, en *su* mundo. Ni siquiera siendo mi día libre.

—Como te he dicho… —deja la frase en suspenso repentinamente—. ¿Qué te ha pasado? —inquiere clavando la vista en mi boca, exactamente en el corte que divide mi labio inferior en dos y en el hematoma que lo acompaña.

Lo que más me sorprende es qué coño le importa a uno de los proxenetas más afamados del país la herida de una prostituta más. Porque eso es lo que soy para él. Y sí, es proxeneta, dato que he conocido recientemente.

—Gajes del oficio, como ya bien debes saber.

Su rostro se muestra impasible ante mis más que intencionadas palabras, pero su mirada…, su mirada dice otra cosa, es… ¿ira? Lo que contrasta sobremanera con la manera suave con la que agarra mi muñeca, pillándome completamente desprevenida, porque no me había percatado de que lo hacía.

—La has arreglado —advierte, tocando con el pulgar el pequeño zapato azul que cuelga de la cadena de plata.

—¿Puedes soltarme, por favor? —le pido, aunque con menos firmeza de la que pretendía. Afortunadamente no tardan en funcionarme de nuevo las neuronas (que parece se habían ido a pastar), para que pueda casi escupirle la siguiente pregunta cargada de odio—: ¿Me vas a obligar a arreglarla de nuevo cuando me suelte a la fuerza?

—Solo quiero hablar.

¡¿Cómo si quiere que se la chupe?! ¿Acaso me está vacilando? Igual se cree que como es el Manolo Blahnik de la prostitución puede saltarse las normas de la Matriarca. ¡Gilipollas arrogante!

Justo cuando estoy a una milésima de olvidarme qué lugar ocupa cada uno en la escala social de este submundo de delincuencia aparece Becu, salvándome no solo de Dalca, también de mi propio funeral; a punto he estado de decirle cuatro cosas al Caballero Oscuro este que, lo más probable, hubiese acabado conmigo con un agujero de bala en la cabeza en medio de un pasillo mugriento. Tal y como llevo soñando cada noche desde que tuve el «placer» de conocerle.

—Suelta a la chica —le exige Becu sin contemplaciones.

Dalca le clava la mirada a mi guardaespaldas con cierto recelo, alargando un tenso silencio con el que parece estuviera retándole.

—Ya sabes cómo funcionan las cosas, Dalca. Si quieres estar con la chica, tienes que hablarlo primero con Lena.

Esta vez es Becu el que me agarra del brazo invitándome a caminar de vuelta al coche, porque, aunque es cierto que nuestra relación desde aquel helado es más distendida que antes, sus obligaciones para con Lena no han cambiado. Tampoco las mías.

Ion no dice nada, creo que está demasiado ocupado desmembrando a mi guardaespaldas con la mirada. Y ahí se queda, plantado, viendo cómo nos alejamos.

—¿Qué quería? —me pregunta Becu ya fuera del centro comercial.

—¡Yo qué sé! Darme otra carta de amor al igual.

—¡Qué mala eres! —me reprende y hasta parece que lo diga en serio.

—¿Yo? Mejor no hablemos de quién es el malo aquí —arguyo llevándome de forma casi inconsciente la mano al labio partido.

Mis palabras crean un nítido silencio que no desaparece durante todo el camino de vuelta a «casa».

Dos horas dibujando desconectada del mundo exterior y de ese encuentro con Dalca son exactamente la medicina que necesitaba: no creo que vuelva a pisar el centro comercial. La verdad es que no tengo intención de salir de este lugar ningún miércoles más de aquí a que termine de saldar mi maldita deuda. Dedicar mi escaso tiempo libre a mejorar mis diseños no me parece tan mala idea. Sola, sin gente alrededor, qué más se puede pedir. Ni tan siquiera el ruido de la puerta al abrirse logra sacarme de este remanso de paz en el que me encuentro. Pero Gus sí, que da dos palmadas al aire buscando captar mi atención.

—¿Qué pasa?

«¿La quieres, no?», me dice agitando la última Vogue frente a mis narices. «Pues escucha».

—Chantajista.

«No tendría que hacerlo si me prestaras un poquito más de atención».

A Gus le toca siempre hacer los recados y las compras, y a pesar de que Lena controla cada céntimo que sale y entra en esta casa, mi amigo se las ingenia (no sé cómo) para traerme cada mes la Vogue, un cuaderno para dibujar o algún dulce para hacer esta vida menos amarga. Y todo lo paga su tía, aunque ella no tenga ni idea.

—Está bien, ¿qué es eso tan importante? Pero, por favor, dime que no es otra fiesta.

«Me he enamorado», suelta así, sin paños calientes ni nada, dejándose caer sobre el colchón junto a mí con dramatismo.

—¿Cómo que te has enamorado? —inquiero frunciendo el ceño.

Comienza a relatarme con una ilusión que no le había visto en años cómo ha conocido a Pablo, el carnicero del súper con el que al parecer lleva tonteando ya varios meses. Y hoy se ha dado cuenta de que se ha enamorado, porque según su propia teoría, ese amor es correspondido. ¿Cómo sabe que lo es?, os estaréis preguntando. Ya os resuelvo yo el misterio: la teoría de las seis «W». Sí, se trata del mismo principio que se usa en periodismo: qué, quién, cuándo, dónde, por qué y cómo. Según el (absurdo) teorema de aquí mi amigo, si alguien (tiene que ser a solas, esto es importante, no me preguntéis por qué, al parecer si hay gente delante ya no vale) en una única conversación te realiza estas seis preguntas sobre algún tema de tu vida personal es que tiene interés por ti. ¡Más que eso! Es que le gustas, puede incluso que esté enamorado de ti. Me ahorro mi opinión al respecto...

«El caso es que hoy me ha dado su teléfono».

—Y qué, ¿vas a llamarle para salir esta noche o le vas a invitar a casa para que conozca a tu tía y a las brujas de tus primas?

«Eres una aguafiestas».

—Soy realista, Gus. Si no quieres hacerte daño mejor es que lo dejes pasar. Cuando seamos libres podrás estar con el hombre que quieras, pero ahora solo vas a salir mal parado.

Me mira, pero su reacción es completamente muda y no porque él lo sea, sino porque no hay nada de ella que sea capaz de interpretar.

«Tu revista», añade al fin tirándola encima de la cama de malas formas, lo que provoca un silencio algo incómodo entre nosotros. Y normalmente no me molesta y no me suelo sentir mal por ser honesta y exponer la realidad de nuestras vidas, pero reconozco que desde la despedida de Rafa, el piloto, estoy más sensible de lo que es habitual en mí, así que me trago mi orgullo para quebrar esta quietud contándole lo sucedido esta mañana.

—¿Quieres que te cuente yo algo que es para troncharse? ¿Sabes con quién me he topado en el Gran Plaza? Ion Dalca —resuelvo sin darle tiempo a que diga nada—. Que quería pedirme disculpas, dice, no te lo pierdas. Y que me fuera a tomar algo con él.

«¿Qué le dijiste?», pregunta recuperando rápidamente el interés. Sabría que dejaría a un lado su enfado por un poco de cotilleo fresco.

—Por supuesto, Ion. Y luego vayamos al cine, a dar un paseo y a cenar a un restaurante.

«¿Eso es lo que te gustaría?».

—¡¿Qué?! ¡Claro que no! Estoy siendo sarcástica, Gus.

«No sabía que fueras tan clásica», concluye con cierto asombro. También con burla.

—¿Clásica?

«¿Cine, cena, paseo? ¿En serio, Ce?».

—Es lo primero que se me ha ocurrido. Además, eso no es lo relevante de lo que te he contado. Nos estamos desviando del tema.

«Entonces, ¿tendrías una cita con él?».

—¿De qué hablas? ¿Acaso te crees que estoy loca?

«No, lo que creo es que quizá no sea tan mezquino como piensas: te ha pedido disculpas y ya sabemos que eso no es lo habitual en esa clase de tíos», resuelve como si estuviera hablando del vecino de enfrente y yo estuviera mosqueada porque no me saludó al salir del ascensor.

—¡¿Tíos?! ¡Es un puto proxeneta, Gus!

«Lo sé, y tú una prostituta».

—Vaya, menos mal que me lo has recordado, casi se me olvida.

«No juzgues a las personas antes de conocerlas, que sueles hacerlo muy a menudo».

—Pero… ¿A qué viene eso ahora? ¿Es por el cajero ese?

«Es carnicero y *ese* tiene nombre. Ya sabemos que a ti solo te valen los de clase alta, pero la plebe nos conformamos con cualquier cosa».

Hay golpes en la cara que me han dolido menos que esas palabras.

—Acabas de pasarte de la raya.

«No he dicho nada que no sea verdad».

Sea verdad o no, ha dolido.

—Vete a la mierda, Gus.

Ya no sé qué más dice, porque salgo de la habitación sin volver a mirarle incapaz de creerme que haya tenido el valor de soltarme algo como eso.

Voy hasta la cocina, que, dada la hora que es, la oscuridad es reinante y acompaña la soledad, lo cual agradezco enormemente. Me sirvo un gran vaso de agua del grifo mientras le doy vueltas a lo ocurrido con cada trago.

Gus y yo nos queremos mucho, de eso no tengo ninguna duda, pero somos completamente distintos, polos opuestos, vamos. Y no solo en nuestra forma de ser, también en cómo nos hemos criado. Su madre era una mujer de escasos recursos que fue repudiada por sus hermanos (Lena y Horatiu), que eran su única familia, y todo porque se negó a formar parte del negocio familiar, cosa que no sentó muy bien, especialmente a Lena, que quería aprovecharse de la belleza de su hermana pequeña para sacarle rentabilidad. De hecho, le sacó rentabilidad durante un tiempo, hasta que Sofia, que así es como se llamaba la madre de Gus, conoció a Gustavo, un hombre que trabajaba en la construcción en la época en la que esta daba dinero y que le ayudó a salir de la calle. A la Matriarca no le hizo ni pizca de gracia, pero después de muchas amenazas y una paliza tanto a Gustavo como a Sofía, Lena decidió dejarles en paz. Lo que pasó es que seis años después de que naciera Gus, su padre murió en un accidente laboral, y diez más tarde, su madre falleció de un cáncer. Sofía, desesperada, tras la advertencia de los médicos de que no le quedaba mucho tiempo, y viendo que se acercaba su día y no tenía a nadie a quién dejar a su hijo, acudió a su hermana Lena para que se hiciera cargo de Gus cuando ella no estuviera. Él tenía dieciséis años cuando se mudó con nosotros, y yo acababa de cumplir diecisiete; un año después me mudaba a la capital para comenzar mi carrera de diseño.

Nuestras vidas han sido parecidas en ciertos aspectos: ambos perdimos a nuestro padre en un accidente y a nuestra madre por culpa de una enfermedad, y ambos terminamos viviendo bajo el yugo de Lena Negrescu. Lo que nos diferencia es que yo he tenido la suerte de crecer en el seno de una familia bien acomodada. Mi padre fue el fundador de una cadena de restaurantes muy famosa, la misma que Lena se encargó de llevar a la quiebra. Mientras que su vida ha estado ciertamente rodeada de pobreza y necesidad.

El caso es que Gus me guarda cierto resentimiento por las vidas tan distintas que nos ha tocado vivir. Cree que soy una niña de papá que hasta lo ocurrido con Lena no sabía cuidar de mí misma. Y bueno, no le culpo, sé que ha tenido una vida muy dura, pero a veces se pasa y le gusta demasiado hacerse la víctima. Y a mí, sencillamente, cuando se pone en ese plan, me cabrea, pero más aún me duele. Solemos pasar días sin hablarnos hasta que, por norma general, es él quien viene a pedirme disculpas con el rabo entre las piernas. Y espero que sea así, porque en esta ocasión en concreto se ha pasado mucho, muchísimo.

—No puedes estar aquí, ya lo sabes.

Es curioso, pero la voz de Becu ya no me sobresalta, ni tampoco sus apariciones repentinas.

—¿Te duele? —pregunta refiriéndose a mi labio, ese que me partió Lena de un bofetón hace dos días, sencillamente porque... la verdad es que ya ni sé cuál fue la causa en esta ocasión.

—Me duelen más otras cosas —respondo metiendo el vaso en el lavavajillas.

Becu asiente con los brazos cruzados sobre su ancho pecho apoyado en la encimera de granito frente a mí.

—Ya queda menos —concluye.

Apenas hago caso a sus palabras.

—A veces creo que no estoy preparada para que esto acabe —respondo dándole voz a mis pensamientos, consciente, después de hacerlo, de que acaba de hacer referencia al tiempo que me falta para finiquitar mi deuda y abandonar esta vida; él, la mano derecha de mi carcelera. Lo cual no tiene ninguna clase de sentido. Pero, ¿el qué lo tiene? Porque últimamente apenas entiendo lo que sucede a mi alrededor, como ese repentino acercamiento suyo, como si acaso fuésemos amigos. Aun así, aparto todas estas incongruencias y continúo hablando. Quizá porque necesito desahogarme, quizá, porque él permite que lo haga—. Admito que no soy la mujer que era. —Porque cuando todo esto acabe, ¿de verdad voy a dedicarme a diseñar como si estos tres años de palizas, golpes, amenazas y sexo con desconocidos nunca hubieran ocurrido?—. Igual ya no sé vivir de otra manera.

Dicha la última palabra procedo a abandonar la cocina incapaz de mirarle directamente, porque acabo de exponerme demasiado, pero al pasar junto a él, su enorme mano me detiene sujetándome por el brazo.

—No te rindas ahora —susurra en una petición cargada de súplica.

Le miro, asombrada por esas palabras. Nos quedamos estáticos, los dos, sosteniéndonos la mirada bajo esta penumbra que nos ha empujado a confesar cosas que obviamente están fuera de contexto, cada uno aquí tiene un rol y acabamos de torearlo con una facilidad que, de hecho, debería asustarme.

Diría que ambos estamos aún tratando de darle sentido cuando el golpe de la puerta de la calle al cerrarse empuja a Becu a soltarme, y a mí a salir a hurtadillas para colarme de nuevo en mi habitación a escondidas. En mi escape, alcanzo a ver a Oana volviendo probablemente de algún servicio con un cliente, lo que me llama bastante la atención, puesto que ella en concreto no suele hacer servicios tan tarde entre semana; no como su hermana.

Metida ya bajo las sábanas, las palabras de Becu resuenan en mi cabeza: «No te rindas ahora».

«¿Por qué me pides que no tire la toalla? ¿Por qué te importa?», me hubiese gustado preguntarle, pero jamás le haré esa pregunta. Probablemente porque me asusta demasiado la respuesta.

Pagas por el servicio, casi como cuando vas a los servicios de la vía pública a orinar o defecar.
Putero

Traductorasporlaabolicióndelaprostitución.weebly.com

Capítulo 10

—¿Sabes quién es el cliente?

—El de las cartas de amor.

—¿Estás de coña, no?

Freno en seco justo antes de subirme al coche dándole de paso más dramatismo al asunto.

No tardo mucho en descubrir por mí misma que no habla en broma, veinte minutos exactamente, el tiempo que tardamos en llegar al hotel en el que Dalca me citó la vez anterior. Pero no es hasta que me encuentro subiendo a la quinta planta con la llave de la habitación en la mano, que empiezo a hacerme a la idea de que, efectivamente, voy a ver de nuevo a Ion Dalca. Y algo me dice que esta vez no hay un sobre ocupando su lugar, aun así creo que lo preferiría a estar de nuevo a solas en una habitación con él. Más aún sabiendo que voy a tener que acostarme con él; a pesar de la jugada de mi mente del otro día, ese tío no me gusta un pelo. Y no se trata de prejuzgar a nadie tal como asegura Gus, hablamos de un jodido proxeneta, que, además, se relaciona con la peor escoria criminal del país. En serio, no es que Gus peque de ingenuo, es que a veces creo que se fuma alguna mierda muy gorda cuando sale a hacerle los recados a Lena.

Siento cierta incertidumbre que reconozco no padecía hacía mucho tiempo, pero hay algo en él que me desconcierta. Dijo que quería disculparse ayer mismo cuando nos encontramos en el centro comercial y hoy… ¿contrata mis servicios? Ese pensamiento provoca una opresión bajo mis costillas impidiéndome respirar con normalidad, y el ceñido vestido *midi* color blanco que llevo puesto claramente no ayuda. No sé que me asusta más, que quiera disculparse o acostarse conmigo. No me siento preparada para ninguna de las dos cosas, de eso estoy completamente segura.

En el vaivén de estos pensamientos mis pies me han llevado hasta la puerta de la habitación. Por un momento, creo que me he equivocado, la elevada música que se escucha a través de la puerta me hace dudar unos instantes, hasta que compruebo el número. Es esta.

Usando la tarjeta accedo al interior y de nuevo, como la última vez que ambos estuvimos juntos y solos compartiendo espacio, reina la oscuridad, a excepción de la tenue luz que sale del baño con pereza, imitando fehacientemente lo que siento en este instante.

Espero de pie en el pequeño rellano levemente paralizada sin saber muy bien qué hacer. Nunca me ha pasado esto, ni siquiera las primeras veces cuando comencé a ejercer: las palizas del Tuerto servían como estímulo para mostrarme más predispuesta y receptiva.

Pasan los segundos mientras un masculino olor a gel va inundando este pequeño espacio hasta hacerlo casi irrespirable, y no es que me desagrade, es que en mi inaudito estado cercano a la ansiedad me está afectando más de lo que me gustaría admitir. Sacudo la cabeza y rebosando una seguridad que ni tengo ni padezco, pero que por mi propia integridad es mejor que finja, cruzo la habitación soltando el bolso sobre la mesita redonda y oscura que hay junto a la cama entre dos sillones color siena. Mis ojos reparan en el taco de pósit rosa apagado y una sonrisa irónica se dibuja en mi cara automáticamente mientras deslizo la yema de los dedos sobre el presuntuoso nombre del hotel.

—Espero que esta vez me escribas algo más bonito.

Aparto la mano sobresaltada segundos antes de levantar la cabeza para encontrarme, a tan solo a un par de pasos frente a mí, a un hombre con unos brazos fuertes cruzados sobre un torso desnudo tan solo cubierto por una toalla sobre sus caderas. Y sí, he dicho hombre y no niño, porque a pesar de lo que pensé la primera vez que nos vimos, ese cuerpo está demasiado curtido para ser el del joven que yo pensé que era. No me pasa desapercibida una escalofriante cicatriz que divide en dos su marcado abdomen.

—Has llegado temprano —dice tras mi mutismo y evidente escrutinio.

De repente soy consciente de que la música ya no suena, y sus palabras me llegan claras y demasiado cercanas.

—Cuando se trata de clientes importantes Lena no deja margen para el error.

—Siéntate, por favor.

Lo hago en un silencio espeso que llena toda la habitación mientras nos sostenemos la mirada. Restos picantes del olor a gel se cuelan en mis fosas cuando se acerca para entregarme una carta forrada en piel con el nombre del hotel incrustado en dorado.

—Mira a ver qué quieres comer —suelta antes de desaparecer de nuevo tras la puerta del baño con cierto tono displicente, como si yo fuera un asunto incómodo del que necesita ocuparse.

No sería capaz de comer ni un cacahuete. Cierro el menú y lo dejo sobre la cama incapaz de apartar la mirada de la puerta por la que ha desaparecido.

Me pongo en pie de nuevo, estoy demasiado inquieta como para permanecer sentada.

—¿Has elegido ya algo? —pregunta vestido con unos vaqueros y una camiseta negra, aunque continua descalzo dando pasos firmes en mi dirección sobre la moqueta color tierra.

—No tengo hambre.

—Está bien —resuelve tras escrutarme unos largos e incómodos segundos antes de dirigirse al teléfono de la habitación.

Continúo de pie, sin saber qué hacer, cambiando el peso del cuerpo de un lado a otro observando cómo hace la llamada al servicio de habitaciones para pedir la comida. Me siento como si me hubiesen soltado en una jaula con un animal salvaje; no sé cuál va a ser su próximo movimiento y necesito estar alerta para salir con vida de aquí. Diversos pensamientos comienzan a desfilar por mi mente activando una alarma dentro de mí: Ion Dalca es proxeneta, y no uno cualquiera, es hijo de uno de los mayores traficantes de personas de Europa y, al parecer, ha heredado el vomitivo imperio de trata que antes dirigía su propio padre.

—Pareces un poco tensa —dice en cuanto termina la llamada.

—Lo siento, ¿puedo…? —pregunto señalando el baño.

Y sin esperar respuesta me escondo tras la puerta del enorme cuarto de baño dejándome caer sobre la madera, igual que hice cuando huía de Horatiu en la fiesta. Y mierda, ha sido una maldita mala idea. Ese olor a limpio y algo especiado impacta en mí ablandándome como un pedazo de pan en un vaso de agua. Hay algo en ese aroma… algo que me relaja. ¿Alguien se lo explica? Yo tampoco.

Cuando siento que he recuperado la compostura, imponiendo a Celine Bonner por encima de mí misma, abandono el servicio para encontrarme a Dalca comiéndose un sándwich de pie, mientras ojea un folleto despreocupadamente.

¿Cuánto tiempo he estado ahí dentro?

—¿Mejor? —se interesa levantando la vista del panfleto.

—Perdona, pensaba que me había dejado la plancha encendida —miento soltando la primera estupidez que se me pasa por la cabeza.

Dalca me mira arrugando la frente, como si yo fuera un rompecabezas imposible de descifrar.

—¿Has llamado para asegurarte?

—Eh… claro, sí.

En cuanto respondo me doy cuenta de que Dalca, claramente adrede, mantiene la vista clavada en mi bolso, que continúa sobre el sillón. Evidentemente no he llamado a nadie y sabe que le he mentido. La sonrisa de suficiencia que tiene dibujada en sus labios no deja lugar a dudas.

—Hace… mucho calor aquí, ¿no? —digo recogiéndome el pelo en alto con una mano.

La pillada a la mentira, el ambiente cargado, la incertidumbre, él… La suma de todo convierte este cuarto en un puto infierno.

—¿Quieres que ponga el aire?

—Por favor.

Lo hace, tras terminarse el último bocado y dar un largo trago de agua.

—Gracias.

De verdad que no entiendo de qué va todo esto. Se ducha, se viste, pide algo de comer y ahora se sienta en uno de los dos sillones dispuestos junto a la cama escrutándome sin disimulo, inclinado hacia delante con los codos apoyados en las rodillas y la boca sobre las manos, que mantiene unidas frente a él.

—¿Por qué no te sientas?

Lo hago, en el sillón de enfrente, a un escaso metro de su sólida presencia buscando la manera de parecer relajada y distendida, aunque sin ningún éxito: parece que tengo un palo metido por el culo.

¿Por qué narices me mira de esa manera? Me está poniendo de los putos nervios.

—¿Qué música escuchabas? —pregunto con intención de desviar la atención de mis pensamientos y del hecho de descubrir que tenerle tan cerca me crispa los nervios.

—Ja Rule, ¿no te gusta?

—No escucho mucha música.

—No es eso lo que te he preguntado.

—La verdad es que no le he prestado demasiada atención —reconozco.

Volvemos al silencio, a su jodido escrutinio y a mi palo metido por el culo.

Estira el brazo sobre el mueble que hay bajo la tele para coger su teléfono móvil, en apenas unos segundos comienza a sonar una canción, una muy distinta a la que retumbaba en las paredes cuando entré. Es un rap suave y melódico que habla sobre una madre, una que ha hecho todo por su hijo. Un hijo que con cada palabra declamada agradece a su madre todo lo que ha hecho por él. Un estribillo en el que confiesa que la ama. Una canción dulce, bajo una historia desgarradora. En mi garganta se cierne una presión desconocida o quizá no lo es, solo hacía mucho que no hacía acto de presencia. Embelesada descifrando la letra trago con dificultad esquivando la mirada de Dalca, que no deja de observarme, no ha dejado de hacerlo desde que atravesé esa puerta.

—¿Qué te parece?

—¿Cómo se llama la canción? —me intereso.

—*Dear Mama*, de 2Pac. Es considerada una de las mejores canciones de rap de todos los tiempos.

—Pues… gracias por enseñármela.

Es lo único que consigo decir con la mente algo dispersa porque sí, me ha gustado.

—¿Hablas inglés?

—Y francés. Mi padre era de Lyon —respondo sin pensarlo, molesta conmigo misma por la sinceridad de mi confesión, por no haber mentido, como debía haber hecho—. ¿Por qué estoy aquí? No creo que hayas contratado mis servicios para que te dé mi opinión sobre canciones de rap.

—¿Cuánto tiempo llevas trabajando para Lena?

Me despista, saltando de una pregunta a otra. Frunzo el entrecejo algo perdida.

—Mucho.

Demasiado, en realidad.

—¿Puedes ser más concreta, por favor?

Me remuevo incómoda en el sillón.

—Tres años, dos meses y un día. ¿Así te vale?

Esta forma de responder es la que me tendría que ahorrar si no me quiero meter en problemas, pero es que hay algo en él... me siento incapaz de mantenerme en mi papel de sumisa. Sencillamente, no puedo.

—Parece que llevas bien la cuenta —concluye, y me da la impresión de que parece satisfecho consigo mismo cuando lo hace.

—Eres tú el que ha preguntado. En serio, ¿vamos a follar ya o de qué va este interrogatorio?

—No vamos a follar —espeta severo, parece incluso que la idea le asquee.

—¿Y para qué estoy aquí?

El miedo me encoge las tripas.

Se pasa la palma de la mano por la cabeza apenas cubierta por una fina capa de pelo exhalando un suspiro antes de darme una respuesta.

—Quería pedirte disculpas.

—¿Por qué?

Achico los ojos.

—El sobre que te dejé con el dinero, claramente estuvo fuera de lugar.

Vaya, así que de verdad quería disculparse. Pues no sé muy bien qué decir.

—¿Aceptas mis disculpas?

Tampoco es que me quede otra opción.

Asiento esperando que esto sea todo lo que quiera de mí y me deje marchar.

—¿Cuál es tu nombre? Y no me vengas con lo de Cenicienta.

—Celine, ya lo sabes. —Claro que lo sabe, es el nombre que Lena le da a los clientes cuando contratan mis servicios—. Pero todo el mundo me llama Ce, ya te lo dije cuando nos conocimos.

—¿Y tu nombre de verdad?

—Ese es mi nombre de verdad —refuto haciéndome la ofendida.

Al fin parece que prefiere dejarlo pasar, aunque obviamente no me ha creído en absoluto.

—¿Te gusta este trabajo?

—Claro, me encanta —el sarcasmo en mis palabras brilla como puta purpurina iridiscente. Como lo hace mi dentadura al elevar la comisura de los labios en una sonrisa completamente ensayada.

—Mira, Ce, voy a serte claro. —«Llevo esperándolo desde que he entrado por esa puerta, chato»—. Sé que tienes una deuda con Lena y es obvio que no quieres seguir trabajando en esto.

¿Tanto se me nota? ¿De verdad? ¡No me digas!

—Te equivocas.

Pone los ojos en blanco, sabe que mis palabras no son más que falacias con demasiados años de práctica.

—Quiero ofrecerte un trato. —Y en lo que tarda en decirme de qué va la movida, las conclusiones sobre lo que me va a proponer desfilan en mi cabeza como carrozas en un carnaval, y que pase a ser una de sus putas es la opción que más peso tiene—. Necesito información, si me la facilitas, te pagaré muy bien por ella.

—¿Cuánto? —me escucho preguntándole entornando la mirada.

La que decía que le encantaba este trabajo.

—Lo suficiente para que puedas pagar tu deuda y comenzar de nuevo.

—¿De qué información estamos hablando?

—Todo lo que puedas facilitarme sobre los Negrescu. Qué hacen, con quién trabajan, cómo se mueven, hasta la talla de zapatos si es necesario.

—¿Y por qué narices iba yo a hacer eso?

Ahora en serio, ¡¿estamos locos o qué?!

—¿A cuánto asciende tu deuda en este momento?

—Quince mil euros —miento.

—Cuéntame todo lo que necesito saber y en un mes te libero de la deuda.

¡¿Un mes?! No puedo decir que la oferta no sea jugosa, ahorrarme sesenta días de esta vida de mierda suena demasiado tentador. Lo que restaría de la deuda más lo que tengo ahorrado sumarían más de diez mil euros, con eso sí que podría empezar de cero. Es algo que puedo replantearme, pero…

—Lo que me estás pidiendo es muy peligroso, podría acabar muerta en un callejón.

—Te prometo que no te pasará nada.

—Me prometes, ya —respondo escéptica.

—Sí, te lo prometo —asegura.

—¿Y cómo se supone que vas a protegerme si puede saberse?

—Tú dame la información y yo me encargo del resto.

Y ya está, y yo me lo tengo que creer, como si me hubiese encontrado una moneda bajo la almohada y mi padre me dijera que ha sido el ratoncito Pérez.

—¿Para qué narices necesitas esa información? ¿No se supone que estás haciendo negocios con ellos?

—Eso es asunto mío —concluye apoyando la espalda en el respaldo.

Tan poco esperaba otra respuesta, al fin y al cabo, qué puedo esperar de alguien como él.

—Bueno, supongo que de tal palo…

De un salto se pone en pie y viene directo hacia mí. Por instinto me levanto y retrocedo hasta que mi espalda choca contra la ventana con el pulso desbocado bajo la garganta.

—¿Qué acabas de decir? —masculla con la mandíbula apretada a pocos centímetros de mi cara.

Ahí está, ese temperamento que atisbé el día que nos conocimos. A punto he estado de creerme toda esta falsa amabilidad.

—Nada, solo… sé que tu padre era un proxeneta muy… muy importante.

—No vuelvas a mencionar a mi padre, ¿te queda claro?

—Sí, por supuesto.

No me ha tocado, pero la amenaza impresa en sus palabras es más que suficiente para que se me quiten las ganas de volver a decir nada sobre él. A pensar siquiera en ese señor.

Ion vuelve a sentarse con aire turbado y algo ausente dejando un rastro vulnerable tras él. Yo aún estoy paralizada junto a la ventana cuando pasa algo así como una eternidad y Ion musita una disculpa.

—Joder, lo siento.

Sorprendentemente le creo, especialmente por lo mucho que parece haberle costado pronunciar esas dos palabras. Tres, en realidad. Claramente Dalca no es alguien que esté acostumbrado a pedir perdón.

Observándole más detenidamente veo asomar unas pequeñas arrugas junto a sus ojos, según parece, no es tan joven como yo había supuesto.

—Mañana volvemos a vernos, y necesito que hayas tomado una decisión para entonces —concluye.

Sus palabras son directas e inflexibles, pero no lo es su mirada, que se ha quedado en algún lugar entre la mención a su padre y la disculpa.

—¿Puedo irme ya?

—Sí.

Sin perder un segundo me cuelgo el bolso sobre el hombro y echo a andar hacia la puerta con unas ganas enormes de hacerlo corriendo, pero me contengo. Cuando estoy agarrando el pomo con la mano, la voz de Dalca me detiene.

—Espera un momento.

Me giro y me lo encuentro justo detrás tendiéndome un billete de cien euros.

—Por lo de la pulsera —arguye haciendo un gesto con la cabeza invitándome a aceptar el dinero, casi parece arrepentido—. Debí haberla arreglado antes de dártela.

Ambos sabemos que no me costó tanto arreglarla, la pulsera apenas cuesta la mitad de ese billete, pero es un detalle que en esta ocasión sí que no voy a rechazar.

—Gracias.

Cojo el dinero, lo guardo dentro del bolso y abro la puerta permitiendo que el aire aséptico del pasillo arrastre el olor especiado de Dalca.

—Ce. —Me doy la vuelta ya fuera de la habitación—. Necesito esa información, pero… también quiero ayudarte. De verdad que sí.

—Es curioso, porque lo que me pides pone en peligro mi vida.

Leo en su mirada un debate interior, hasta que, sujetando la puerta con la palma de la mano abierta añade:

—Hay una razón de peso para lo que te estoy pidiendo.

Sus palabras suenan duras, aunque también se atisba cierta desesperación en ellas, como si de verdad yo fuera su último cartucho. Lo cual no tiene ninguna clase de sentido.

—Cuéntame cuál es la razón y quizá te ayude —arguyo cruzándome de brazos—, quizá arriesgue mi vida.

—No va a pasarte nada, ya te lo he dicho.

—Disculpa la desconfianza, pero apenas te conozco y lo único que sé de ti no te deja en mejor lugar que a….

No termino la frase, no voy a pronunciar los nombres de mis carceleros en este pasillo de hotel, ya hace tiempo que aprendí que las paredes tienen ojos, también oídos.

—No puedo contarte la razón.

—Si quieres esa información tienes que darme una prueba de confianza, y la amenaza de hace un momento… créeme, no te ha ayudado demasiado.

—Voy a eliminar tu deuda —asegura entre dientes, como si eso fuera más que suficiente para hacer lo que me pide.

—No se trata solo de dinero, hablamos de mi vida, aunque tampoco espero que lo entiendas.

No puedo pretender que un proxeneta acostumbrado a tratar a las mujeres como ganado vaya a valorar mi vida como algo realmente relevante. Además, me niego a hacerlo sin saber cuál es el propósito. Porque si esto es algo que va a empeorar la situación de otras mujeres de alguna manera…, no podría hacerlo.

—De todas maneras, siempre tienes opción de buscarte a otra, somos doce chicas en la agencia, así que aún tienes probabilidades de conseguir lo que necesitas, estoy segura de que alguna estará encantada de desvelarle todo lo que le pida un hombre tan atractivo y poderoso como tú.

—Solo me vales tú.

—Buena suerte, Dalca —me despido echando a andar hacia el ascensor.

—Ion, llámame Ion —le escucho decir.

—Como quieras, Ion.

Esta mañana he vuelto a estar con Esther, como la otra vez MAL MUY MAL, es una chica muy FRÍA y creo que disfruta del sexo MUY POCO, solo tiene un pequeño defecto y es que no se mete la polla entera en la boca LE DA MUCHO ASCO, pero la verdad que su manera de follar es POBRE NO SE IMPLICA NADA, repetiré de nuevo con ella. Saludos.

Putero

www.foro.putalocura.com

Capítulo 11

He tomado una decisión después de meditarlo toda la noche y de no pegar ojo, salvo una cabezada de veinte minutos, suficiente para que esa pesadilla volviera a repetirse, aunque con alguna que otra salvedad. A diferencia de la primera vez, en el pasillo por el que el Tuerto me arrastraba no había una mujer muerta en el suelo, había tres y no eran más que niñas. Tres inocentes torturadas y abandonadas como simple basura en ese mugriento lugar de pasillos color escarlata. Otra de las diferencias era que, en esta ocasión, Dalca no me apuntaba a mí, sino a Horatiu. Deduzco que el giro de los acontecimientos ha afectado a mi sueño, tanto como para no ser yo la que se encuentre bajo el cañón de esa arma. De nuevo, el disparo ha sido lo que me ha despertado, pero en esta ocasión, y a diferencia de las anteriores, no lo he hecho asustada, una inexplicable serenidad parecía expandirse bajo mis costillas como aire fresco y renovado. Admitámoslo, Horatiu es la clase de hijo de puta que si hiciera el favor de desaparecer convertiría este mundo en un lugar mejor. Solo digo lo que pensamos todos, o todas, en este caso.

Quizá esa diferencia sea la culpable de que haya tomado una decisión respecto a la propuesta de Dalca. Estoy dispuesta a aceptar, pero va a tener que acceder a mis condiciones si quiere que lo haga.

Con esa clara determinación me levanto de la cama para empezar el día, pero unos gritos al otro lado de la puerta secuestran toda mi atención.

Clavo la mirada en la cama de Gus, pero no está, ha debido de salir temprano y como continuamos sin hablarnos no ha tenido la decencia de despertarme.

Escucho una voz elevada que sé al segundo que procede de Lena, pero no es hasta que abro la puerta con cuidado que capto la de Oana como la otra parte de este inaudito enfrentamiento entre madre e hija. Entremezclan palabras en rumano y español, lo que me permite captar algo de lo que dicen.

—Estoy enamorada de él.

—¡No me hagas reír, Oana! Pensaba que eras más lista que tu hermana, pero parece que me equivoqué, sois las dos igual de estúpidas.

Oana es seria, seca y vagamente habladora. Siempre ha ido a su bola y se ha mostrado del lado de su madre. Anca, por el contrario, es la más quejosa, estridente, caprichosa y bocazas de las dos. No cabe duda de que son como la noche y el día, y no solo porque la primera sea morena y la otra rubia, es que de verdad más de una vez he dudado que fueran hermanas.

Salgo de la habitación a hurtadillas hasta alcanzar el despacho de Lena, manteniéndome a unos escasos tres pasos de la puerta que permanece cerrada. Aun así, los gritos son tales, que puedo escuchar toda la conversación como si no hubiese un muro que nos separase.

—¿Nunca has estado enamorada? —escucho a Oana preguntarle a su madre buscando algo de empatía en ella.

Buena suerte con eso.

—No me hagas reír.

—Pues lo siento, pero es que no a todas nos gusta follarnos a nuestro hermano.

La bofetada retumba en toda la casa: un escalofrío me recorre la columna estremeciéndome. Igual también tiene que ver con lo que acaba de desvelarme Oana, porque, al menos yo, ignoraba por completo esa información. ¿Horatiu y Lena? ¡Dios, qué repelús! Por no decir otra cosa.

—Sube a cambiarte y recoge tus cosas, te quiero fuera de esta casa.

—No pienso irme a ningún lado —refuta con cierta chulería, aunque con escasa seguridad.

—Claro que sí, vas a irte con Horatiu.

—¿De qué estás hablando?

—Quizá así sepas valorar todo lo que he hecho por ti.

—No voy a moverme de aquí —añade, y aunque está claro que trataba de sonar segura, el tiritar de su voz le ha hecho flaco favor.

—Ya sabes que él siempre prueba la mercancía antes, así que si aceptas un consejo, no te resistas, eso le excita más aún.

—Mamá, por favor…

Escuchar a Oana entre lágrimas llamar a Lena «mamá» me empuja directa a un estado de congoja que jamás esperaría. Y es que por primera vez me compadezco de ella, porque después de todos estos años viéndola como a una enemiga me doy cuenta ahora de que en realidad pertenecemos al mismo bando: al de las esclavas. Y es que ella, como yo, ha estado interpretando el papel que le tocaba y lo ha bordado tan bien, que, al menos yo, me lo había creído por completo.

La puerta se abre tan rápido que no me da tiempo a esconderme. Oana apenas me mira, puede incluso que ni siquiera haya reparado en mí, sale disparada escaleras arriba con el rostro descompuesto, mientras que su madre la contempla marcharse exudando la misma prepotencia y orgullo habitual.

—Yo iba a…

Busco una excusa que explique la razón de mi presencia frente a la puerta de su despacho, pero antes de que pueda decir nada, Lena me interrumpe.

—Gracias a Oana vas a ganar más dinero a partir de ahora, voy a pasarte sus clientes, así que prepárate, porque tienes tres esta mañana y dos más esta tarde.

Cinco clientes en un día, no sé si saltar de alegría o degollarme. Igual en otro momento lo hubiese agradecido, puesto que más clientes suponen más dinero; pero estando a las puertas de una posible resolución de mi deuda (si Dalca acepta mis condiciones), como que ya no me hace tanta ilusión. No obstante, y gracias a que sé cuál es mi papel en cada momento, sonrío expresando una falsa alegría a la vez que pronuncio esas palabras que la Matriarca está esperando escuchar.

—Gracias, Lena.

Me preparo física y mentalmente para lo que me espera el día de hoy. Según parece, los clientes que me iba a ahorrar los dos últimos meses aceptando el trato de Dalca me los voy a mamar esta semana, qué ilusión; y qué expresión tan oportuna la mía.

Oana, Becu y yo. Un viaje en coche raro, incómodo y francamente perturbador.

Me he pasado todo el día atendiendo a los clientes de Oana, mientras que ella supongo se hacía a la idea de su futuro inminente: pasar a pertenecer al Pirómano, un trago difícil de asimilar. Lo mismo da que sea su sobrina, para los Negrescu el concepto de familia no significa absolutamente nada, y esto me ha quedado más que confirmado tras descubrir que Lena y Horatiu se acostaban juntos. Dios, aún se me revuelven las tripas solo de pensarlo.

No puedo imaginarme estar en el pellejo de Oana. Bueno, más que poder... no quiero, sencillamente. Me he pasado tres años evitando pensar en Horatiu y en lo que vi en aquella habitación. No he terminado aceptando esta situación (*mi* situación) por desidia, sino por terror, porque descubrir que el horror tiene nombre y apellidos ha sido lo peor que me ha ocurrido en todo este tiempo. En la vida, probablemente.

Soy de sentir poco y de expresar aún menos, así que reconozco que la primera sorprendida en pronunciar las siguientes palabras girándome hacia Oana en el asiento trasero, bajo la sombra de los cristales tintados de este enorme 4x4, sin duda, soy yo.

—Lo siento mucho.

Me mira como si la hubiera abofeteado, como supongo debió mirar a su madre cuando lo hizo.

—Si fuera al contrario yo me alegraría —responde tratando de herirme, pero no lo consigue. No quiere demostrarlo, pero está asustada y la entiendo, porque si fuera yo no habría nada en este mundo capaz de calmar mi pánico.

El coche se detiene de un frenazo demasiado brusco, lo que llama poderosamente mi atención, Becu es de lo más suave conduciendo, lo que por otro lado contrasta bastante con su aspecto.

—Estaré en el vestíbulo cuando termines —me informa muy serio.

Asiento en su dirección antes de bajarme del todoterreno, y, cuando estoy a punto de cerrar la puerta, tiro de ella de nuevo para dirigirme a mi hermanastra, que levanta al tiempo la vista obsequiándome con una mirada de completa derrota.

—Yo no me alegro, jamás lo haría.

Pocos segundos después contemplo cómo el todoterreno se funde entre el tráfico, consciente de que quizá sea la última vez que vea a Oana, deseando, en lo más profundo, que no sufra demasiado. Lo va a pasar mal, y nada ni nadie va a poder evitarlo.

De repente, siento que la decisión que he tomado es la más correcta. No sé qué va a hacer Ion con la información que pueda facilitarle, pero si de alguna manera va a joder aunque sea mínimamente al hijo de puta de Horatiu o incluso a Lena, no tengo ninguna duda de que lo haré; aunque me cueste un par de palizas.

El odio que siento por ellos se ha incrementado de forma considerable al ser testigo de esa frialdad con la que Lena ha mandado a su propia hija al peor de los infiernos, sin que, además, le tiemble ni una pestaña al hacerlo.

Negar que todo esto no me afecta sería absurdo: es una buena hostia de realidad, porque si Oana, hija de Lena, puede acabar en manos de su tío Horatiu como una más de sus putas, ¿por qué no iba a hacerlo yo? Lo que pone de manifiesto lo rápido que pueden cambiar las cosas. Y no poder hablar con Gus de todo esto… me tiene más nerviosa todavía. Reconozco que me gustaría conocer su opinión al respecto, pero cuando pienso lo que me dijo…, enseguida se desvanece esa necesidad.

Con todos estos pensamientos haciéndose hueco a empujones dentro de mi cabeza, llego a la habitación tratando de deshacerme de ese tumulto mental para así poder centrarme en lo que me toca hacer ahora, tirando para ello de ese aplomo que necesito. Ese del que apenas me he separado en estos tres últimos años que, como unas buenas zapatillas, te sigues poniendo una y otra vez a pesar de que el desgaste sea más que evidente.

Antes siquiera de que pueda meter la tarjeta en la ranura de la puerta esta se abre: no hay música, la habitación está bien iluminada y Dalca me recibe vestido con la misma ropa que llevaba cuando le dejé ayer en esta misma habitación.

—Llegas tarde —me ladra cuando paso por su lado mientras me sujeta la puerta.

—El tráfico, lo siento.

—Pensaba que Lena no permitía errores.

—Ha habido… un imprevisto —arguyo soltando el bolso sobre la cama deshecha.

Mi actitud de hoy nada tiene que ver con la de ayer: abismal cuanto menos. Hoy me presento como la mujer segura que normalmente soy. Ahora soy yo la que tiene el poder, aunque tan solo sea un falso velo. El trato que estoy a un paso de aceptar conlleva un riesgo muy alto, porque las probabilidades de que Lena y

Horatiu descubran esta locura son presumiblemente viables, y da miedo, de eso no cabe duda alguna.

—¿Puedo beber algo?

Tengo la boca seca y, la verdad, agradecería un trago de algo bien fuerte.

—Claro.

Le observo acercarse al armario con paso seguro, abrir la puerta y acuclillarse junto a la neverita para examinar su interior. Mi atención es rápidamente secuestrada por una bolsa de lona azul que descansa en uno de los estantes del armario. Varias teorías desfilan por mi cabeza, la primera es la menos alarmista, aunque no le encuentro sentido, porque ¿acaso está Ion hospedándose en el hotel? Pero las siguientes son las que comienzan a cobrar más peso, igual porque en el pasado vi mucha película, pero… esa bolsa tiene el aspecto de estar repleta de armas y/o dinero e incluso cabría en ella el cuerpo de una persona desmembrada.

—¿Qué quieres tomar: agua, zumo…?

—¿Hay algo para adultos ahí dentro o todo son refrescos para una fiesta infantil?

—¿Vodka, ron, *whisky*?

—*Whisky*, por favor. Y ponte otro para ti —le animo tomando asiento.

—Vaya, parece que hoy vienes decidida.

—Vengo a hacer negocios —aseguro incapaz de apartar la vista de esa maldita bolsa.

—Entonces, ¿has tomado una decisión?

—¿Y tú? —pregunto.

—¿Yo? —inquiere tendiéndome mi bebida.

—¿Para qué necesitas esa información, Ion?

—Ya te lo dije: no puedo decírtelo —resuelve tras darle un buen trago a su copa.

Imito ese gesto, solo que yo me bebo todo el líquido de una sola vez. El tiempo suficiente para que Ion aparte de mi vista esa bolsa, cerrando para ello la puerta del armario.

—Pues me temo que yo tampoco puedo ayudarte.

Me pongo en pie con clara intención de marcharme.

—¿Por qué narices eres tan terca? —espeta elevándose sobre su metro ochenta—. ¿Quieres más dinero, es eso?

Doy un paso al frente, acercándome a él, quizá demasiado, y de esto me doy cuenta no por su mirada cargada de rabia, sino por su embriagador olor, que me afecta demasiado. Lo que me cabrea aún más.

—Soy puta y follo por dinero, pero no todo lo hago por esa razón. No te equivoques.

Agarro el bolso y me doy la vuelta con clara intención de largarme, pero no llego muy lejos.

—¡Para un momento, joder! —exclama agarrándome del brazo—. Perdóname, ¿vale? A veces soy un poco… brusco.

—No hace falta que lo jures. —Que lo suyo no son las personas me quedó claro el mismo día que nos conocimos, y que es un malhablado ya he terminado de ratificarlo en este momento—. Mira, Ion, si de verdad quieres que te ayude vas a tener que decirme para qué quieres esa información. Si voy a jugarme la vida, tengo derecho a saber qué vas a hacer con todo lo que te cuente.

Arrastra la palma de la mano por la cabeza exhalando un largo y profundo suspiro.

—Está bien, siéntate. Por favor —me pide, pronunciando esas dos últimas palabras como si le costara un soberano esfuerzo.

Lo hago, en el mismo lugar que lo hice ayer, la diferencia es que en esta ocasión no estoy tan tensa, quizá porque sé que tengo la sartén por el mango. El que no parece estar pasándolo tan bien esta vez es él, y claramente perder el poder no le gusta un «puto pelo». Estoy segura de que eso exactamente es lo que está pensando en este instante.

—Colaboro con la policía —resuelve al fin, lanzando esa granada como si tal cosa.

—¿Cómo dices?

Estupefacta, así me ha dejado.

De todo lo que se me había pasado por la cabeza, en ningún momento se encontraba esa posibilidad. Bajo ningún concepto.

—Tengo un trato para ayudarles a desmantelar a los Negrescu.

De nuevo, las tornas vuelven a intercambiarse. Mi seguridad acaba de desplomarse como la acciones lo hacen en Bolsa: en picado y sin vuelta atrás.

—¡¿Tú te has vuelto loco?! —exclamo levantándome de un salto.

—Quieres bajar la puta voz —profiere mostrándose visiblemente molesto a mi reacción.

Comienzo a dar vueltas por la habitación de un lado a otro con mil y un escenarios proyectándose en mi cabeza. En todos termino muerta, aunque la forma en la que llego a ese final en cada uno de ellos es bien distinta. Y después de ser testigo de lo que Lena es capaz de hacer incluso con su propia hija…

—Ce, escucha.

Ion me coge por los hombros tratando de tranquilizarme, aunque sin éxito alguno.

—¿Tú… acaso sabes lo que son, lo que hacen? Si se enteran de que te paso información estoy muerta, pero que encima sea para la policía… Además, ¿por qué ibas a hacer algo como eso? ¿Es que no…? —Me interrumpo al llegar yo misma a la conclusión—. Quieres hacerte con el monopolio.

—A ver, dicho de esa manera…

Casi parece que se avergonzara de ello, lo que no encaja con el Ion Dalca que conozco.

—¿Es eso o no? —insisto apremiando una respuesta.

—Sí, esa es la idea.

Aunque en realidad… sigo sin entenderlo.

—¿Qué pasa? —pregunta, deduzco que animado por mi semblante confuso.

—Entiendo que la policía quiera acabar con el clan Negrescu, pero…

—No entiendes que colaboren conmigo —adivina.

—Lo que no entiendo es que lo hagan sabiendo que tú…

—¿Que yo qué?

—Que no distas mucho de ellos.

—No me conoces —añade ofendido.

—No hace falta, la fama te precede. Todo el mundo sabe a lo que te dedicas.

—¿Vas a ayudarme o no? —demanda con evidente pérdida de paciencia.

Los engranajes en mi cabeza no se detienen, sopesando las diferentes opciones y los posibles resultados. Si no soy yo, va a ser otra la que le cuente todo lo que quiere saber. Así que me voy a tragar mi orgullo, como llevo haciendo estos tres últimos años y voy a aceptar. Al fin y al cabo, quiero salir de esta mierda de vida y esos quince mil euros son el billete perfecto.

—Está bien, lo haré.

—Sabía que lo harías —reconoce elevando la comisura de sus labios en una sonrisa de lo más pedante volviéndose de nuevo hacia mí.

—Eres un gilipollas arrogante, ¿sabes?

—Para una vez que llevas razón no voy a contradecirte.

—No cantes victoria tan rápido, porque tengo una condición.

—No esperaba menos. A ver, ¿de qué se trata? —pregunta cruzando los brazos sobre el pecho.

—¿Tienes menores de edad trabajando?

Me escruta en silencio entornando los ojos varios largos segundos antes de asentir una única vez muy despacio.

—¿Cuántas? —requiero.

—Siete.

—¡¿Siete?! —exclamo incapaz de ocultar mi horror. Reconozco que una parte de mí de verdad esperaba que contestara que ninguna: la esperanza es lo último que se pierde, dicen—. Libéralas.

—No puedo hacer eso —refuta soltando una nada divertida carcajada.

Qué puedo decir, veía venir esa respuesta, me habría sorprendido que accediera a la primera de cambio.

—Pues nada, qué te vaya bien con tu plan, Dalca.

—¡Joder! Está bien, espera. Cuatro, dejo que se marchen cuatro de ellas. Y ya te he dicho que me llames Ion.

—Las siete y no volverás a coger menores.

—Reconozco que los tienes bien puestos.

—Es fácil cuando no tienes nada que perder.

Nos sostenemos la mirada un largo rato, creo que está calibrándome, descubriendo cuánto soy capaz de aguantar. Pues más le vale coger una butaca y sentarse, porque si algo tengo es convicción, y no pienso ceder en esto lo más mínimo. Si voy a hacer esta mierda, al menos quiero que salga algo bueno de ello, no solo mi libertad y la de Gus.

—Lo haré. Las siete y no habrá mas menores —resuelve al fin.

—Júrame por tu padre que lo harás.

—Te lo juro por mi madre.

—Y quiero un adelanto.

—¿Cuánto?

—La mitad ahora y la otra cuando te haya dado la información que necesitas.

—¿Algo más?

—Sí, que si no quieres que Lena sospeche vas a tener que solicitar el servicio de más chicas de la agencia. Ya le parece raro que hayas insistido tanto en mí.

—Está bien. ¿Alguna recomendación más?

—Sí, que evites a Ariel.

Al parecer esa sugerencia le hace gracia.

—Perfecto.

Estira el brazo esperando que le estreche la mano, pero le ignoro.

—Antes quiero saber una cosa más.

—Te gusta ponérmelo difícil —se queja, desistiendo finalmente dejando caer el brazo—. ¿Qué quieres saber?

—¿Por qué yo?

Me consta que en la fatídica fiesta, a parte de a mí, también conoció a al menos seis chicas más de la agencia, por lo que esa duda no ha dejado de rondarme desde que ayer me hiciera la propuesta.

—Me recuerdas a alguien a quien perdí hace mucho tiempo.

—¿Una novia?

—A mi madre.

Capítulo 12

odas las chicas de la agencia tienen deuda?
—¿ —No que yo sepa. Lena vende su negocio como
una agencia de *escorts*, prostitutas de lujo que ganan mucho dinero y ejercen en completa libertad; aunque ese no sea mi caso. Yo
apenas veo al resto de chicas, vivo recluida en una cárcel de cristal
sin contacto con el exterior: no tengo teléfono, internet y tan solo
puedo salir un día a la semana a la calle, y además con escolta.

—Los miércoles —adivina.

—Los miércoles, sí. Por eso cuando casualmente me encuentro con alguna de las otras chicas no suele pasárseme por la cabeza
sacar el tema de la deuda a colación, como tú comprenderás.

—¿Pero tú qué crees?

—Yo te diría que no. Lo más probable es que se hayan metido en esto por decisión propia, igual hasta les excitara la idea,
quién sabe. La mayoría de sus clientes son adinerados políticos,
empresarios, actores o deportistas de élite dispuestos a invertir
una gran suma de dinero en un encuentro sexual discreto. No es

mi caso, esos no suelen ser mis clientes. Pero te aseguro algo, ninguna mujer vuelve a ser la misma después de esto, por muy bien que te paguen el servicio, incluso en buenas condiciones, incluso voluntariamente, sigue siendo un ataque a la dignidad de cualquier mujer. —Aún con el rostro impertérrito veo a Ion asentir con levedad ante mis palabras—. No sé si tendrán deuda, pero...

—¿Pero qué?

—Lena sabe perfectamente cómo obtener lo que quiere de cada una de nosotras, y tiene recursos para ello.

Ion lleva un buen rato escuchando atentamente todo lo que en un principio se me ha ocurrido podría interesarle sobre Lena y la agencia. Porque después de esa confesión sobre que le recordaba a su madre, el ambiente se ha vuelto extraño, más aún. La verdad, prefería que me hubiese dicho cualquier otra cosa, ¿quién cojones me mandaría preguntar nada? Porque es cierto que eso de que le recuerdo a su madre puede ser una completa mentira, sino fuera porque sencillamente no lo era. La verdad traspasaba sus ojos y me atravesaba como una flecha candente y demasiado rápida como para que me hubiese dado tiempo a esquivarla. Así que, incómoda por esa confesión y usando la manera de alejarle de ese recuerdo, me he sentado y sencillamente, he comenzado a hablar. Pero incluso ahora, mientras me escucha, siento como si sus rasgados ojos castaños pudieran leer más en mí de lo que en realidad estoy contando.

—¿Qué sucedió? —pregunta descolocándome.

—¿A qué te refieres?

—¿Cómo adquiriste la deuda? Eres española, así que no te trajo engañada desde otro país, eso queda claro.

—Sí, eso se lo deja a Horatiu y bueno, supongo que a ti también, ¿no?

Porque ese es el *modus operandi* que utilizan habitualmente los proxenetas, haciéndoles creer a las chicas que vendrán a España para trabajar en hostelería o en tareas domésticas. Les pagan el billete y cuando llegan a este país repleto de sueños y oportunidades es cuando esas pobres mujeres descubren la realidad. No tienen opción ni escapatoria. Han adquirido una deuda, que lo más probable es que vaya incrementándose, y sus pasaportes les han sido requisados por sus captores. Además, ese compinche que tienen los proxenetas en los países de origen se encarga de hacer una visita a los familiares de las víctimas en el caso de que se nieguen a ejercer. También existe el método *lover boy*, el cual vale para mujeres de cualquier nacionalidad, incluida la española. Conoces a un hombre que se comporta contigo como un novio colmándote de regalos y atenciones, cuando sabe que te tiene, llegan las amenazas, la coacción y la fuerza. Puede que te venda a alguna mafia o, quizá, él mismo forme parte de una y te obligue a prostituirte. Hasta que decida que has dejado de ser útil, lo que suele ser una media de tres años, esto si no has conseguido escaparte antes o has muerto asesinada.

Hace un año, un hombre que trabajaba con Horatiu se casó con una mujer e incluso la dejó embarazada para así probar esa supuesta relación. Sabía que si alguna vez le pillaban sería juzgado por violencia de género, un delito menor que la trata. Porque claro, aquella pobre mujer ejercía coaccionada por las palizas que recibía de su marido.

Es repulsivo, lo sé. Y que esté haciendo negocios con Ion, un puto proxeneta, no quiere decir que me agrade, estoy ayudando a derrocar a un clan para ensalzar a otro, no es algo que ignore ni de lo que me sienta especialmente orgullosa.

—¿Engañada por un novio? —pregunta refiriéndose precisamente a la opción del *lover boy*.

—Solo he tenido uno, y jamás haría algo como eso.

—Entonces solo me queda la opción del chantaje, es la que tiene más sentido —conjetura.

No sé si me agrada o por el contrario me disgusta que sepa tan bien cómo funcionan las cosas en este despreciable mundo en el que por desgracia me ha tocado vivir.

—Dudo mucho que a la policía le haga falta esta información —arguyo.

—Soy yo el que quiere saberla —reconoce inclinándose levemente hacia delante separando la espalda del mullido respaldo.

—Siendo tan listo como eres…

—Gracias —me interrumpe arrogante mostrando una impertinente sonrisa de suficiencia.

—Como decía. Siendo tan listo como eres, entenderás que no te cuente la razón que me animó a unirme a la agencia y a arruinar mi vida.

—¿Tiene que ver con tu padre? —pregunta dejándome estupefacta.

—¿Cómo dices?

—Antoine Bonner, el dueño de la cadena de restaurantes.

—¿Cómo sabes tú eso?

—¿No pensarás que le propongo un trato así a cualquiera sin averiguar antes con quién estoy haciendo negocios? Me subestimas, *Celia*.

Si no fuera por el zumbido del aire acondicionado, probablemente podría escuchar el rechinar de mis dientes en este instante.

—No me llames así.

Como es de esperar, se pasa mi advertencia por el arco del triunfo.

—Entonces, *Celia* —añade regodeándose mientras pronuncia mi verdadero nombre de nuevo, inclinándose hacia delante para apoyar los codos sobre las piernas abiertas—, ¿qué es eso que sabe la malvada madrastra y que es tan horrible como para que la hija de un importante empresario termine prostituyéndose?

¿Quiere jugar a este juego? Bien, pues juguemos los dos entonces.

—¿Por qué te recuerdo a tu madre? —contraataco, sosteniéndole la mirada desafiante.

Por un instante parece que mi pregunta le pilla desprevenido, aunque no tarda en reponerse de dicha sorpresa.

—Fue obligada a prostituirse —responde con franqueza, permitiendo que el peso de esas palabras tome forma entre nosotros—. Contesta, ¿qué es lo que sabe Lena?

Lo hago, con la misma honestidad que él me ha regalado.

—Tiene en su poder una grabación. ¿Quién la obligó a prostituirse?

—Mi padre.

—¿Tu padre?

—¿Acaso te sorprende? —responde chasqueando la lengua. Cierto es que por las referencias que tengo... no, no debería hacerlo—. ¿Qué hay en la grabación?

—Está claro que no te agrada que tu padre obligara a tu madre a prostituirse, así que... ¿por qué has seguido sus pasos?

Como dos luchadores a punto de lanzarse sobre el otro mantenemos firmes nuestras miradas, prolongando esta batalla por ser el primero en descifrar al otro, por sonsacar los peores secretos, esos, que, según parece, son los que nos han llevado a ambos hasta este mismo instante.

Ion parece que desiste, echándose hacia atrás en su asiento. Y sé que es así en cuanto pronuncia las siguientes palabras:

—Supongo que Lena lleva un registro de los servicios que realizáis.

Asiento. Claramente hemos llegado a un punto muerto: yo no le voy a contar lo que sucede en esa grabación, y él no me va a dar las razones que le han llevado a seguir los pasos de su padre.

—¿Puedes acceder a él?

—El trato consiste en darte información, no en recabar pruebas.

—¿Puedes o no? —insiste.

Si me hablara con Gus..., él podría ayudarnos, pero claramente no se lo voy a pedir. Además de que es una locura.

—La idea es salir de esta mierda de vida, no acabar degollada en una zanja o peor, en un club propiedad de Horatiu.

—¿Becu vive con vosotras? —Parece que decide dejarlo pasar.

—En la casa de la piscina. Jamás he entrado ahí, pero sé que desde ella controla todas las cámaras de la casa.

—¿Cuánto lleva trabajando para Lena?

—Tres años, pero hace dos tan solo era el chófer. Anteriormente su lugar lo ocupaba el Tuerto.

—Que ahora está con Horatiu —apostilla. Yo asiento ratificando sus palabras—. ¿Qué sucedió para que Becu pasara a ser algo más que un chófer?

—El Tuerto y Lena tenían una relación de amor-odio bastante... movidita.

—Se acostaban juntos —deduce.

—Ajá. Lo cierto es que no sé la razón exacta por la que el Tuerto fue destituido, pero probablemente sea de lo poco de lo que le esté agradecida a Lena —reconozco incapaz de ocultar cómo se opaca mi voz al tocar este tema.

—¿Qué te hizo? —masculla Ion muy serio, provocando que una línea asome en su frente, endureciendo su bonito rostro aniñado.

—Tardaríamos menos si enumero las cosas que no hizo —arguyo saliéndome por la tangente, porque, honestamente, la época en la que el Tuerto vivía en «casa» no es algo que me apetezca rememorar: hay cosas que es mejor dejar en el olvido.

—¿Qué hay de Becu?

Agradezco que no insista.

—¿A qué te refieres?

—Según parece no es como su predecesor.

—Afortunadamente, es agotador tener que dormir con un ojo abierto. Becu impone, pero en el fondo... no es mal tío.

Todavía estoy tratando de asimilar el inquietante momento que tuvimos el grandullón y yo hace un par de noches en la cocina. En realidad, el acercamiento de las últimas semanas es de lo más llamativo.

—¿Se porta bien contigo?

—Lo más cercano a un amigo que una puede tener dadas las circunstancias.

No hay nada sarcástico en mis palabras, lo que parece descolocar a Ion, al menos es lo que interpreto de su forma de escrutarme, con los ojos entornados y los labios fruncidos.

—No deberías fiarte de nadie —añade con voz grave.

—Y eso me lo dices tú. ¿No te parece irónico?

—Precisamente yo soy el más adecuado para decírtelo.

No me esperaba otra respuesta de don Arrogancia.

—De hecho, para llevar tanto tiempo metida en esto deberías ser más precavida.

—Lo soy —respondo visiblemente ofendida por esa conclusión de mierda.

—Acabas de desvelarme un montón de cosas sin haber visto un duro todavía.

De hecho, tiene razón, pero ni de coña voy a reconocérselo. Ion Dalca no necesita que le suban más el ego. No, gracias.

—Es un regalo de buena fe por mi parte, para que veas que puedes confiar en mí.

—Ya sé que puedo confiar en ti, por eso te he elegido.

—Pensaba que era porque te recordaba a tu madre. —Ahí he estado rápida. Se me agudiza el ingenio cuando me tocan la moral. Y por la sorpresa en su rostro puedo asegurar que mi agudeza ha noqueado su jodido ego arrogante; no mucho, pero lo suficiente como para que me haya dado tiempo a verlo—. Son tus palabras, no mías. —Le recuerdo—. Además, ¿cómo estás tan seguro de que puedes confiar en mí?

—La desesperación por abandonar esta vida te hace confiable, *dragostea* —refuta mostrándome su perfecta y bonita dentadura.

—Eres de lo más pretencioso —escupo con todo el desdén del que soy capaz—. Y no me llames así.

—¿Sabes lo que significa? —pregunta mostrándose abiertamente fascinado.

—Muchos años viviendo con rumanas, y no es que sean especialmente cariñosas, pero ese apelativo de mierda te lo puedes guardar para la que quiera escucharlo. No soy esa clase de mujer.

—Perdona, ¿a qué clase te refieres?

—La que pierde el culo porque un chico guapo y poderoso como tú le llame «amor». No tenemos la suficiente confianza como para que me llames de esa manera.

—Así que soy guapo —dice hinchando el pecho como un jodido pavo real mientras se retrepa en el sillón.

—Es una obviedad.

—Mmm... una obviedad.

—Mira, no he venido aquí para inflarte el ego. Así que si ya hemos terminado, me pagas lo que me debes y me marcho.

—Vaya, ahora que la conversación se ponía interesante... —añade entrelazando las manos detrás de la cabeza.

—Sí, ahora que el tema eras tú. En realidad resultas demasiado predecible, ¿sabes?

—¿Ahora soy predecible?

—Como una peli porno.

Se ríe, sin gracia, aunque con evidente ironía.

—¿Y exactamente cómo soy, Celia? —se interesa, desafiándome, esperando ver si tengo el suficiente valor para decirle a Ion Dalca, uno de los proxenetas más conocidos y temidos, cómo es exactamente.

Recojo el guante, con toda la tranquilidad y el descaro del mundo.

—Nuestra forma de ser suele estar marcada por nuestra infancia, ¿sabes?

Una carcajada corta pero profunda irrumpe mi explicación. A lo que yo respondo lanzándole una mirada asesina.

—Perdona —carraspea llevándose la mano a la boca—, continúa, por favor.

—Gracias. Así que, ese afán tuyo por demostrar que eres el mejor... Seguramente tu padre era exigente contigo y tenías que estar a la altura para conseguir su aprecio. Deduzco que de ahí esa necesidad de proyectar esa imagen de tío que está por encima de todo, de triunfador, para conseguir respeto, valoración y admiración de los demás. ¿He acertado?

—Sí, mi padre era exigente, pero jamás he querido obtener su aprecio.

—Permíteme que discrepe.

—Discrepa todo lo que quieras, témpano de hielo.

—¿Perdona?

—Yo también te he calado.

—Vaya, pues menudo don tienes, porque no me conoces una mierda.

—Vaya, pues podría decir lo mismo —arguye—. De todas formas, no pensaba hacer una exposición de ello.

—Tampoco te lo he pedido.

—Ni aunque lo hubieses hecho —dice poniéndose en pie para acercarse a mí, a un palmo de mi cara—: no estás preparada para escucharlo.

Trago con fuerza procurando calmarme, aunque sin apartar la mirada, no voy a montar un número y a enfadarme con él, que es lo que de verdad pretende: estoy segura de que eso le encantaría. Por el contrario, le pregunto:

—¿Me puedo ir ya?

De una cazadora de piel negra que hay colgada sobre el respaldo del sillón en el que hace un momento se encontraba sentado saca un sobre, parece que cuenta los billetes que hay en su interior y los saca para guardarlos de vuelta al bolsillo interior.

—Siete mil quinientos —dice tendiéndome el sobre.

—Gracias —respondo cogiéndolo, pero él no lo suelta.

—¿De verdad te fías de que deje libres a esas chicas?

—Me lo has jurado por tu madre, así que sí, creo que lo vas a hacer.

Lo poco que sé de él, a parte de lo que he teorizado hace un momento, es que adoraba a su madre. Probablemente es la única certeza que tenga sobre Ion Dalca. Y no me queda otra que aferrarme a su palabra. Lo sé, ¿cuánto vale la palabra de un proxeneta? Probablemente nada.

Guardo finalmente el dinero en el bolso y me lo cuelgo sobre el hombro.

—El próximo día recuerda contratar a alguna de las otras chicas de la agencia —le digo de camino a la puerta.

—Me sugeriste a Ariel, ¿verdad?

—¡Anda, pero si tienes sentido del humor y todo! —me burlo.

—Tengo muchas cosas buenas, y el sentido del humor es una de ellas. Ya lo descubrirás, Celia.

—Muero de ganas, Ion —respondo sarcástica saliendo por la puerta.

—Lo sé.

Es lo último que le escucho decir antes de cerrar a mi espalda, y nada más hacerlo caigo en la cuenta de una cosa de la que en realidad ya me había percatado antes, pero que obviamente no iba a admitir. Y es que hay algo en el sonido de su voz que me gusta: una mezcla entre severidad y ternura, entre necesidad y lucha, entre un proxeneta sin escrúpulos y un hombre al que sería capaz de respetar. Es algo extraño, pero veo en él a dos hombres completamente distintos, y uno de ellos podría gustarme, ¿adivináis cuál?

Entro en la cárcel directa a mi dormitorio con ganas de ver a Gus y comentar con él lo ocurrido con Oana, de lo que por supuesto ya estará al tanto, además de contarle el trato que he hecho con Ion. Necesito soltarlo, no me gusta sentir que le estoy ocultando algo. Estoy dispuesta incluso a perdonarle lo que me dijo. Gus es la única persona con la que puedo hablar, es más que un amigo, es como un hermano, y le echo de menos.

Mi presencia le sobresalta, provocando que lo que tiene entre las manos caiga al suelo. Me agacho para recogerlo y... es un teléfono móvil. ¡Un puto teléfono móvil!

El aparato vibra en mis manos y veo un mensaje entrante de... Pablo. ¡No me lo puedo creer!

—¿Qué coño haces con esto? ¿Te has vuelto loco?

«Devuélvemelo», me pide dando un paso hacia mí, pero yo doy uno hacia atrás.

—¿En serio te estás poniendo en peligro por este tío que no conoces de nada?

«No espero que lo entiendas».

—Claro que no lo entiendo.

Y antes de que pueda volver a decir nada de nuevo llaman a la puerta y entran. De un rápido movimiento lanzo el teléfono bajo la cama a mi espalda. Apunto estoy de elogiarme por mi pericia hasta que me percato de que el bolso se me ha caído al suelo en el proceso y todo su contenido se ha desparramado por el suelo, incluyendo el grueso sobre con el dinero. Y a Lena no le pasa desapercibido, lógicamente.

—¿Qué es esto?

Le lanzo a Gus una mirada asesina al tiempo que busco en mi mente la forma de salir de esta, ya siento el sabor del miedo sobre mi lengua imaginándome con Horatiu cuando veo a Becu entrar.

—Es mío, le pedí que me lo guardara —arguye este salvándome el culo. De nuevo.

Lena no parece dudar de la palabra de Becu, lo que me deja algo desconcertada, que a Lena no le sorprenda lo más mínimo que Becu cargue con tanta pasta encima me demuestra que a pesar de lo que creía, incluso tras tres años metida en esta mierda, parece que hay muchas cosas que desconozco.

—Ce no debería llevar ese dinero —le reprende esta.

—Es cierto, no volverá a ocurrir.

—¿Qué tal ha ido? —se dirige Lena hacia a mí en esta ocasión cambiando radicalmente de tema como si nada, algo que se le da realmente bien. Mi respuesta le llega en forma de asentimiento mudo—. Será mejor que te acuestes ya, mañana tienes bastante trabajo.

—Sí —logro balbucir.

—Gus, me gustaría mirar contigo una cosa.

Este pasa por mi lado recriminándome sin palabras no solo lo ocurrido con el teléfono, también un enorme interrogante parpadeando en su rostro, obviamente referente a ese sobre atestado de dinero que cargaba. Porque Gus no se ha tragado la actuación de Becu, mucho menos la mía.

Todos y cada uno de ellos abandonan la habitación regalándome una mirada de desconfianza por parte de Lena, una acusativa de Becu y otra de completa incomprensión por parte de Gus.

¿Y cómo se supone ahora que voy a dormir?

El 95% saben de sobra a lo que vienen, yo incluso diría el 99. Eso de que me han engañado es una mentira, eso ya no existe. A la que hayan engañado es que es subnormal o es que no se entera de nada.
Putero

Puteros New Atlantics

Capítulo 13

Dos semanas.

Quince días en los que he vivido con un nudo alojado en el estómago, y diversas son las causas. Gus recuperó su teléfono móvil, traté de hacerle entrar en razón, pero no hubo manera, solo conseguí que nuestra relación se volviese más tensa. Y en cuanto al sobre con el dinero parece que finalmente se tragó la mentira de Becu, porque no me ha dicho nada al respecto y yo... ¡yo he perdido siete mil putos euros! Tras ese suceso el grandullón ha vuelto a su estado frío y displicente conmigo. Bueno, en realidad creo que está decepcionado. Tanto Becu como Gus lo están. A esto hay que sumarle dos semanas hasta arriba de servicios, sigo haciendo los de Oana como si su marcha hubiese supuesto un ascenso para mí, uno que nunca he querido.

Y mejor no hablemos de Ion, al que solo he visto en dos ocasiones en este tiempo, suficiente para comprobar que efectivamente no nos aguantamos el uno al otro ni haciendo un esfuerzo titánico. Somos como como el agua y el aceite, y creo que estamos al límite. La desidia me invade solo de pensar que me dirijo de nuevo a una de esas reuniones tensas en las que con brusquedad e impaciencia me saca toda la información que necesita y luego me despide con un «ya hemos terminado». Aún estoy esperando ver ese sentido del humor que decía tener, que debe ser como un año bisiesto, que aparece cada cuatro, porque ni rastro. Nada de nada.

—¿Sabes algo de Oana?

Me atrevo a preguntarle a Becu, que conduce en silencio con la mandíbula tensa.

—No —responde con sequedad sin tan siquiera buscar mi mirada a través del espejo retrovisor, lo que viene siendo habitual cuando hablamos.

Me echo hacia delante tratando de acercarme a él, no solo físicamente, mi intención es romper ese muro que ha impuesto entre nosotros.

—Quería darte las gracias por...

—No quiero que me des la gracias —me corta tajante con cierta severidad—. Solo te pedí una cosa y no me has hecho ni puto caso.

—Sí, y dijiste que no volverías a salvarme el culo y lo has hecho.

Casi parece que se lo esté recriminando.

—No quiero que te pase nada —argumenta dulcificando el tono esta vez.

—Creo que ya me he dado cuenta de eso, pero no entiendo por qué te importa tanto lo que me pase.

—¿De dónde sacaste el dinero?

—Son mis ahorros.

—¿A cambio de qué te ha dado el dinero?

—No sé a que...

—Dalca. ¿Qué te ha prometido? —adivina.

—No sé de qué hablas. Ese dinero es lo que he ahorrado en estos años.

—Ten cuidado con él, ¿vale? —me pide buscando ahora sí mi mirada.

—Solo estoy haciendo mi trabajo.

—Y yo solo te digo que no te fíes de él, es muy astuto y un encantador de serpientes.

—Pues ya te digo yo que conmigo su encantamiento no funciona.

Alcanzo a ver una atisbo de sonrisa en su duro rostro.

Escasos minutos después y ya en la recepción del hotel, Becu me sujeta con suavidad por el codo mientras me dice:

—No creas nada de lo que te cuente ese bastardo.

Parece que Ion Dalca continúa siendo el tema que tratar.

—¿Por qué te importa tanto? Me refiero… ¿por qué te preocupas por mí?

Lo cierto es que según esas palabras abandonan mi boca, la respuesta toma forma en mi cabeza con tanta claridad, que me arrepiento de haberlas pronunciado, mucho antes incluso de que su respuesta confirme mi sospecha.

Contemplo cómo se levanta la camiseta y de entre la cinturilla de su pantalón y su duro abdomen saca el sobre con el dinero que Ion me dio y me lo tiende. De forma automática lo recojo, sin saber muy bien qué decir. La verdad es que ya daba ese dinero por perdido. Mi mutismo se alarga un poco más, un rato incluso después de verle marchar tras escucharle decir:

—Me parece que ya sabes por qué lo hago, Ce.

Y aunque no lo supiera, sus palabras y esa manera de mirarme al pronunciarlas no dan lugar a muchas dudas.

Necesito unos minutos antes de subir a esa habitación para enfrentarme a Ion y su interrogatorio: ya tengo uno propio tomando forma en mi cabeza. ¿De verdad Becu siente algo por mí? ¿Becu?

Incapaz de darle sentido a esa pregunta en este instante hago una parada en el servicio para después pasar por la recepción a recoger la llave.

Escasos minutos después me encuentro en la habitación con Ion, sentados uno frente al otro, y... algo le sucede. Esa manera de mirarme...

—Creo que puedo conseguirte una copia de la base de datos de Lena.

Esto es más bien una teoría, además de una locura, pero Ion no dice nada y se me ha ocurrido romper este incómodo silencio con esta confesión.

—¿Qué opina Lena de tu relación con Becu? —me suelta con cierta severidad.

—Perdona, ¿mi qué? —exclamo estupefacta—. Yo no tengo nada con Becu.

—No creo que él piense lo mismo.

—Tú desvarías.

—Lo que está claro es que le gustas —escupe con un desdén que ni siquiera entiendo.

—Igualmente no sería asunto tuyo.

—Lo es si afecta a nuestro trato.

—¿A nuestro trato? No entiendo qué tiene que ver Becu en todo esto.

De verdad que estoy flipando.

—¿Qué hacía él con el dinero que te di, Celia? —pregunta esta vez apoyando los codos sobre las rodillas para acercarse más a mí.

—¿Nos estabas espiando?

—Entraba por la puerta del hotel cuando os he visto, pero estabais tan... concentrados el uno en el otro, que ni siquiera os habéis percatado de mi presencia. ¿No le habrás contado nada?

—¿De verdad te piensas que soy tan estúpida?

—Lo que creo es que es atractivo, fuerte y con ese punto misterioso que tanto os gusta a las mujeres.

¿Misterioso? Comienzo a reírme sin poder evitarlo.

—¡Qué sorpresa, Ion! No sabía que Becu fuera tu tipo. Igual prefieres que suba él a la habitación el próximo día.

—No te pases —me advierte amenazante, aunque me da más risa que miedo, a decir verdad.

A pesar de lo enfadado que pueda mostrarse, tengo la certeza de que no sería capaz de hacerme nada. No tiene sentido, lo sé. Quizá se deba a que me he vuelto inmune a cualquier tipo de amenaza o ataque, como si realmente me diera absolutamente lo mismo que me levantara la mano para cruzarme la cara. El único que de verdad me aterra es Horatiu. El resto, son como monjitas de la caridad recién salidas del convento.

—No te pases tú —refuto cruzando las piernas, acomodándome, como si en realidad me resbalara su estúpida amenaza—. Soy la primera que quiere que esto salga bien, así que si quieres continuar con el trato vas a tener que confiar en mí.

Decide no añadir nada, se levanta, me da la espalda (cosa que suele hacer muy a menudo) disponiéndose a preparnos una copa de *whisky* a cada uno. Otra cosa no, pero siempre acierta cuándo necesito un trago.

—¿Te estás hospedando en el hotel? —pregunto con curiosidad, aunque en parte lo hago por cambiar de tema y deshacer esta tensión que se respira entre nosotros.

—Sí. ¿Algún problema? —inquiere tomando asiento de nuevo.

Vaya, parece que hoy nos hemos levantado con el pie izquierdo.

—Me llama la atención que con el *casoplón* que tienes pases las noches aquí, solo eso —respondo encogiendo los hombros.

—No voy a llevar a cualquiera a mi casa.

—¿*Cualquiera*? ¿Eso va por mí? —pregunto sonriendo irónica.

—¿Acaso ves a alguien más en esta habitación?

Me río de nuevo. Creo que ni aunque lo intentara con todas sus fuerzas podría ser más gilipollas.

—¿Qué te hace tanta gracia?

—El desprecio con el que te diriges a mí, obviamente. Y cualquiera no sé, pero bien de escoria humana que llenas tu casa cuando haces una fiesta.

—Vete —me ordena repentinamente haciendo un gesto con la mano, echándome como si no fuera más que un asunto irritante del que necesita deshacerse.

—Ay, ¿te ha molestado? Vaya, no sabes cuánto lo siento.

—Hemos hecho un trato, pero no te pases conmigo, que no soy tu colega —refuta poniéndose en pie.

Yo le imito, acercándome hasta enfrentarle, invadiendo su espacio personal, demostrándole así que no me intimida lo más mínimo.

—Si crees que tus amenazas me asustan estás muy equivocado.

—Pues deberías estarlo, más sabiendo el tipo de escoria que soy.

Con Ion no funcionan las palabras, así que en un arrebato, poco propio viniendo de mí y bajo su atenta mirada, comienzo a desvestirme. El vestido termina hecho un ovillo bajo mis pies y yo en ropa interior. Ion, pasmado, repasa mi cuerpo con rapidez entendiendo al instante la razón de este repentino *striptease*: demasiadas huellas sobre mi piel para que alguien como él no sea capaz de entender de dónde procede cada una de ellas.

—¿Qué estás haciendo?

Mi respuesta a su pregunta comienza bajo mi clavícula izquierda, donde le muestro con el dedo el camino de esa cicatriz que cruza hasta alcanzar mi pecho derecho.

—Esto fue de un corte con una navaja: una advertencia. Esta —digo señalándome una fea marca en mi pecho izquierdo—, un puntapié con una bota militar. Deduzco que sabes cuáles son, esas con la punta de acero.

Ion no pronuncia palabra, sus ojos permanecen firmes sobre cada señal que voy descubriendo. No se inmuta. El único movimiento es el de su nuez al tragar.

—Fue de la primera noche que el Tuerto entró en mi habitación. Ese día asumí que mi cuerpo ya no me pertenecía. El resto, estas en mi estómago y en los muslos, son marcas de la hebilla de un cinturón. Todas de diferentes palizas.

Me levanto el pelo dándole la espalda para mostrarle las marcas del mordisco que tengo en el cuello.

—Y esta…

—Para.

Me giro enfrentándole. E ignorándole. Igual que han hecho conmigo estos últimos tres años.

—Es un mordisco.

—Me hago una idea, no hace falta que continúes.

—¡Claro que hace falta! Es el mordisco de un cliente al que le iba el sexo duro, pero no de amarrarte con unas esposas a la cama, ¡no! Le excitaba hacerme daño, verme sangrar mientras me daba por culo. No me asustas lo más mínimo, Ion Dalca.

—Pero Horatiu sí —resuelve.

—Sí, porque el día que termine bajo su yugo significa que habrá llegado mi final.

—Eso no va a pasar —añade con una seguridad aplastante.

—No lo descartes. Porque yo no lo hago.

Cojo el vestido del suelo y paso por su lado, pero me retiene suavemente sujetándome por la muñeca.

—Lo siento —balbucea cargado de culpa.

No me está pidiendo disculpas por ser un capullo, lo cual no estaría de más, aunque ahora mismo me importa una mierda. Lo que siente es que haya tenido que sufrir todo eso, puedo verlo en su mirada.

—Solo soy una entre un millón. Así que no te compadezcas de mí si no vas a hacerlo del resto.

Me suelto de un tirón y me meto en el baño cerrando de un portazo a mi espalda.

¡Hipócrita! Pidiendo disculpas. ¡A saber qué le hace él a sus mujeres o qué permite que les hagan! Puede sentirse todo lo mal que quiera porque, honestamente, me da exactamente lo mismo.

Mi vida durante los últimos tres años ha sido como el patrón que se utiliza para fabricar una prenda de vestir: cortar, armar y coser la piezas. Llegar al hotel, dar el servicio y volver a la cárcel. Una y otra vez, en modo repetición. Año tras año. Sufriendo todo tipo de humillaciones y golpes. Y él no es diferente al resto, apenas hace un momento me ha dicho que soy una «cualquiera», y no me ofende, lo que de verdad me molesta es darme cuenta de que he hecho un trato con el mismísimo diablo, con uno de los culpables de que miles de mujeres como yo tan solo seamos una moneda de cambio. Simple mercancía para llenar sus bolsillos e inflar sus egos de macho.

Me paso un buen rato en el baño, casi esperando que cuando salga él no esté, porque la verdad que no me apetece verle la cara lo más mínimo. Afortunadamente se ha largado y cuando lo hago yo, una angustia cada vez más presente parece instalarse bajo mis costillas, justo en el centro. Cada vez que salgo de esta habitación sabiendo que tengo que volver de nuevo me aliento convenciéndome de que ya queda menos, que no lo hago solo por mí, también es por Gus y por esas menores de edad. Pero ahora mismo, ni ese argumento es suficientemente… inspirador como para que desee volver a cruzar esa puerta de nuevo. Sin embargo, no me queda otra opción.

En el ascensor me encuentro con Becu, parece aliviado cuando me ve.

—¿Estás bien?

—¿Qué haces aquí? —pregunto desconcertada. Becu jamás sube a las habitaciones.

De hecho, cuando estoy de servicio dispongo de un teléfono móvil de lo más arcaico, uno que está controlado como si de la misma Gestapo se tratara, para llamar a Becu en el caso de que surgiera cualquier problema. Hasta al día de hoy no he tenido que usarlo.

—He visto a Dalca salir del hotel y parecía… ido. Pensé que te había hecho algo.

—Ese ladra mucho y muerde poco —respondo metiéndome en el ascensor.

Y no es hasta que lo hago y se cierran las puertas, que siento el peso de las últimas palabras que Becu me dedicó hace un rato sumarse a la opresión que siento bajo el pecho.

En extremos opuestos en el interior de este cubículo nos observamos, y, aunque este grandullón es tan expresivo como una careta de cartón, algo en su impasible rostro me dice que estamos pensando lo mismo.

—Becu, yo…

En medio segundo me tiene acorralada contra la pared del ascensor y su boca silenciando la mía con un beso que no solo no veo venir, sino que me deja fría. Tanto como para que él haya podido percibirlo.

—Creo que llevo tanto tiempo metida en esto, que simplemente he dejado de sentir —susurro contra su boca.

Lo que hace que despierte en mí cierta culpabilidad viéndole alejarse lo máximo que este pequeño espacio le permite.

—Seguiré cuidando de ti —asegura con la mirada fija en las puertas que justo deciden abrirse.

A punto estoy de decirle que no necesito que lo haga, que sé cuidarme sola, porque es lo que llevo haciendo los últimos años, sin embargo, me descubro diciendo:

—Lo sé y te lo agradezco.

Igual es la culpabilidad la que habla por mí o quizá en el fondo de alguna parte de mi corrompido corazón le estoy agradecida por lo bien que se ha portado conmigo. Quién sabe.

—Es mi trabajo.

En realidad no lo es, al menos no de la manera en la que lo hace. Y ambos somos plenamente conscientes de ello.

Mentiría si no reconociera que el viaje de vuelta a la cárcel ha sido algo incómodo con el rechazo respirándose entre nosotros y la huella de sus labios aún presente sobre lo míos. Solo espero que las cosas vuelvan a la normalidad lo antes posible.

Nada más cruzar la puerta me encuentro de frente con una de las chicas de la agencia.

—¡Ce! —exclama entusiasmada dándome un rápido y cálido abrazo.

—¡Esme! ¿Qué haces por aquí?

—Reunión con Lena.

Esmeralda es una preciosidad menuda y vivaracha con una larga cabellera lacia y negra que roza su pequeña cintura de avispa. Todo un bombón, vamos.

—¿Qué tal todo? —se interesa.

—Como siempre, ya sabes. ¿Y tú?

—Estupendamente. Por cierto, ¿qué tal con Dalca? Tengo entendido que eres su preferida —dice pícara guiñándome un ojo.

Si ella supiera…

—Supongo que le gustan las rubias —arguyo encogiéndome de hombros.

Las noticias aquí vuelan rápidas, y que alguien tan relevante como Dalca haya repetido con la misma chica da mucho de lo que hablar. De ahí que le dijera a Ion que se asegurara de contratar el servicio de más chicas, y me consta que Esme ha sido, de hecho, una de las «afortunadas».

—¿Y cómo la tiene? —pregunta abriendo mucho los ojos.

—¿El qué?

—Chica, ¡la polla!

En realidad sabía a qué se refería, pero no sé por qué razón pensar en Ion, en su… polla, me resulta de lo más incómodo.

—Tú bien deberías saberlo —arguyo.

Mejor que yo, de hecho.

—Para mi desgracia lo único que sé de él es que es un verdadero encanto. Ah, y que deja muy buenas propinas.

—¿Un encanto? —repito arrugando la nariz—. Me parece que no hablamos de la misma persona… ¿No hubo sexo?

—¡Ya me hubiese gustado a mí, chica! Un beso en la mejilla es lo más cerca que estuvimos el uno del otro. Cenamos en el restaurante del hotel, luego una copa y poco más. Incluso le sugerí subir a una habitación, y me dijo que solo quería hablar. Muy educadamente, por supuesto.

¿Por supuesto?

—¿Seguro que estás hablando de Ion Dalca?

—¿Es que hay otro más?

Pues comienzo a creer que quizá lo haya. Entiendo que conmigo no tenga sexo, pero con ella…

—Esme, vas a llegar tarde —le reprende Lena saliendo de su despacho.

—¡Uy, sí! —exclama comprobando la hora en su teléfono móvil—. Ya nos vemos —se despide con un rápido abrazo.

—Claro.

La verdad es que espero que no nos volvamos a ver, ya que, si todo va bien, en una semanas habré dejado atrás esta vida, y, a pesar de que Esme me cae bien, no quiero volver a ver a ninguna de esas personas que la conforman, y eso la incluye a ella. Por muy cruel que eso suene.

*Bueno, pues yo la verdad que solo me he zumbado a una
negra una vez en mi vida y me dio un poquito de asco la verdad,
porque yo que sé, no es igual que las blancas, no tiene nada que ver.*
Putero

Puteros New Atlantics

Capítulo 14

Han pasado tres días desde la última vez que vi a Ion. Tres días en los que apenas he podido hablar con Gus, y es que Lena me ha llenado la agenda como si me hubiese convertido en presidenta. Tres días desde que Becu reconociera que siente algo por mí, me besara y yo le rechazara: complicando mi ya peliaguda situación un poco más. Afortunadamente nuestra relación parece estar igual que antes de su confesión, no parece enfadado, tampoco ofendido. Al menos, aparentemente.

—¿Sabes algo de Oana? —me animo a preguntarle durante nuestro viaje en coche.

—No.

—Por mucho que lo intente sigue sin entrarme en la cabeza como alguien puede hacer algo así a su propia hija.

—Bueno, es Lena —añade como si eso lo aclarara todo. Y es que en realidad, lo hace.

Oculta tras el tintado de los vidrios y con la mente algo dispersa en nada en concreto y todo en general, comienzo a preguntarme algo que, la verdad, no es la primera vez que se me pasa por la cabeza: ¿cómo habrá llegado Becu a dedicarse a esto? Porque, a pesar de esa fachada de hombre duro e infranqueable, algo bueno se esconde detrás. Tiene que haberlo, si no, no me habría salvado el culo tantas veces, por mucho que yo pueda gustarle. Los sentimientos en nuestro mundo pueden salirte muy caros, si no que se lo digan a Oana. Si es que aún sigue con vida.

Ya fuera del 4x4 y a pocos pasos de alcanzar la puerta del hotel nos encontramos con Ion saliendo del mismo, que viene directo hacia mí para darme un beso en la mejilla plantando a su vez una mano en la parte baja de mi espalda. Yo le sigo el juego, fingiendo que nuestra relación es cómoda y distendida. Al fin y al cabo, se supone que nuestros encuentros son básicamente sexuales.

—Puedes marcharte —le indica este a Becu acercándome a su cuerpo.

—Tengo que acompañarla hasta el hotel —contesta el grandullón con esa voz grave y dominante que deja salir cuando quiere imponerse no solo con el cuerpo.

—No vamos al hotel. Ya lo he hablado con Lena.

Me cuesta discernir quién está más sorprendido con esa respuesta: mi escolta o una servidora. Lo que tengo claro es que a ninguno de los dos nos hace la más mínima ilusión ese cambio de planes.

Becu saca su teléfono comprobando algo, supongo que algún mensaje de Lena informándole el cambio de planes.

—Cualquier cosa me llamas —resuelve finalmente dirigiéndose a mí.

—Claro.

En serio, me siento como si mi padre estuviera dándome permiso para salir con mi novio. Surrealista cuanto menos.

Ion me invita a seguirle aún con su brazo rodeando mi cintura y no me pasa desapercibido dos cosas: una, se ha afeitado, dejando a la vista ese lado más aniñado y afable, y dos, se ha perfumado, más de lo habitual.

—¿Adónde vamos? —pregunto incapaz de ocultar mi curiosidad.

No contesta. De hecho, no dice una palabra hasta que llegamos a un bonito Bentley negro con pequeños detalles en rojo a lo largo y ancho de su reluciente carrocería. No esperaba menos de Ion Dalca, su coche es tan presuntuoso y arrogante como él.

—Estás especialmente guapa hoy —dice abriéndome la puerta del copiloto esquivando mi pregunta—. Me gusta ese vestido.

—Gracias, pero puedo abrir yo misma la puerta —arguyo ya dentro del coche cerrándola con cierta brusquedad, fingiendo ignorar su apreciación sobre mi aspecto. Y sobre mi vestido.

Mi aspecto siempre debe ser impecable, es más que un norma, es una instrucción que no puede ser pasada por alto. A pesar de ser la puta más económicamente accesible de la agencia, no hay nada que pueda fallar, un descuido podría salirme muy caro. Debo convertirme en la «mujer perfecta». Y es que nosotras, las *escorts*, siempre estamos bien arregladas dispuestas para complacer a nuestro cliente. Nunca hacemos preguntas y además somos comprensivas. Somos la fantasía hecha realidad de cualquier hombre. Cualquier hombre sin escrúpulos capaz de pagar por una farsa.

Por norma general mi ropa y mi maquillaje no son más que un disfraz que aborrezco tanto como la invasión que hace un desconocido al entrar en mi cuerpo. Me siento igual de ultrajada. Y es que la moda ha sido siempre mi pasión, mi escape, mi sueño. Elegir, combinar, modificar, crear… Mi forma más honesta de expresarme. Una extensión de mí misma que me fue arrebatada de la misma forma brutal que lo fue mi libertad y mi cuerpo. He dejado de pertenecerme hasta el punto que ya no sé ni quién soy, apenas recuerdo quién era y escasamente me entusiasma imaginar quién podría llegar a ser. Pero hoy…. Hoy en concreto he rescatado uno de los pocos vestidos que conservaba antes de verme inmersa en esta vida, junto con el que me puse en la fiesta en la que Ion y yo nos conocimos. Es un vestido negro con lunares blancos que modifiqué después de hacerme con él en unas rebajas, en lo que parece haber sido ya una eternidad. Lo dividí en dos piezas hasta convertirlo en una falda entallada a la cintura y un *croptop* escotado y cruzado a la espalda. Fue, si no recuerdo mal, una de mis últimas «creaciones» y hoy, tras el encontronazo con Ion del último día, y sabiendo que volveríamos a vernos de nuevo, necesitaba algo que me recordara por qué estoy haciendo esto, por qué sigo adelante con esta locura. Y que Ion, precisamente en esta ocasión, repare en mi vestido cuando no lo ha hecho nunca antes, me inquieta, de una manera que ni siquiera me siento capaz de expresar con palabras.

—Siempre poniéndolo difícil —arguye acomodándose tras el volante después de que le haya reprendido por tratarme como una inútil con esa galantería pretenciosa abriéndome la puerta del coche.

Ya me siento como un objeto inútil al que le han arrebatado el poder de decisión el noventa por ciento de mi vida. Que la amabilidad y la galantería están bien, siempre que se trate de un gesto sincero y no como moneda de cambio para que te la chupe sin condón, me lo trague para agradecértelo o en el caso de Ion, que te cuente todo lo que necesitas saber para deshacerte de la competencia y abarrotar tus bolsillos de más dinero sucio y cruel.

—En realidad te lo estoy poniendo fácil, eres tú el que lo complica todo —aseguro—. Y no has contestado a mi pregunta.

—Lo sé.

—Y bien. ¿Adónde vamos? —inquiero repasando el anguloso perfil de su bonito y perfecto rostro.

—A mi casa —responde al fin incorporándose con precisión al tráfico nocturno.

—Pensaba que no llevabas a *cualquiera* a tu casa.

—No te llevo a esa casa —responde como si esa respuesta lo explicara todo.

—Ya, entiendo.

No es el primer cliente que tengo (a pesar de que Ion en concreto no es lo que podría llamar tradicional), aun así no es el primero que tiene un apartamento en el que llevarse a los ligues, así tipo picadero.

—Vamos a mi casa de verdad —puntualiza tras varios segundos de silencio.

Su casa «de verdad». ¿Qué narices se supone que significa eso?

Cada cosa que dice me deja más confusa y, además, ¿para qué narices vamos allí? Podemos seguir en el hotel como llevamos haciendo desde el principio.

—Antes de que sigas con el interrogatorio —añade echándome una mirada rápida—: escucho tus pensamientos desde aquí. ¿Qué te parece si esperas a que lleguemos y luego me preguntas todo lo que quieras saber? Prometo responderte a todo.

Achico los ojos con desconfianza un segundo antes de terminar asintiendo resignada.

Desconectar mi mente curiosa y analítica no es tarea fácil, pero si algo he aprendido en este tiempo es a ponerla en modo *standby* el tiempo que sea necesario. Para ello decido centrarme en otra cosa, como en los pequeños detalles de este flamante coche: forrado en piel, rematado en madera y cuidado al más mínimo detalle. Lo que me lleva a preguntarme cuántas de sus putas le habrán ayudado a pagarlo. Más allá todavía, cuántos hombres habrán abusado de esas mujeres para que Ion Dalca pueda disfrutar de este capricho. Cuántos «Dalcas» hay por ahí, para los que nosotras, sus putas y esclavas, no somos más que el objeto perfecto para afianzar su jodido ego.

Termino siendo arrastrada por un largo desfile de repulsivos pensamientos protagonizados por sádicos sin escrúpulos como el que tengo sentado justo a mi lado. No me estoy haciendo ningún favor dejándome llevar por esta rabia. Y soy plenamente consciente de ello en el momento exacto en el que unas desagradables náuseas me acusan de forma repentina.

—¿Puedo abrir la ventanilla? —le pido con urgencia.

—Podemos hacer algo mejor —responde retirando la capota de lona en cuanto nos detenemos en un semáforo.

En menos de treinta segundos el aire cálido y nocturno de Madrid nos envuelve dándonos la bienvenida.

Dejo caer los párpados permitiendo que, poco a poco, la fuerza del viento sobre mi cara se lleve consigo toda el asco que me inunda en este instante. Respiro y, poco a poco, mi estómago parece estabilizarse.

Minutos más tarde estoy cerca de alejar todo ese odio y me permito disfrutar del viaje en coche, pensando en cosas como el tiempo que hacía que no montaba en la parte delantera o veía la ciudad de noche con tanta nitidez sin el tono grisáceo de los cristales tintados. El brillo de las luces, la vida nocturna… esa abrumadora normalidad que pesa sobre mí como algo inalcanzable…

—¿Puedes ir más rápido? —le pido.

Ion acelera para incorporarse a la autopista haciendo que el motor ruja como una bestia, con un sonido gratamente ensordecedor capaz de dejar en *mute* mi cerebro. Aumenta la velocidad mientras zigzaguea esquivando al resto de vehículos con la precisión de un piloto de carreras.

El rugido del coche, el viento templado sobre mis mejillas, The Weekend sonando a todo volumen con *In The Night*… Las sensaciones se multiplican. Sensaciones buenas, como la de la velocidad estallando contra mi cara, atravesando mis venas y aferrándose a mi estómago con un efecto ciertamente narcótico. Endiabladamente adictivo.

Según abro los ojos me encuentro con la mirada de Ion, que me observa elevando la comisura de sus labios justo antes de enfurecer al motor con un fuerte acelerón, incrementando a su vez el volumen de la música. También el de los latidos de mi corazón.

Una sonrisa se dibuja en mi cara en cuanto me doy cuenta de que Ion lleva largo rato dando vueltas por la ciudad simplemente para complacerme. No es algo que yo le haya pedido, pero de alguna manera sabía que lo necesitaba, y me lo ha regalado. ¿Un gesto sincero y altruista por parte de Ion? No podría asegurarlo con certeza, aunque yo diría que sí, lo es. Sorprendentemente.

Capítulo 15

esentona bastante.

— Una apreciación que estoy segura comparten los vecinos de esta urbanización de la zona noroeste de la capital. Un garaje comunitario no es el lugar más apropiado para un coche que debe valer lo mismo que uno de estos pisos.

—¿Tu crees? —pregunta burlándose de mí mientras sujeta la puerta del ascensor esperando a que entre, ya que voy unos pasos por detrás.

El trayecto hasta la tercera planta se me hace eterno, y el silencio entre nosotros me incomoda, ni siquiera entiendo el porqué. Quizá se deba a su insólito comportamiento, simpático y como más cercano. Me tiene completamente desconcertada.

—No te pega tener una casa aquí, ¿no será de un amigo o algo así? —pregunto observando a través de la ventana del pasillo una piscina comunitaria rodeada de brillante césped cubierto por el rocío nocturno.

Ion se ríe, pero ni afirma ni desmiente. Como si de hecho, algo de lo que he dicho no fuera tan descabellado.

Abre la puerta de la que dice ser su casa, y me invita a entrar en ella con un «bienvenida a mi hogar». Cierto es que este lugar tiene más de hogar que aquella mansión fría y aséptica en la que nos conocimos.

Nos recibe un pequeño vestíbulo vestido únicamente con un perchero anclado a la pared, una mesa y un espejo sobre esta. De aquí pasamos a un salón amplio, parco en muebles y decoración, además de visiblemente ordenado. Aunque lo que más llama mi atención es el olor a limpio que subyace, mezclado con el de la propia fragancia picante de Ion. Lo que no hace sino confirmar que, efectivamente, esta es su casa, puesto que huele a él de una forma agradable e innegablemente genuina.

—Ponte cómoda —me invita justo antes de desaparecer tras la puerta de la derecha a lo que parece ser la cocina.

Lo hago, tomando asiento en un sofá grande tipo *chaise longue* con pinta de ser cómodo y caro, aunque no excesivamente.

—¿Quieres algo de beber?

—No, gracias —contesto dejando el bolso a un lado para sacar la libreta en la que he estado apuntando todo lo que logrado recordar de esos tipos que alguna vez han venido a «casa» a hacer negocios con la Matriarca.

—He conseguido recordar algunos nombres de…

Antes de que pueda acabar de hablar, Ion me quita la libreta de las manos, la cierra y la deja sobre la sencilla mesa de centro, una básica de esas de Ikea. Lo que llama soberanamente mi atención, la decoración de este lugar nada tiene que ver con la ostentación de aquella mansión: son como la noche y el día. Como lo es él hoy, nada tiene que ver con el Ion Dalca que he conocido hasta ahora.

—Hoy no.

—¿Hoy no, qué? —pregunto frunciendo el ceño.

—Hoy no vamos a hablar sobre Lena, ni tampoco de Horatiu.

—¿Entonces…?

—¿Qué te apetece cenar? —pregunta inquietantemente entusiasmado entregándome su teléfono móvil para mostrarme las diferentes opciones—: pizza, comida china, mejicana, *sushi*… Y no me digas que no tienes hambre, hoy no me vale esa respuesta. Así que elige lo que quieras.

No puedo negar que este repentino cambio de actitud suyo me desconcierta. Pero no solo es su actitud, también su aspecto parece distinto. Su rostro, habitualmente tenso, y ese aire analítico que siempre le acompaña, parece haberlos dejado en otro lugar para sustituirlos por una mirada cálida que me observa en este instante con cierto halo de entusiasmo de lo más tierno.

—Hamburguesa —resuelvo con rapidez, más buscando que deje de mirarme de esa manera que porque realmente sea eso lo que me apetezca comer.

—Hay muchas, ¿cuál de todas las opciones quieres?

—Esta —desisto señalando un menú con patatas fritas y una hamburguesa enorme con más cosas dentro de ella de lo que yo he comido en una semana entera.

—Perfecto. ¿Y de beber?

—Solo agua.

Contemplo cómo Ion realiza el pedido a través de una aplicación móvil. Parece realmente feliz de que haya accedido a comer sin oponer demasiada resistencia con mis interminables preguntas sobre esta situación sinsentido.

—¿Por qué me has traído aquí?

Mucho he aguantado. Demasiado para ser yo.

Me mira con una elocuente sonrisa dibujada en la cara, como si hubiese estado esperando que le hiciese la pregunta.

—Quería que tuvieras una noche normal.

—Normal —repito. Ya imaginaba yo que todo este… extraño remordimiento de conciencia que le ha entrado se debía a lo sucedido la última vez que nos vimos—. Esto es por lo del último día, ¿verdad? Porque no es necesario. No tienes por qué hacer esto.

—Quiero hacerlo. Así que, por favor, permite que lo haga —añade con cierta dulzura, una que jamás había visto en él.

¿Quiere sentirse mejor porque sabe que es un cretino? Pues nada, ya estoy más que acostumbrada a complacer a esta clase de gilipollas. Es lo único que tengo que decir. Si puedo fingir follando con un cliente, también puedo hacerle creer que me agrada que se porte amable conmigo por una vez.

—¿Puedes, simplemente, disfrutar de la noche? —me pide ante mi falta de respuesta.

—Es raro —confieso al fin.

Si cediera a la primera no sería yo.

—¿El qué?

—Esto. Tú.

—Sé que me he comportado como un capullo, y de verdad que lo siento. Pero la gente dice que soy buen tío.

—Eso he oído…

—¿Ah sí? —pregunta incapaz de ocultar cuánto le agrada ese descubrimiento.

—Esme asegura que eres encantador. —Eleva la comisura de sus labios incapaz de controlar su parte más vanidosa, porque, obviamente, está más que encantado con esa afirmación—. Con todos menos conmigo.

Una sonrisa de medio lado se escapa de entre sus labios.

—Lo he intentado, pero…

—¿Qué? —le interrumpo con sequedad.

—Rompes mis esquemas.

—¿De qué narices estás hablando?

—Que he tratado de desplegar mis encantos contigo, pero cada vez que lo he intentado has terminado alejándolos de un puntapié. Y… bueno, supongo que simplemente se me terminó la paciencia.

—Herí tu ego —resuelvo—. ¿Es eso lo que quieres decir?

—Es una manera de expresarlo. —Que sea capaz de reconocerlo dice mucho de él—. Mira, Celia, reconozco que no hemos empezado con buen pie…

—No me llames así —le advierto asqueada.

Y es que desde que empezó a hacerlo no he tenido la oportunidad de decirle que no me gusta.

—Pero es tu nombre.

—Lo era. Ahora soy Ce, Cenicienta o Celine, en todo caso. Tienes mucho donde elegir. Celia murió hace años.

—No pienso llamarte Ce, y mucho menos Cenicienta —admite horrorizado ante la idea.

—Preferiría que no usaras mi antiguo nombre —le pido esta vez más amable.

—¿Te molesta que lo haga?

—Eres el primero que me llama así en mucho tiempo —reconozco esquivando su mirada con la imagen de Miguel haciéndose hueco entre nosotros.

—Pues quizá es momento de resucitar a Celia, ¿no crees?

—¿Puedo beber agua? —le pido esperando esquivar, aunque sea por un momento, el tema de mi dichoso nombre.

—Por supuesto —asegura poniéndose en pie tras varios largos segundos de inquietante escrutinio.

Agradezco que desaparezca un momento y me dé algo de espacio.

—Aquí tienes.

Me tiende un enorme vaso de agua fresca que recojo musitando un «gracias» apenas audible.

—¿Qué tal si nos damos una segunda oportunidad? —Le escucho preguntarme con cautela, tomando asiento a mi lado mientras yo alargo el trago de agua.

—¿Y para qué se supone que la queremos, Ion?

—Aún nos quedan unas semanas compartiendo tiempo juntos y creo que hemos llegado a un punto… algo incómodo que no propicia nuestro acuerdo. Necesitamos confiar más el uno en el otro.

—Yo ya confío en ti. Lo suficiente al menos para seguir adelante con esto. Y parece que tú sabes de mí lo necesario como para asegurarte que vas a conseguir lo que deseas —refuto haciendo mención a lo que él mismo dijo el último día que nos vimos.

Me quita el vaso de la mano para depositarlo sobre la mesa e intuyo que para que no lo utilice como escudo y le preste completa atención.

—La verdad, Celia, no me siento cómodo.

—Por lo que pasó la última vez —adivino; Ion asiente —. Fui honesta contigo. Siempre lo soy. Siempre que se me permita serlo.

—Soy consciente de que no te hace especial ilusión trabajar con alguien como yo.

—Está claro que no —ratifico.

Si le molesta mi franqueza desde luego no lo demuestra.

—Tan solo quiero demostrarte que no soy tan mal tío.

—Honestamente, Ion, me da exactamente igual lo encantador que puedas llegar a ser. Eres proxeneta y eso es lo único realmente relevante para mí.

—Entiendo.

—¿Sabes? Tengo la sensación de que esperas limpiar tu conciencia conmigo, redimirte o algo por el estilo.

Sin añadir una palabra tras escrutarme unos largos segundos, se pone en pie y desaparece por el pasillo dejándome sola y ciertamente confusa.

No tarda mucho en regresar con algo en su mamo. Un marco de plata que me entrega en cuando toma asiento de nuevo a mi lado.

—Esta es María, mi madre. —Le miro con el ceño fruncido mostrando una más que evidente confusión—. Debía tener diecinueve o veinte años cuando se tomó esa foto.

Una preciosa joven de cabello rubio y ojos castaños, vestida con vaqueros y una camiseta sencilla, sonríe abiertamente frente a la cámara con una mano en la cadera y la otra sobre una gorra oscura.

—Es guapísima. Me parece que ya sabemos de dónde has sacado la belleza —apunto en cierto tono jocoso tratando de distender el ambiente, que parece haberse intensificado en escasos segundos.

—Gracias —responde agradecido—. Era bonita por fuera, pero por dentro… era insuperable.

—No lo dudo.

—Mi madre vivía con mi abuela cuando conoció a Cezar. —Se detiene llevándose el puño a la boca para esconder un carraspeo antes de aclararme—: Cezar era mi padre. Él ya era un proxeneta de bastante fama en Rumanía cuando llegó a España, esperaba establecerse en el país para ampliar su red de tráfico de mujeres. Conoció a mi madre una noche que ella salió con unas amigas de fiesta y terminaron en el único negocio legal que tenía Cezar: una discoteca que usaba para blanquear dinero. Se obsesionó con mi madre de una manera enfermiza. Ni siquiera puedo llamar amor a lo que sentía por ella. Me niego a creer que eso fuese amor.

—¿Por qué me cuentas esto?

—Terminó prostituyéndose obligada por él —continúa ignorando mi pregunta, aunque dándome una pista al mismo tiempo—. Años después se marcharon a Rumanía ya que la policía española le pisaba los talones. Antes de irse tuvo a bien casarse con mi madre. Año y medio después nací yo. Cuando cumplí los tres años volvieron a España, mi padre quería levantar de nuevo el negocio y lo consiguió, coronándose como uno de los mayores proxenetas de la historia de España. En aquella época mi madre ya no se prostituía, por el contrario, Cezar no dejaba que ningún hombre se acercara a ella, apenas la dejaba salir de casa. Vivía recluida en una mansión llena de comodidades de la que no podía salir, esperando que mi padre volviera a casa para darle una paliza o… violarla.

—Ion —susurro apoyando mi mano sobre su brazo consciente de cómo se acelera mi pulso al hacerlo, casi tanto como el suyo.

—Yo tenía doce años cuando Cezar entró en prisión. Tres meses después murió de un infarto y mi madre, que no había conocido otra vida más que esa a la que él la había arrastrado, volvió a prostituirse. Pero esta vez a manos de Horatiu Negrescu, que hizo con ella lo que quiso. Hasta que la mató de una paliza cuatro años más tarde.

¡NO! Me llevo las manos a la boca ahogando un gemido de horror al tiempo que un escalofrío sacude todo mi cuerpo. Ese monstruo, el de mis peores pesadillas, parece también ser el de las de Ion, que recupera la fotografía de su madre aferrándose a ella con tanta fuerza, que no dudo sea capaz de romperla. La tensión que emana de su cuerpo alcanza el mío, más aún, lo atraviesa.

Esa historia.

Su madre. Una mujer obligada a prostituirse. Encerrada en un palacio de cristal.

Un carcelero. La muerte de este.

Una mujer incapaz de volver a ser la de antes.

Un nuevo carcelero más despiadado aún.

SU FIN.

Es como si alguien me hubiese relatado mi peor pesadilla y me hubiese obligado además a contemplarla. Solo que no es mi historia (aunque bien podría), es la de María, la madre de Ion.

Dos vidas tan diferentes, pero con tantos puntos en común.

Comienzo a respirar con dificultad, sudores y escalofríos me ensartan como lanzas que no veo venir. Duele, como el huracán de pensamientos, ideas y sentimientos que se mezclan para pasarme por encima sin que pueda hacer nada por evitar esa invasión a la parte más oscura de mí, esa que llevo ignorando los tres últimos años para no venirme abajo. Para soportar esta vida. Para sobrevivirla.

Ese sentimiento de pérdida. Por su madre. Por la mía. Por mí misma.

Los ojos se me llenan de lágrimas a tanta velocidad, que se ven obligadas a abandonar su redil para dar lugar a todas esas que vienen detrás: impetuosas, profundas y tan sólidas, como la verdad que traen consigo. Siento que me ahogo, que no me llega el aire a causa del llanto tan primario que me sobreviene. Me sobrepasa.

Solo recuerdo haber llorado de esta manera en una ocasión, pero, incluso aquella vez, el dolor no era tan físico como el que siento en este instante, y hablo del día en que murió mi padre.

Ion me rodea con sus brazos acercándome a su cuerpo, consiguiendo incluso que termine acurrucada bajo su pecho y sentada sobre sus muslos. No dice una palabra, tan solo me sujeta, y lo hace de muchas maneras; algunas no sabía ni que existían. Tampoco había necesitado tanto un abrazo como ahora. Ion transmite seguridad, certeza, determinación.

Lo más razonable es que hubiese sido él quien necesitara un abrazo después de contarme esa historia, sin embargo, se mantiene como la roca que yo necesito mientras me desmorono entre sus brazos. Los de un desconocido que, de repente, no lo es tanto.

Ni siquiera sé si lloro por él, por mí, por su madre o puede que porque de repente echo en falta a la mía. Pero cuando parece que ya no me queda nada más de lo que desprenderme, decido separarme despacio buscando con urgencia su mirada. A pesar de lo vulnerable que me siento, le busco, casi con necesidad. Y le encuentro, esperando pacientemente, como si llevara toda la vida haciéndolo. Lo cual no tiene sentido alguno, lo sé. Es de lo más ilógico. Tan incoherente como la conexión que siento en cuanto nuestros ojos se reencuentran, porque eso es lo que hacen, verse como si no fuera la primera vez que lo hacen. No al menos a ese grado de exposición tan cruda.

Clic.

Conectamos.

Le miro y le miro, y aunque lo intente ya no le veo como antes, porque nuestras vivencias dicen mucho de nosotros, dicen quiénes somos, por qué actuamos como lo hacemos, por qué a veces somos buenos y a veces malvados. Son parte de nosotros, nuestra historia personal nos moldea. Dice de dónde venimos. Y a veces, incluso, hacia dónde vamos.

—Buscas venganza —murmuro.

—Justicia.

—Pero eres proxeneta —arguyo exponiendo en voz alta ese sinsentido.

Ion desprecia a su padre tanto como para no llamarle «papá», tanto como para convertirse en él para conseguir…

—Un medio para un fin, Celia.

Todavía sentada sobre sus piernas contemplo de reojo como acerca sus manos con vaga lentitud hasta alcanzar mi rostro y, enmarcándolo con cuidado, arrastra con ambos pulgares la humedad que todavía empapa mis mejillas. Me aferro a sus muñecas, tratando de anclarme a esta sensación. A este instante. A él.

Inspiro hondo. Muy, muy hondo. Hasta que el pecho ya no puede retener más aire y lo expelo, de forma abrupta y temblorosa. Mi vulnerabilidad es demasiado latente, tanto como para que resulte incluso obvia.

—Esa es la verdad. No me gusta lo que hago, pero es necesario. Cuando me enseñaste lo que te habían hecho…, esas marcas en tu cuerpo… Yo no soy así, Celia. No permitiría jamás algo como eso. —Y por la manera en que las palabras atraviesan el espacio entres sus dientes, rasgando con ellas el aire, le creo: no hay forma de fingir un asco tan profundo—. No he podido apartar esa imagen de mi mente desde entonces. Y nunca he querido que me tengas miedo, esa es la verdad. Tan solo… necesito esa información, y tú no eres lo que se dice de trato fácil.

—No lo soy —reconozco.

—Y extrañamente eso… me gusta —admite mostrando una sonrisa de lo más encantadora. ¡Ahí está! Ese Ion Dalca del que todos hablan—. Me gusta lo desafiante que eres. ¡Joder!, la valentía que demuestras incluso después de lo que has vivido… No te dejas dominar. Es como si no le tuvieras miedo a nada.

—Tengo miedo. Pero… una no sabe lo fuerte que es hasta que ser fuerte es tu única opción.

Me contempla con admiración y la verdad, no logro entenderlo.

—Me gustas —admite con solemnidad—. Mucho.

Mi corazón reacciona al escuchar esa confesión, como si acaso la hubiese estado esperando.

Ion comienza a acercarse, muy despacio, paseando sus ojos castaños por los míos para terminar estableciéndolos sobre mis labios. Le imito, quedándome colgada del color rosado de su lengua que atisbo a ver entre sus dientes, justo cuando su cálido aliento acaricia mi boca. Y vibro. Y lo ansío. Apenas unos centímetros nos separan…

Suena el timbre. Chirriante. Inoportuno.

Nuestra conexión se evapora. Desaparece.

Ion resopla resignado apoyando la frente sobre la mía, mientras que yo libero sus muñecas, a las que aún me mantenía aferrada.

Vuelven a llamar con insistencia.

—Será mejor que abras. —Estoy segura de que nunca me he arrepentido tan rápido de haber pronunciado una frase.

Me aparto sentándome de nuevo sobre el sillón escuchándole gruñir mientras se pone en pie y se dirige a la puerta.

—¿El baño? —pregunto levemente aturdida.

—La primera puerta a la derecha.

Me escondo dentro, necesito recomponerme, volver a sentirme yo misma. Necesito a Ce de vuelta, esa capaz de lidiar con cualquier situación que se le ponga por delante. Suena de chiste después de todo lo que he vivido, pero reponer mi coraza habitual me está costando un mundo, más tras abandonar el cuarto de baño y encontrarme con un Ion mirándome de la manera más adorable que una pueda imaginar, con la comida sobre la mesa y una sonrisa arrebatadora rematando la jugada.

—Espero que tengas hambre.

Lo que menos tengo en este momento es apetito, pero si hay algo que se me da bien es fingir. Mi capacidad de convertirme en lo que se espera de mí ha ido de la mano de la pérdida de mi dignidad no solo como mujer, también como persona. Y hacerlo una vez más, no debería ser tan difícil, ¿no?

Capítulo 16

Hasta el momento, todo lo que le había contado era referente a la agencia: Lena, Horatiu, Becu, las fiestas, sus invitados, la operativa, clientes importantes y un largo etcétera. Pero nunca sobre la cotidianidad de mi vida en ese lugar. Tampoco Ion me lo había preguntado. Hasta ahora.

—No soy más que una criada en esa casa.

—Parece que el nombre de Cenicienta te va al pelo —añade con clara ironía, también mostrando aversión por ello.

—Con dos hermanastras incluidas —apunto—. Bueno, en realidad solo una.

—¿Una?

—Oana está en uno de los clubs de Horatiu. Lena la ha mandado con su hermano.

—¿Y eso? —pregunta mostrándose visiblemente sorprendido ante esa información.

—Estaba viéndose con un cliente a escondidas de Lena. Una falta demasiado grave como para pasarla por alto, incluso tratándose de su propia hija.

—Hija de puta —espeta Ion con una sinceridad tan plena, que no puedo evitar esbozar una leve sonrisa por ello.

—Y bueno, ahora me ha tocado hacerme cargo de gran parte de sus clientes —reconozco, incapaz de ocultar el desagrado que eso me produce. Ion, en respuesta, realiza un leve asentimiento mudo—. La verdad, ni siquiera sé si sigue viva.

—Le es más rentable viva que muerta.

Una afirmación que, como un chasquido de dedos, trae a mi mente las imágenes de esas niñas muertas de mi recurrente pesadilla.

—Yo prefiero estar muerta antes que acabar en manos de Horatiu —admito limpiándome con brusquedad los restos de kétchup de las manos con un servilleta que paga todo mi odio por ese «señor».

—Eso no va a ocurrir, Celia —asegura Ion dejando caer la mano sobre mi muslo.

Un contacto que no espero y que me hace sentir… rara. Levanto la mirada de esa entereza que exudan su dedos sobre mi piel para mostrarle una sonrisa triste, cansada. Ojalá pudiera creerle. Ojalá.

—¿Cómo conoció tu padre a Lena? —se interesa apartando rápidamente su mano, desviando con clara intención el tema de conversación. Cosa que agradezco.

—Coincidieron en una fiesta en la que ambos estaban invitados. Comenzaron a salir, al año se casaron, se mudó a casa con sus hijas y tres años después falleció mi padre —resumo los hechos como si estuviera enumerando los titulares del día, de forma vacua y fría, cargada de visible encono.

—¿Qué le pasó a tu padre? Si no es indiscreción.

Me quedo un instante absorta contemplando la foto de la madre de Ion, que descansa a un lado de la mesa. No me siento cómoda hablando de papá, pero él ha sido sincero conmigo, y a pesar de que yo no tengo ninguna obligación…

—¿Resumiendo? Cogió el coche bebido y se estrelló contra una mediana.

—Lo siento.

—Bueno, al menos no se llevó a nadie por delante teniendo en cuenta que invadió el carril contrario —apunto con cierta rudeza.

—¿Era habitual?

—¿El qué?

—¿Solía beber? —se interesa.

—No hasta que conoció a Lena. Comenzó a convertirse en algo cotidiano unos seis o siete meses antes del accidente.

—Ya veo.

—No sé qué vio mi padre en esa mujer, pero claramente se convirtió en la sombra de lo que era. Discutían de forma constante y ella siempre terminaba haciendo con él lo que quería —confieso recordando aquella época.

—¿Cuántos años tenías cuando tu padre tuvo el accidente?

—Quince. Más o menos lo mismo que tenías tú cuando murió tu madre, ¿no?

—Dieciséis, en realidad. ¿Y tu padre sabía a qué se dedicaba Lena?

—Siempre nos vendió el negocio como una agencia de modelos. Desconozco si mi padre estaba al tanto de lo que se escondía detrás. Yo en cuanto cumplí los dieciocho me largué de esa casa y terminé descubriéndolo cuando me animó a trabajar para ella —relato con sinceridad—. ¿Por qué me miras así?

—Solo… no puedo dejar de preguntarme…

—¿Cómo terminé metida en esta mierda? —adivino chasqueando la lengua. Ion asiente en una respuesta silenciosa, aunque su mirada desvela toda esa curiosidad que aún siente por la realidad de mi situación—. ¿Tienes algo de beber?

—¿*Whisky*? —pregunta poniéndose en pie con diligencia.

—Por favor.

Esa rápida predisposición suya, más que por demostrar ser un buen anfitrión, se debe, probablemente, a que piense que con el alcohol quizá me suelte la lengua. Y la realidad es que voy a contárselo, al menos una parte, pero antes necesito anestesiar mi garganta para dar el paso. Hablar de esto así, en frío, me resulta demasiado abrumador. Es algo que nunca le he contado a nadie.

—Aquí tienes.

Cojo la copa que me tiende y sin mediar una palabra me bebo el contenido de un tirón. Comienzo a sentirme preparada en cuanto siento el calor expandirse bajo mis costillas hasta alcanzar la parte más baja de mi estómago.

Cuando abro los ojos me encuentro con la mirada amable de Ion, cómodamente sentado de lado mientras saborea su *whisky* con tranquilidad.

—Mi padre había dejado una cuenta a mi nombre en la que a lo largo de los años había ido metiendo dinero para mis estudios, y a la que tendría acceso una vez cumpliera los dieciocho. Lo que se convirtió en mi billete de salida para abandonar aquella casa, que ya comenzaba en aquel entonces a tomar la forma de esa cárcel que es hoy en día. Cuando mi padre nos dejó, la actitud de Lena y de sus hijas conmigo cambió de forma drástica; tampoco es que antes hubiesen sido todo amabilidad, pero en cuanto mi padre murió, pasé de ser su hijastra a una simple sirvienta.

—Entonces, ¿te fuiste?

—Me matriculé en un Grado de Diseño de Moda y me mudé a un piso en el centro de la capital, muy cerca de la escuela privada en la que estudiaba. Vivía muy bien y me gastaba un dinero que yo no había ganado: reconozco que en aquella época era egoísta y bastante inmadura. Y aun así, no puedo dejar de reconocer que fueron los años más felices de mi vida. Tras la pérdida de mi padre y tras tres años en aquel infierno… Alejarme de todo eso y levantarme cada día para hacer lo que más me gustaba…

—¿Ya no te gusta la moda?

—Ya no importa si me gusta o no. —Parece mentira que tenga que explicárselo—. El día después de mi veintitrés cumpleaños Lena me llamó para pedirme que nos viéramos. La verdad es que yo trataba de pasar lo menos posible por esa casa, y si lo hacía era únicamente para ver a Gus. Sin andarse con muchos rodeos me informó de que estábamos en la quiebra y endeudados. Dijo que necesitaba el dinero que mi padre me había dejado para poder salir a flote, ese del que yo había estado viviendo los últimos cinco años, como ella bien sabía.

—¿Cinco años? —dice obviamente sorprendido—. Debía de ser mucha pasta.

—Lo era —reconozco algo avergonzada—. Y esa cantidad exactamente es la deuda que adquirí y que aún estoy pagándole.

—¿De cuánto hablamos?

Recojo la copa de la mesa y se la acerco para que la rellene. Lo hace sin dejar de observarme. Tras un leve sorbo le doy la ansiada contestación.

—Ciento treinta mil.

—No es ninguna tontería.

—Decía que ese dinero, el que me había fundido los últimos años, habría salvado la cadena de restaurantes. No sé si esto es cierto o no, pero lo que sí es verdad es que yo podría haber hecho más por la empresa que tanto esfuerzo le costó a mi padre sacar adelante y... no lo hice.

—Pero no fue eso lo que te llevó a unirte a la agencia de Lena —adivina.

—No. No directamente al menos.

—Hablaste de una grabación. —Me quedo mirándole, sopesando si contárselo, pero antes de que haya tomado una decisión...—. Perdona, no es asunto mío. Lo siento.

Se levanta repentinamente recogiendo los restos de nuestra cena, yo hago el amago de echarle una mano, pero rápidamente desestima mi ayuda con amabilidad. La verdad, agradezco que lo haya dejado ahí, más que nada porque no sé si me siento preparada para contarle toda la historia.

—¿Qué tal si eliges una película?

Enciende la tele y me pasa el mando.

Me pongo a ello, apartando por una vez toda clase de pensamientos que requieran darle sentido a todo lo ocurrido esta noche y, sencillamente, me concentro en buscar algo interesante en la interminable variedad de contenido de la plataforma.

Finalmente descubro un documental sobre Manolo Blahnik, que Ion accede a ver sin problema. Y yo me paso la hora y media que dura con los ojos pegados a la pantalla absorbiendo todo lo que sale de ella. Pillo a mi acompañante mirándome en un par de ocasiones, pero la verdad que no le presto demasiada atención, la vida del diseñador de zapatos más prestigioso del mundo es demasiado inspiradora como para hacerle caso a otra cosa u otra persona.

—¿Te apetece ver algo más?

—Pero… ¿cuánto tiempo has pagado?

Carraspea cubriéndose la boca con una mano antes de darme una respuesta.

—He quedado con Lena en que mañana a primera hora te llevaría a casa.

—¿Toda la noche?

—Yo voy a dormir aquí —me aclara rápidamente señalando el sofá en el que nos encontramos—, y tú en la habitación.

Le escruto con detenimiento, a conciencia y en silencio. Él accede al análisis con completa tranquilidad, es claramente consciente de lo rápido que está trabajando mi mente para tratar de procesar todo esto. El nuevo Ion. El amable y atento. El hijo de un proxeneta. El que perdió a su madre. El que busca venganza. El mismo que ha estado a punto de besarme. Y ahora este, el que quiere que, aunque sea por una noche, me olvide de todo y encuentre algo de normalidad.

—Gracias.

Es lo único que se me ocurre decir.

—No es nada —responde casi ofendido, como si le asqueara que tenga que darle las gracias por algo tan nimio.

—Entonces, ¿elijo yo de nuevo? —pregunto esperando abandonar este extraño instante con el mando en la mano.

En respuesta, me ofrece una sonrisa: cálida, honesta. Consiguiendo que me ablande. Un poquito más todavía.

Capítulo 17

C elia.

— Ese olor…

—Celia.

Especiado. Limpio. Cálido.

Tan solo necesito separar los párpados para dar con el origen de ese aroma tranquilizador. Ion, acuclillado junto a mí susurra de nuevo.

—Lo siento, te has quedado dormida y no quería llevarte en brazos a la cama. No quería que te sintieras incómoda.

Que Ion se preocupe porque pudiera sentirme violenta porque me cogiera en brazos sabiendo que en mi día a día los hombres toman mi cuerpo a su antojo… Es raro. También agradable. Pero más aún inquietante.

—Ven, que te acompaño a la cama —dice tendiéndome la mano.

Me incorporo con su ayuda para seguirle hasta su habitación. Un dormitorio amplio con una gigantesca cama de matrimonio envuelta en un esponjoso edredón de plumas nos recibe. Las paredes claras están cubiertas por numerosos dibujos manga hechos a carboncillo. Uno en concreto llama mi atención, el único dibujado a todo color. El de una rubia de ojos azules y pechos generosos ataviada únicamente por una escueta y *sexy* armadura, un escudo en una mano y una espada en la otra; además de un kilométrico cinturón marrón que rodea su cuello, contornea su cintura y envuelve uno de sus brazos. Su aspecto es de guerrera. Una *sexy* guerrera.

—Leina Vance.

—¿Cómo?

—Es Leina Vance —me aclara—. Pertenece a una serie de libros donde las protagonistas son únicamente femeninas.

—Me gusta, tiene… fuerza —admito—. ¿Lo has dibujado tú?

Asiente ruborizándose levemente justo antes de contestar.

—Son todos míos.

—Tienes mucho talento —reconozco echando un rápido vistazo de nuevo al resto de piezas que decoran las paredes.

—Solo es un *hobby*.

—Me gustan —aseguro mirándole directamente a él, no a sus dibujos.

¿Una declaración de intenciones? Quizá sí. Quizá no.

—Gracias.

—Yo también dibujo —suelto de repente. ¿En qué demonios estoy pensando? Ofrecer información sobre mí no es algo que haga muy a menudo; por no decir nunca—. Pero nada que ver con esto, eso seguro.

—¿Me los enseñarás algún día?

Encojo los hombros en respuesta.

Ion no dice nada, tan solo sonríe.

—En ese cajón tienes camisetas, por si quieres ponerte algo más cómodo —me indica señalando una robusta cómoda de madera oscura junto a un armario empotrado—. Si tienes mucho calor puedes abrir esa ventana —me informa señalando esta vez un enorme ventanal que deduzco dará a un balcón—. El baño ya sabes donde está, la cocina también y bueno, cualquier cosa que necesites… estás en tu casa.

Sonrío con ironía. «Mi casa».

—Gracias, Ion. De verdad, has sido muy amable.

—Nada que agradecer, ya te lo he dicho. Bueno, qué descanses, Celia —se despide dándose la vuelta para salir, pero antes de que cruce la puerta…

—Ion. —Se detiene bajo el umbral de espaldas a mí—. ¿Te quedas un rato? Me he espabilado y, la verdad, no creo que sea capaz de dormirme ahora. —Se gira, y en cuanto lo hace, atisbo a ver un brillo diferente en su mirada, desprende un halo acogedor que me empuja rápidamente a dejar las cosas claras—: Solo quiero hablar.

—Por supuesto —responde dirigiéndose a la cama para recostarse sobre el colchón, apoyando la espalda en el cabecero con las piernas estiradas y cruzadas por los tobillos.

—¿Aquí tenías las camisetas? —pregunto señalando el cajón que me había indicado.

—Ahí mismo, sí.

Cojo la primera que encuentro, negra y lisa y, dándole la espalda, me deshago del vestido, los tacones y me pongo la suave camiseta de algodón. Está limpia y, aun así, huele a él de una forma muy agradable. Me subo a la cama y me acomodo en la misma posición con la espalda sobre el cabecero.

Pasamos varios segundos en completo silencio hasta que, llevada por un impulso, me giro hacia él sentándome sobre mis piernas para escrutarle con detenimiento. Más que eso, para descifrarle. Ion accede, manteniéndose inmóvil con la mirada fija al frente y los brazos cruzados sobre el pecho sin pronunciar una palabra, complaciendo esa imperiosa necesidad de familiarizarme con él. Con el discreto lunar situado a un centímetro escaso bajo su ojo izquierdo, con su nariz recta y sin fisuras, con la forma en que sus pómulos se hunden remarcando su mandíbula, con su cuello ancho y su nuez pronunciada, con su…

—¿Qué? —interrumpe repentinamente mis pensamientos, como si acaso los hubiese estado oyendo.

—Tienes un pendiente —digo sorprendida y es que no me había percatado hasta este momento.

Un pequeño aro plateado en su oreja izquierda brilla bajo la tenue luz que alumbra la habitación.

—¿No lo habías visto?

Niego con un movimiento de cabeza.

—Boberías de juventud.

—¿Tienes tatuajes? —se me ocurre preguntar.

—Uno, en el muslo.

—Ah.

—¿Y tú? —pregunta él esta vez descruzando los brazos del pecho.

Vuelvo a negar con la cabeza.

Soy consciente de que está permitiendo que sea yo la que lleve la conversación por una vez, y es que todo el tiempo que hemos pasado juntos estas semanas atrás era él el que requería, ordenaba y mandaba en nuestros encuentros: otro cliente más sintiéndose dueño de mí el tiempo que su dinero se lo ha permitido. Y aunque no haya usado mi cuerpo, el trato recibido no ha sido mucho mejor que el de mis otros clientes: los puteros.

—¿Por qué me lo has contado, Ion?

Por su manera de mirarme, sé que no necesito explicarle que me refiero a su historia, a la de su madre.

—Quería que confiaras en mí.

—¿Sabes lo más gracioso de todo? Que a pesar de que has sido de lo más borde y arrogante desde que nos conocemos, lo cierto es que extrañamente ya confiaba en ti.

—Lo siento.

—Yo también.

—¿Tú? —pregunta algo confundido.

—Lo siento por el niño que fuiste, el que vivió todo eso.

—Eso ya es agua pasada.

—¿Lo es? Porque yo veo «venganza» escrito en tu frente.

—Solo hago mi trabajo —responde con cierta severidad.

—¿Tu trabajo? No…

—¿Qué tal si hablamos de otra cosa? —me pide visiblemente incómodo.

—Claro.

Silencio. Otra vez.

Él vuele a mirar al frente, y yo de nuevo le miro a él pensando en lo sincero que ha sido conmigo y… ¿por qué no serlo yo con él? Tampoco tengo nada que perder.

—Aparecía follando y esnifando cocaína junto a mi novio.

—¿Cómo?

Claramente acabo de retener toda su atención.

—Me preguntaste qué sucedía en la grabación que tiene Lena. Monté una pequeña fiesta privada para el que era mi novio: había cocaína, alcohol y sexo.

Me mira como si no comprendiera nada.

—¿Me estás diciendo que llevas años prostituyéndote porque tu madrastra tiene una grabación tuya montándotelo con tu novio?

—No solo nos lo montábamos, también esnifábamos cocaína.

—¿Y qué pensaba hacer ella con esa grabación? Porque no te ofendas, pero ¿a quién iba a interesarle?

—Pues supongo que colgarla en Internet o dársela a un cliente, yo qué sé. Hay gente muy pervertida.

—¿Supones? ¿Y tu novio qué dijo cuando se lo contaste?

—Mi ex… no lo sabe —confieso esquivando su mirada.

—¿Qué quieres decir con que no lo sabe? —pregunta poniéndose en pie.

—Eso mismo, él no conoce la existencia de esa grabación. Yo fui la instigadora de todo aquello, así que es mi responsabilidad.

—¿Tu responsabilidad? —pregunta perplejo—. Según cuentas en esa grabación había dos personas, mayores de edad deduzco.

—Sí, pero…

—¡No hay ningún pero, Celia! —exclama algo alterado. Cosa que la verdad, no alcanzo a comprender.

Ahora soy yo la que se pone en pie, no pienso permitir que me hable de esa manera y menos aún sentada sobre la cama mientras él permanece de pie frente a mí, hace que me sienta como una niña a la que riñe su padre.

—Creo que te estás equivocando. Es cierto que hice cosas de las que no me siento orgullosa, pero yo no soy la mala en esta historia, Ion.

—Pero te sientes como tal, porque por alguna razón le estás protegiendo. ¿Pero de qué?

—Te lo he contado porque has confiado en mí y quería mostrarte la misma confianza, eso es todo.

Cojo mi ropa y con ella en las manos voy directa hacia la puerta, pero Ion me alcanza antes incluso de que roce el pomo.

—Espera un momento.

—No sabes de lo que hablas —le espeto enfrentándole.

—Sí, tienes razón. Lo siento. Pero joder, me parece increíble que hayas terminado metida en todo esto por algo tan…

—¿Estúpido? Lo sé, soy consciente de ello, muchas gracias.

—No iba a decir eso.

—Ya, por supuesto que no.

—Lo que está claro es que hay algo que no me estás contando, pero lo entiendo, ¿vale? Y no tienes por qué hacerlo —asegura llevando su mano hasta mi nuca para establecerla allí y obligarme al mismo tiempo a mirarle a los ojos—. Te agradezco la confianza.

Sus palabras, ese gesto y esa mirada consiguen que rompa mi barrera y deshaga el tenso nudo que mis brazos formaban sobre el pecho liados entre la ropa.

—Nunca se lo he contado a nadie, Ion —reconozco.

—Yo tampoco, Celia.

—¿En serio?

—En serio.

Ion acaricia la piel de mi nuca con sus dedos y la de mi cara con su cálida mirada. Dejo caer la ropa al suelo, reconociendo en mí misma un signo de derrota, el único en tres años.

Clic.

Ahí está de nuevo, esa extraña conexión. Y parece que Ion no piensa dejar escapar la oportunidad esta vez. Enterrando los dedos entre los mechones de mi pelo me atrae hacia él con firmeza y me besa. No hay nada de cauto, nada inseguro. Nada tímido. Un beso tan arrogante como lo es él. Un beso tan pretencioso como lo es Ion Dalca. Y me fascina, si por mi fuera, no le dejaría detenerse jamás. Hasta el punto que me descubro profundizando el beso pasando ambos brazos por su cuello, rompiendo una última barrera: el espacio entre nuestros cuerpos. Ion gime contra mi lengua empujándome a su vez contra la pared a mi espalda y poder arrastrar así su mano izquierda por mi pierna desnuda elevándola a la altura de su cadera. Dejándome llevar, subo la otra y, con su ayuda, termino rodeando su cadera sintiendo su erección apretarse contra mi sexo con el vaivén que hace su pelvis mientras me besa con urgencia.

Gimo rompiendo el beso para elevar la barbilla dejando escapar un jadeo. Ante mi garganta expuesta, Ion aprovecha para dejar pequeños besos a lo largo de mi cuello, lamiendo con deleite la parte más alta de mi mandíbula hasta alcanzar el lóbulo, un segundo antes de gemir mi nombre con voz ronca contra mi oído.

—Celia...

Algo se rompe. Se desvanece. Tan rápido como lo ha hecho esa conexión.

Le aparto de un empujón al tiempo que bajo de su cuerpo alejándole de mí.

—¿Estás bien? —pregunta preocupado, aunque cauto, no trata de acercarse.

Yo mantengo el brazo en alto entre nosotros y la cabeza gacha tratando de recuperar algo de oxígeno. Y es que, escucharle pronunciar mi nombre de esa forma tan íntima, tan personal...

—Lo siento, no sé que estoy haciendo. Nunca beso a los clientes —consigo pronunciar al fin contemplando la confusión de su mirada.

—¿Clientes? —mascula visiblemente ofendido—. ¡Yo no soy un puto cliente y lo sabes, Celia!

Me alejo recogiendo mi vestido con intención de ponérmelo.

—No sé qué estamos haciendo.

—¡Celia! ¡Para, joder! —Tira de mí dándome la vuelta para que le mire a la cara—. Habla conmigo. ¿Qué cojones sucede?

Veo su confusión, su rabia.

—No lo entiendo —digo al fin.

—Deja de tratar de entenderlo todo, hostia.

El problema es que esta no es cualquier situación, porque Ion, aún no sé cómo, acaba de abrirse paso dentro de mí con sutileza, pero veloz. Y algo me dice que sin vuelta atrás. No le he contado absolutamente nada de lo que he vivido en estos años y creo que podría entenderme como nadie. Y eso... me da demasiado miedo.

—Pero es que hace un rato no te podía ni ver y ahora... —balbuceo.

—Ahora nos gustamos, Celia. Más que eso, existe una fuerte atracción entre nosotros. Dicen que del amor al odio hay un paso, ¿no? Aunque en nuestro caso sería al contrario.

—¡¿Amor?! —me río nerviosa.

—Es una manera de hablar, no hace falta que te escandalices.

—¿Y qué se supone que significa esto? —inquiero señalándonos primero uno y luego al otro.

—Sin duda, que la vida tiene un sentido del humor cojonudo, eso es lo que significa. Y bueno, ¿no me digas que de verdad no sentías ningún tipo de atracción por mí? No me hubieses besado de esa manera de no ser así.

El recuerdo de aquel orgasmo con Rafa se cuela insanamente en mi cabeza y, bueno, deduzco que tan descabellado no era, algunas partes de mi cuerpo aún palpitan con ese beso que acabamos de darnos. Siento el calor inundar mis mejillas y, para mi desgracia, no soy la única en percibirlo.

—Está claro que algo hay, Celia.

—Solo he estado con Miguel —suelto abruptamente—. Antes de entrar en la agencia solo estuve con él.

—¿Miguel es…?

—Mi ex.

Asiente despacio antes de añadir:

—No tienes ningún tipo de obligación, yo no soy un cliente —remarca nuevamente—. Y, la verdad, lo último que quiero es que me veas como a uno.

—Por eso mismo te lo cuento. No creo que vuelva a sentirme normal nunca, aunque salga de esto.

—No adelantemos acontecimientos —me pide tratando de cogerme del brazo, pero yo me aparto.

—Entiendo perfectamente a tu madre.

—¿De qué estás hablando?

—¿Cuántas veces crees que me he imaginado abandonando esta vida, Ion? Millones. Pero al final, jamás podré tener una relación normal con un hombre. Llevo tantos años haciendo algo que aborrezco… No disfruto del sexo, ni creo que lo vaya a hacer nunca. Me da náuseas. Asco. Lo que acaba de pasar… es lo más cerca que estoy y estaré de disfrutar con un hombre.

Nos sostenemos la mirada durante varios largos segundos en los que ninguno dice nada.

—Todo esto es culpa mía —suelta de repente.

—¿Cómo?

—Estás abrumada, he sido brusco, ansioso y claramente egoísta. Voy a sacarte de esto y vas a vivir una vida normal, o no, una magnífica. Da igual, la que quieras, eso te lo juro por mi madre, Celia.

—Pero…

—Lo siento. De verdad que siento mucho lo que acaba de ocurrir.

Y dando la vuelta a los acontecimientos Ion abandona la habitación cerrando la puerta, dejándome sola y más confusa aún de lo que ya estaba. Si es que eso es posible.

Tras varios minutos paralizada junto a la puerta, decido meterme en la cama y tratar de descansar, algo que se vuelve casi imposible. Me paso toda la noche sin pegar ojo, durmiendo a trompicones, y, cuando lo hago, la misma pesadilla que lleva acompañándome las últimas semanas se repite y, de nuevo, con variaciones. No soy yo la que se arrodilla frente a Horatiu, sino María, la madre de Ion. En realidad… en el sueño yo soy María.

Me quedo en la cama dando vueltas y pensando, tratando de hacer tiempo hasta que amanezca. Hay algo demasiado normal en esta casa como para imaginarse a Ion como un proxeneta, más ahora que le conozco más de cerca. Si no fuera por su reputación, esa casa, el coche… si quitamos todo eso, Ion podría ser cualquier tío normal. Un tío arrogante con un pasado de mierda, pero normal, al fin y al cabo.

Cansada de dar ya tantas vueltas me levanto y me pongo a mirar los dibujos que cubren las paredes con detenimiento. Junto al de la guerrera de la que me habló, hay un estante con unos pocos libros, algunos cómics tipo manga, además de unos cedés de rap: Ice Cube, 50 Cent, Wiz Khalifa, Snoop Dog, Eminem…

Un libro en concreto llama mi atención, quizá por el desgaste que es visible incluso desde su lomo, o quizá sea por el título: *Siete crímenes casi perfectos.* Lo saco para ojearlo y me encuentro con una dedicatoria escrita a mano en su interior:

Rayo, recuerda que somos de carne y hueso, pero tenemos que
actuar como si fuéramos de hierro.
Cuídate, compañero.
Carlos

¿Rayo? ¿Compañero? ¿Compañero de qué? ¿Acaso se trata de otro proxeneta?

Vuelvo a mirar la portada en la que bajo el título como único elemento se encuentra una pistola, y en letra algo más pequeña puede leerse: «Una exploración de los siete casos más sonados en la España actual».

Justo en el momento que mi cabeza parece estar a punto de darle algún sentido, escucho un ruido en el pasillo, lo que me invita a apartar ese gran interrogante a un lado mientras coloco el libro de vuelta a su lugar con el pulso acelerado bajo las venas.

La vuelta en coche es mucho más que incómoda, ninguno habla, Ion permanece atento a la carretera y yo con la ventanilla abierta con la esperanza de que el aire se lleve el recuerdo de esta noche. Cierro los ojos trayendo a la mente la extraña intimidad compartida, esperando (casi exigiendo) que el viento arranque de mi recuerdo la confesión sobre su atracción hacia mí, sus labios exigentes, su lengua impetuosa tomando a su antojo la piel de mi cuello, su mano cálida subiendo por mi pierna…

—Hemos llegado.

Abro los ojos. Tanto empeño en deshacerme de todo esto antes de llegar a «casa», que no me había dado cuenta de que Ion había detenido el coche.

—Tengo que salir de viaje unos días, así que no nos volveremos a ver hasta dentro de una semana.

—De acuerdo. —Abro el bolso y saco el papel con los nombres de esos clientes que pensaba darle anoche—. Aquí tienes.

—Gracias.

—Hazme saber qué más necesitas, cuanto antes terminemos con esto mejor para ambos —digo a modo de despedida.

Ion asiente sin añadir una palabra, parece que ha vuelto a ser el de antes. Mejor para los dos supongo.

En silencio, me bajo del coche sin mirar atrás, con paso firme de vuelta a la cárcel con algo muy pesado instalado en el centro del pecho. A cada paso que doy ese *alien* bajo mis costillas se expande haciendo que me cueste un mundo respirar con normalidad.

Una lágrima se escapa de mi ojo derecho. De un rápido movimiento me deshago de ella un segundo antes de que Becu aparezca tras la puerta de metal mirándome primero a mí, para después hacerlo a mi espalda, siguiendo con la mirada a Ion, que desaparece calle arriba ruidosamente.

—Tienes diez minutos para cambiarte.

Ahí está mi realidad, para que nunca me olvide de que no soy más que un artículo en continua exposición a disposición de cualquier hombre. Esos hombres que pagan por violar, porque consideran que sus deseos son derechos y que las mujeres estamos aquí para satisfacerlos. Y la realidad es que lo estamos, pero no por porque queramos, sino porque hemos sido obligadas. Máquinas expendedoras de dinero. Eso es lo que soy y así es cómo me siento.

Le follé la boca un rato largo, con muchísimas arcadas, casi vomitó, en intensidades varias, teniéndola la mayoría del tiempo de los pelos. La tía se apoyó en una toalla sobre la falda que quedó empapada de la saliva que le salía por las arcadas. En fin, un buen «face fucked». No llegó a ser brutal, pero fue bastante picante. Arcadas a morir y casi vomitó, ni hablar de las lágrimas en los ojos.
Putero

www.foro.putalocura.com

Capítulo 18

No consigo atinar con la tarjeta en la maldita ranura, la euforia que siento es incontrolable, me domina, impulsándome a golpear la puerta con ansiedad.

Ion tarda una puta eternidad en abrir. No me detengo a saludarle, voy directa al cuarto de baño. Tengo mucho calor, como si el vivo color rojo de mi fino vestido de tirantes me estuviera abrasando, lo que no es más que una absurda e incoherente ironía.

Tiro el bolso al suelo para abrir el grifo y refrescarme con urgencia, casi con brusquedad. Con la cara goteando y las palmas de las manos sobre el frío mármol del lavabo dejo caer los párpados, y en lo que tardan en cerrarse por completo, imágenes de la última hora comienzan a asaltarme con violencia. La misma que he sufrido en ese espacio de tiempo. Y... no puedo contenerlo. Un grito de rabia abandona mi garganta acompañado de un llanto profundo, desgarrador.

—¡Celia! —Ion golpea la puerta con fuerza—. ¡¡Celia!!—

Soy incapaz de pronunciar una palabra—. ¡Abre o tiro la puta puerta abajo!

Me deshago de las lágrimas secándolas casi a golpes, ahogada por la rabia, asfixiada por la impotencia. Físicamente he sufrido cosas indescriptibles, sin embargo, esas heridas siempre terminan por curarse antes o después con sus consecuentes cicatrices, por supuesto. Pero no es comparable al daño interior. La brutalidad con la que he sido tratada a lo largo de estos tres años me ha dejado el alma en carne viva, y cada vez soy más consciente de que no existe nada capaz de paliar ese dolor. Aunque parara ahora mismo, en este mismo instante, no podría revertir todo lo sufrido, estoy segura de ello.

Con una desagradable sensación de irrealidad abandono el baño junto con los recuerdos de la última hora. Obviar el dolor ya es más complicado, pero no tengo más opción que fingir y, de esa manera, formar parte de esa tortura a la que soy sometida diariamente.

—¿Qué coño ha pasado, Celia?

—Ya te he dicho que no me llames así. Cenicienta, soy la puta Cenicienta.

Le ignoro alcanzando una botella de vodka de la neverita. La abro, tiro el tapón a mi espalda y me la bebo de un trago. Esto le da a Ion la oportunidad para acercarse a mí y, con cuidado, apartar el pelo que oculta mi cara. Soy incapaz de mirarle a los ojos, y ni siquiera entiendo el porqué.

—¿Qué narices te ha pasado? —escupe con la mandíbula tensa mientras sujeta mi rostro con cuidado, aunque obligándome a mirarle para inspeccionarme mejor—. Tienes las pupilas dilatas.

—¡Déjame! —exclamo apartándole de un manotazo.

—¿Qué mierda te han dado?

—Bueno, lo que se dice *darme,* me han dado una buena hostia en la mandíbula por no cooperar: cortesía de mi último cliente. Pero supongo que a lo que realmente te refieres es a la puta cocaína que me ha obligado a tomar directamente de su polla mientras le hacía una mamada: a pelo, por cierto. El muy cabrón se ha negado a ponerse un puto condón. Igual he pillado el sida o algo —revelo con indiferencia, como si realmente me importara una mierda.

—Hijo de puta —maldice entre dientes cerrando los puños con fuerza a ambos lados de su cuerpo—. ¿Cómo se llama?

—¡Hum! No me hagas reír —le pido alcanzando otra botellita que me quita de la mano de un rápido movimiento lanzándola contra la cama de muy mala hostia, mostrando con ello una evidente pérdida de paciencia.

—No estoy bromeando, Celia. ¿Quién es ese tío?

—Tú lo has dicho, un hijo de puta. Uno de tantos. Si yo he aprendido a olvidarme de ellos en cuanto sacan su polla de mi interior, seguro que tú también puedes, campeón —arguyo dándole una palmadita en el hombro.

—¡No me toques los cojones, Celia! Dime su nombre —reclama exigente.

—¿Para qué narices lo quieres? Si no es él será otro, Ion. Olvídalo. No necesito que hagas nada por mí, solo me traerás más problemas.

—Me da igual que lo necesites o no —refuta con arrogancia sujetándome del brazo.

—¿Qué pasa? ¿Nos damos un beso y ya te crees mi dueño?

Voy a pedirle que me suelte, pero antes de que llegue a hacerlo decide apartarse.

—No se trata de eso —responde apartando por un momento sus rasgados ojos castaños de mí.

—Entonces, ¿de qué va esto, Ion?

—Únicamente…

—No soy tu madre —le interrumpo—, no necesito que me salves. Si quieres ayudarme cíñete a nuestro trato. Cuanto antes terminemos con esto, antes podré dejar esta puta vida de mierda.

Su bonito rostro aniñado y de aspecto angelical se desvanece, permitiéndome contemplar a ese hombre más maduro que atisbo a ver en escasas ocasiones, gracias a esas diminutas arrugas junto a sus ojos que cuentan historias. Igual que lo hace su mirada, una demasiado cruda como para poder ocultarla. Parece que hubiese sido testigo de cosas terroríficas que obviamente le pesan y, que en ocasiones contadas como esta, no es capaz de esconder, permitiéndome contemplar al Ion más honesto de todos, ese que no viste de vanidad y arrogancia.

—Supongo que tienes razón —admite con derrota.

—Claro que la tengo.

—Aun así… no puedo, Celia. De verdad que no.

Una confesión que no entiendo, más aún, que no espero.

—¿Qué no puedes?

Él no dice nada, tan solo me observa compasivo, lo que prende más aún esa rabia que traía ya antes de entrar en esta habitación. Cegada por el cúmulo de sensaciones e impulsada probablemente por la euforia de la cocaína que he sido obligada a consumir comienzo a desvestirme.

—¿Qué haces?

—¿Sabes lo que creo? Que igual necesitas follarme —arguyo dejando caer el vestido a mis pies—, necesitas quitarte esa espinita.

No llevo sujetador, por lo que mis pechos quedan expuestos frente a él.

—Para —me pide dando un paso atrás, tratando de alejarse, aunque sin apartar la mirada de mi cuerpo—. Para, por favor.

—¿Estás seguro de que quieres que me detenga?

Me deshago del encaje blanco que cubre mi sexo y me quito los tacones, lo que me obliga a elevar levemente la barbilla para mirarle directamente a la cara.

—¡Vístete, joder! —exclama dándose la vuelta.

Doy varios pasos hasta que mis pezones se encuentran con su espalda: puedo sentir el calor traspasando la tela de su camiseta y es abrasador. Deslizo las manos desde sus costados pasando por su duro abdomen hasta alcanzar su bragueta. En un par de ágiles movimientos de mis dedos esta queda abierta, y mi mano derecha se cuela con precisión bajo la tela vaquera logrando alcanzar mi objetivo: una soberbia erección difícil de ocultar.

—Vaya… Hola, señor Dalca —susurro sobre su hombro apretándola contra la palma de mi mano—, parece que vienes bien equipado.

Ion, que no ha dicho nada desde que he comenzado mi incursión por su cuerpo, me agarra ahora la muñeca con la fuerza justa como para que no pueda moverla de nuevo. En cuanto aflojo los dedos la aparta de un rápido y ágil movimiento al tiempo que se vuelve hacia mí y me pega contra su cuerpo, sujetando aún mi mano entre nosotros, exactamente sobre sus costillas. Todo en una especie de llave mágica más erótica que agresiva.

—Estate quieta —me ordena respirando con cierta dificultad.

—¿Esto es lo que te va, Ion? ¿Te gusta mandar? ¿Tener el control? —pregunto observándole con los ojos entornados y la cabeza ladeada—. Solo tienes que decirme cómo lo quieres y lo haré realidad: ese es mi trabajo.

—Te he dicho que pares. No voy a repetírtelo.

—Tu boca dice una cosa, pero tu cuerpo… —argumento bajando la mirada hasta esa erección que asoma bajo la tela vaquera.

—No puedo evitarlo —sisea.

—Por eso mismo. Si acabamos con esta tensión sexual igual puedes olvidarte de tanta estupidez —murmuro introduciendo esta vez mi otra mano dentro de su calzoncillo, sintiendo sobre ella la cálida dureza de su polla. La aprieto entre mis dedos, consciente de que no soy capaz de alcanzar toda su envergadura—. Esto es lo quieres, reconócelo —susurro en su oído escuchándole emitir un gemido ronco—. No eres diferente que el resto de mis clientes —aseguro en voz alta, no solo haciéndoselo saber a él, es una información que yo misma necesito interiorizar.

Mis últimas palabras prenden su mirada, refulgente de una furia que no tarda en convertirse en determinación.

De nuevo, me aparta de su cuerpo y cambiando el ritmo de los acontecimientos enreda su mano en mi pelo, sujetándome con una firmeza demasiado delicada para que mi cuerpo, acostumbrado a manos egoístas y bruscas sacudidas, sea capaz de comprenderlo. Sus labios arrollando los míos, por el contrario, se entienden. Más que eso, se reconocen. Un beso escueto, pero profundo.

—No soy un puto cliente —sostiene tras abandonar mi boca.

—Si es lo que quieres creer...

—¿En serio me ves como a uno, Celia?

Y no es ofensa lo que muestran sus palabras, es tristeza lo que desvela su mirada.

—Solo veo a los hombres de esa manera, Ion —arguyo empujándole para apartarlo de mí.

—Y no puedo culparte por ello, pero...

—No hay ningún pero.

Este tema comienza a agotarme. Lo digo en serio.

—Pero te gusto.

Y a pesar de lo que pueda parecer no lo dice con arrogancia, sino como una clara evidencia de nuestra realidad.

—Obviando nuestros primeros encuentros eres, probablemente, el único hombre que no me ha tratado como un objeto al que poder usar a su antojo. Y el último día que nos vimos...

—¿Qué?

—Conseguiste que llegara a sentirme...

—¿Cómo?

—Como un ser humano, Ion.

—Pues déjame que lo haga de nuevo —me pide acompañando esas palabras con una caricia de su pulgar sobre mi mejilla.

—¿A qué te refieres?

—¿Hace cuánto nadie se preocupa por ti? —pregunta deslizando el dorso de sus dedos hasta mi cuello, apartando a un lado mi espesa melena justo antes de depositar un beso dulce en ese lugar—. Deja que me preocupe por ti. De lo que sientes, de lo que quieres, de lo que deseas...

—Yo no deseo nada, salvo escapar de esta pesadilla.

—Lo sé, y serás libre, te lo prometo.

Se agacha, recoge el vestido y me lo entrega.

En silencio me lo vuelvo a poner sin dejar de mirarle con extrañeza y cierta desconfianza.

—¿Por qué haces esto?

Me descoloca esa gentileza. Francamente, no estoy acostumbrada.

—Es lo que tengo que hacer.

—Pero, ¿por qué? ¿Qué sacas tú con ello?

—A pesar de lo que puedas creer, no todos los hombres vemos a las mujeres de esa manera. Ni mucho menos las tratamos de esa forma tan repugnante.

—Eres proxeneta, no eres muy diferente del resto de hombres que conozco.

—En realidad, Celia, yo...

Una melodía estridente y algo apagada deja a Ion con la palabra en la boca. Le miro, esperando que continúe con lo que iba a decir, pero desaparece por la puerta del baño y regresa instantes después con mi bolso en la mano.

—Me parece que es tu móvil el que suena.

Ese que Becu me entrega cuando comienzan mis servicios y me quita cuando terminan. Ese que no ha sonado jamás en la vida.

—¿Becu? —contesto consciente de que es la primera vez en mucho tiempo que cojo una llamada telefónica.

—¿Has terminado ya? —inquiere con urgencia.

—¿Pasa algo?

Ion no me quita la mirada de encima, pendiente de cada palabra que digo.

—¿Has terminado o no? —demanda esta vez mostrando un tono de voz notoriamente inflexivo.

—Sí —resuelvo al fin, a pesar de que mi tiempo con Ion no haya hecho más que comenzar.

—Estoy delante del hotel, baja ya —me ordena antes de colgar.

Me quedo contemplando el teléfono tratando de darle sentido a esta inesperada llamada cargada de urgencia.

—¿Qué sucede? —se interesa Ion.

—Algo no va bien.

—¿A qué te refieres?

—Becu parecía nervioso... y eso no es habitual en él. Nunca me ha llamado, yo ni siquiera sabía cómo sonaba esta cosa. De hecho, este teléfono es más bien para que le llame yo por si surge algo.

—¿Qué te ha dicho?

—Que baje ya, me está esperando en el coche.

Ion comprueba la hora en su reloj de muñeca antes de añadir:

—Aún no es la hora.

—Igualmente tengo que irme.

A pesar de que Ion no dice nada más, veo la preocupación en su rostro antes de abandonar la habitación con el corazón acelerado y una fina capa de sudor cubriendo mi frente.

Me siento como en una especie de irrealidad, levemente mareada. Apenas soy consciente de que he llegado al coche, hasta que le pregunto a Becu adónde nos dirigimos.

—Al Rojo.

—¿Qué? ¿Por qué?

—Tranquila, no es por ti.

Si no es por mí, eso quiere decir que es por... ¿Oana?

No podría fingir tranquilidad ni aunque quisiera. El nombre de Horatiu es lo suficientemente perturbador como para ponerme la piel de gallina y helarme la sangre, así que pisar su territorio es lo último que me apetece hacer en este mundo.

El Rojo es el mayor y más importante de los prostíbulos de los que Horatiu es propietario y, por lo que tengo entendido, es además el más concurrido de todos. Un ostentoso edificio de dos plantas con un llamativo cartel con luces rojas de neón. Ni un «Show girls» ni un «Night Club», el Rojo es lo suficientemente arrogante como para que cualquiera pueda reconocer qué es lo que se encuentra dentro, incluso antes de que la fachada prendida en un juego de luces, que simulan vivas llamas de fuego, te deslumbre conduciendo en plena autovía.

El aparcamiento está repugnantemente abarrotado de coches, lo que no me sorprende, teniendo en cuenta que es domingo noche y víspera de festivo. Pero Becu no aparca en ese presuntuoso *parking* con más pinta de centro comercial que de puticlub. Por el contrario, se dirige a la parte trasera del edificio, la más fría de todo el lugar, y no solo porque las llamas que prenden la fachada no alcancen este rincón, sino porque justo en este lado es donde se esconde el proxeneta más peligroso de todo el país.

—¡Baja, vamos! —me azuza Becu tras abrirme la puerta.

—Te espero aquí, te prometo que no me moveré, puedes cerrar el coche si quieres…

—No voy a repetírtelo —me advierte agravando la voz.

Obedezco, aunque a regañadientes, y abandono el coche sintiendo ya cómo las náuseas se apoderan de mi estómago: me ocurre siempre que tengo cerca a Horatiu o sé que voy a verle. Tratando de recuperar la calma, veo a Becu dirigirse al maletero, pero, con el mal cuerpo que arrastro desde el cliente de la coca hasta ahora, tardo demasiado en darme cuenta de que lo que saca de la parte trasera es el cuerpo inerte de Oana.

Doy un paso atrás llevándome las manos a la boca para ahogar un grito.

—¿Está…?

—Tan solo está inconsciente —me aclara echándose el pálido cuerpo de mi hermanastra al hombro con una naturalidad apabullante.

Le sigo hasta la puerta trasera del local, donde un tipo enorme con la cabeza rapada nos permite el acceso en cuanto nos acercamos. Trato de ignorar el silbido que hace cuando paso por su lado con la misma intención que trato de no vomitar durante esta tediosa visita. Pero es algo que a cada paso me resulta más complicado. El olor a sexo, alcohol y perfume barato combinado con el claustrofóbico color rojo que empaña cada jodido centímetro de este lugar, lo hacen aún más insoportable.

Los rescoldos de las imágenes de mi recurrente pesadilla parecen despertarse al reconocer este largo pasillo que estamos recorriendo como ese lugar al que acude mi mente cada maldita noche. No hay ninguna chica tendida en el suelo, ni el Tuerto me arrastra con fuerza, pero sí que nos dirigimos al mismo lugar infernal: el despacho de Horatiu, donde quizá sea mejor salir muerta, que viva.

Capítulo 19

Cierran la puerta a nuestra espalda, y aunque no le he visto, sé al instante que ha sido el Tuerto: el silencioso perro faldero de Horatiu, el que un día lo fue de Lena. Jamás podré olvidar el punzante dolor de mi pecho izquierdo y la agonizante falta de aire después de que me pateara como a un balón tras haber entrado en mi habitación para violarme. Difícil olvidar su presencia, por muy sigiloso que sea.

Becu, que hasta este momento me tapaba la visión de la estancia, se aparta para dejar a Oana, que continúa inconsciente, sentada sobre un sillón de piel marrón que hay a la derecha de esta espantosa oficina. Ahora que puedo verle la cara a mi hermanastra, descubro que, además de tener un aspecto pésimo respecto a la última vez que la vi, presenta un corte considerable sobre su amoratado pómulo derecho. Me cuesta creer que Becu le haya hecho eso, pero es obvio que ha sido él; lo que me vale como advertencia para recordar a qué bando pertenecemos cada uno. Aquí, la amistad y los sentimientos tienen el mismo valor que el cuerpo de una mujer: nada.

De brazos cruzados, Becu se queda de pie junto a Oana con la mirada puesta en… ¿quién demonios es ese? Justo en el centro de la habitación hay un hombre abatido sobre una silla con las manos atadas a su espalda y la cara tan hinchada por los golpes que ha recibido, que creo que, aunque lo conociera, no sería capaz de distinguir de quién se trata. Y, como si supiera que estoy observándole, levanta la cabeza enfocando el único ojo que puede mantener abierto en mi dirección.

¡Mierda! Duele. Tan solo verle encoge el corazón.

Si no fuera porque podría jurar que hay más sangre en su ropa que corriendo por sus venas, le reconocería el buen gusto para vestir.

No parece muy mayor, yo diría que ronda los cuarenta, pero esto es tan solo una suposición, sería difícil asegurar algo con certeza. No tardo mucho más en averiguar de quién se trata, en cuanto gira la cabeza hacia Oana y comienza a revolverse y a gemir dolorosamente incomprensibles palabras, entonces, todo comienza a cobrar sentido.

—¡Pero si está mi preciosa sobrina aquí! —exclama Horatiu de pie, tras una gran mesa de madera oscura, con ese esbozo de sonrisa fingida que siempre le acompaña—. ¿No vienes a saludar a tu tío?

Apartando a un lado las ganas de vomitar y el pánico que me produce tenerlo cerca camino hacia él despacio, alargando un reencuentro inevitable.

Me observa, con los labios cerrados y su habitual rostro inexpresivo. Y es que Horatiu solo es capaz de mostrar dos emociones, al menos que yo haya visto: escueta sonrisa con los labios apretados y mueca de asco. Nada más.

—Eres un buen ejemplar —añade, como si me tuviera que sentir agradecida por ello.

Habla despacio, con temple, controlando cada palabra como controla a cada chica de la que dice ser dueño. Y en su mano izquierda siempre lleva un Zippo de plata, con esa especie de tic nervioso constante, usando únicamente su pulgar para abrir, encender y cerrar el encendedor. Una y otra vez, mientras habla, mientras calla, mientras hiere. Sin dejar de hacerlo, coge un mechón con su otra mano para colocármelo detrás de la oreja, escrutándome con detenimiento de arriba a abajo.

—Precioso vestido.

No soy capaz de pronunciar una palabra. Tampoco sé si lo espera, porque es sumamente complejo averiguar lo que pasa por su mente. Es curioso que alguien como Horatiu, con esa enfermiza obsesión por el fuego, sea la persona que más frío me provoque en este mundo.

Un instante después, se ha olvidado de mí para centrarse en su sobrina (la de sangre), y, ya a su lado, le levanta la cabeza sujetándola por la barbilla para escrutarla con su otra única expresión: la de asco. Y el pobre apaleado, que mantiene aún la conciencia con un estoicismo admirable, se revuelve en su silla sensiblemente pendiente a Oana y de cualquiera que se atreva a acercarse a ella que, en este momento, es el Tuerto, vertiendo sobre su rostro un cubo con hielo y agua.

Palmeándole la cara, Horatiu pronuncia algo en rumano mientras ella parece recuperar la conciencia. Se me hace eterno hasta que lo hace, tanto, que mi mente divaga en cosas como en ese olor a papel quemado que siempre emana no solo este lugar, también Horatiu, como si de un perfume se tratara.

Oana abre los ojos despacio, pero el reconocimiento que hace de la habitación y de las personas que nos encontramos en ella es rápido y agitado. Como lo es la carrera que emprende hacia el irreconocible hombre que, a pesar del evidente dolor que debe estar sufriendo, la mira con una ternura que rompe el alma. Pero Oana no llega siquiera a acercarse a tocarle, el Tuerto la agarra de su preciosa melena oscura y tira de ella con violencia para volver a sentarla en el sofá.

—Quieta —le espeta aún con los mechones rizados aprisionados entre sus dedos, tirando hacia abajo para que no solo pueda escuchar la amenaza, también para que pueda verla en sus ojos.

Me siento como espectadora de una película, pero no hay nada de ficción en lo que sucede ante mis ojos, por mucho que me cueste aceptarlo.

Horatiu solo necesita una mirada para que el Tuerto, con la diligencia de un sabueso, haga lo que le ordene, así que este suelta al fin a su sobrina y se aleja unos pasos para poder ceder así el turno a su amo.

—¿Te lo has pasado bien estos días de vacaciones? —Le pregunta el Pirómano a su sobrina sentado sobre el apoyabrazos del sofá embelesado en la llama prendida de su Zippo. Ella no pronuncia una palabra, pero es que su mirada llena de terror ya lo dice todo por ella—. Confiaba en ti. Pero eso ya se acabó —sentencia poniéndose en pie.

—Y tú… —se dirige esta vez al desfigurado hombre de la silla—. Creo que ya te ha quedado claro que esto no es un restaurante de comida rápida, aquí se consume el producto en el local, no es para llevar.

Los cegadores dientes de oro del Tuerto deslumbran cuando abre la boca para reírse por las palabras de su amo, porque, al parecer, son graciosas. Estoy segura de que la repugnancia que siento por estos dos es tan fulgurante como la piñata de oro que decora sus encías superiores.

El pobre desfigurado escupe sobre los pies de Horatiu, dirigiéndole después una mirada de puro desprecio. Cierto es que el Pirómano es de lo más impredecible, pero cualquiera que haya tenido el placer de conocerle sabe que esa insolencia le va a salir muy cara.

—*Unchiule…*, *te rog* —implora Oana rompiendo a llorar con la vista clavada en el hombre del que está enamorada.

—¿Ahora soy tu tío? —se dirige sorprendido hacia su sobrina—. Vaya, hace unas semanas no me decías cosas tan bonitas.

Con paciencia, se pone en pie sobre el sofá para sentarse en el linde del respaldo y colocar, de este modo y entre sus piernas, a su aterrada sobrina. Un movimiento de cabeza y una mirada son suficientes para que el Tuerto arrastre la silla del apaleado hasta dejarla frente a ellos, lo justo para que sus rodillas rocen las de Oana. Horatiu comienza a pasear la mano por la cara de su sobrina con una suavidad escalofriante hasta alcanzar su cuello, estableciendo allí la mano para sujetarla con firmeza. Con sumo cuidado, ese que no tiene con ella, deposita el mechero sobre el reposabrazos del sofá, como si se tratara de un valiosa joya, para así poder recoger la navaja que el Tuerto le tiende.

—¿Sabes qué? Voy a hacerte un favor —arguye dirigiéndose al amante de mi hermanastra, señalándole con la punta de la afilada navaja—. Me compadezco de hombres como tú, que aún no se han dado cuenta de que debajo de está bonita piel no hay absolutamente nada que merezca la pena. Las mujeres solo valen para una cosa, y hay algunas que ni para eso, créeme. Yo doy un servicio a la sociedad, le doy la oportunidad a los hombres de saciar sus necesidades sin que tengan que ocuparse de nada más que de pagar. Vas a descubrir tú mismo cómo detrás de esto —añade empuñando la afilada cuchilla contra la amoratada mejilla de Oana—, no hay nada.

—¡¡Nooo…!! —grito sin poder evitarlo.

Horatiu se detiene exhalando con fuerza visiblemente irritado por mi interrupción. Becu, sin que este tenga que decirle nada, viene directo hacia mí agarrándome con fuerza del brazo para arrastrarme en dirección a la puerta.

—¿Adónde crees que vas? —pregunta el sádico de Horatiu ofendido, casi más de lo que parecía estarlo tras mi irrupción.

—Será mejor que me la lleve.

—Ni mucho menos, ella también necesita aprender algo de esto. Ven, cariño, siéntate aquí con nosotros.

Pero Becu no me suelta el brazo, y como lo haga estoy segura de que las piernas no van a responderme. Deduzco que, consciente de mi estado, decide acompañarme hasta que alcanzamos el sofá. Entonces sí, me dejo caer junto a Oana, que pelea por mostrar una entereza que en realidad no tiene.

—Mantente calladita, no me gustaría que estropearas la obra que estoy a punto de crear —me advierte.

Segundos después, contemplo cómo hunde la punta de la navaja en la barbilla de la preciosa Oana y la arrastra con mano firme hacia arriba, demasiado cerca del ojo. La sangre resbala a lo largo de la hoja hasta alcanzar el mango, empapando su dedos, que no dejan de gotear mientras los gritos de Oana se expanden en la habitación junto con los del hombre que ama. Del mismo modo que sus lágrimas y las mías, se entremezcla con ese deleite que muestra Horatiu, casi extasiado.

Incapaz de seguir contemplando la dantesca escena, termino por retirar la mirada desviándola hacia otro lado.

—Cariño, te estás perdiendo la mejor parte.

Un violento tirón de mi cabello por parte del Tuerto me recuerda que bajo estas paredes es otro el que toma las decisiones por mí, y si ha querido que me siente junto a Oana a presenciar esta barbarie es precisamente para eso, para que no me pierda detalle alguno. Como los consiguientes tres cortes que se suceden lenta y dolorosamente sobre sus preciosas mejillas. Aterrorizada miro a Becu de reojo, esperando que haga algo, pero es como chocarse contra un muro grande y pesado, completamente impasible ante lo que sucede a su alrededor.

No puedo dejar de pensar de dónde vendrá ese odio tan arraigado que este despreciable ser siente hacia las mujeres. Me cuesta imaginar qué es lo que ha tenido que vivir para que haya sembrado en él esa manifiesta misoginia.

—¿Lo ves? —Se dirige esta vez al apaleado, acercándole el destrozado rostro de su sobrina. Todas las respuestas que emite este son meros gruñidos agitados, ya que apenas puede articular palabra alguna: probablemente tenga la mandíbula rota—. Esto es lo que hay dentro de una mujer.

—Llévatelo —ordena a Becu repentinamente.

Este desaparece con el pobre hombre, que a pesar de apenas poder dar un paso en firme, saca fuerza para deshacerse de los brazos de Becu y alcanzar a una Oana en completo estado de *shock*. Pero apenas consigue darle un rápido apretón en una pierna antes de que Becu le arrastre fuera de la habitación.

Instintivamente, en cuanto Horatiu se levanta del sofá, agarro la mano de Oana; no sé si servirá de mucho, pero es lo único que se me ocurre hacer mientras la sangre que emana de su rostro baña sus piernas desnudas sin descanso. Busco urgente con la mirada algo para cubrirle las heridas, pero no veo nada que pueda servir.

—Se está desangrando —digo en voz alta a modo de súplica mirando al artífice de la «obra».

Tras obsequiarme con su recurrente cara de desagrado, le hace un gesto a su lacayo, que, tras desaparecer tras una puerta unos segundos que se me hacen eternos, me lanza una toalla. Con ella cubro a toda prisa las destrozadas facciones de Oana, rezando porque la hemorragia se detenga, deseando poder hacer más por ella.

—Deberías tomar ejemplo de tu hermana —le reprende Horatiu a su sobrina. Le pulverizo con la mirada, ya que es lo único que puedo hacer—. Ce sabe lo que es mejor para ella y no comete ninguna estupidez.

La imagen de la madre de Ion se cuela en mi cabeza al tiempo que un nudo se aposenta en mi ya revuelto estómago. Más aún cuando le veo acercarse de nuevo a nosotras con manos ocupadas.

—Ya sabes lo que les ocurre a las que tratan de escapar. Vamos a hacer que no olvides a quién perteneces. La muñeca —le demanda.

Oana, que no ha dejado de llorar desde que recuperó la conciencia, me aprieta con fuerza la mano, suplicándome sin palabras que la ayude, que le detenga, que haga algo por ella. Y mi cabeza no para de dar mil vueltas, buscando la manera de detener su sufrimiento, de pararle los pies a ese hijo de puta, pero… no se me ocurre nada que no acabe con un escenario aún peor que este. Ellos son más fuertes, violentos y además tienen armas.

—*Unchiule…* —pronuncio en rumano ese «tío» con el que le gusta a Horatiu que me dirija a él.

Pero antes de que pueda articular una sola palabra más, me acerca el candente sello metálico con las iniciales «H.N» grabadas en él, ese que usa para herrar a las chicas que han tratado de escapar alguna vez, marcándolas como si fueran ganado.

—Hazlo —me ordena. Pero soy incapaz—. No me hagas repetírtelo, cariño —me amenaza. Más que eso: me reta a desafiarle.

Sujeto el ardiente objeto entre mis temblorosos dedos incapaz de creer que esto esté sucediendo, que vaya a hacerlo de verdad.

Oana me tiende la muñeca con evidente resignación, dirigiéndome a su vez un asentimiento oculto bajo la toalla, camuflado entre la sangre y el dolor, diciéndome, sin palabras, que está preparada. Lista para continuar con esta tortura.

Pero yo no lo estoy. Ni de lejos. Ni por asomo.

Sin embargo… no me queda otra opción.

Bajo la inflexible mirada de Horatiu y con las mejillas bañadas en lágrimas por la rabia y la impotencia, estampo el sello sobre la pálida piel de Oana cerrando los ojos al mismo tiempo. El alarido de mi hermanastra me atraviesa el alma, el corazón: la humanidad. Estoy a punto de soltar esta herramienta de tortura cuando Horatiu coloca la mano sobre la mía impidiéndome retirarla. Obligándome, además, a apretar el cuño con más fuerza.

—Sabía que no me fallarías.

Los gritos de Oana, el hedor a carne quemada y la sangre derramándose de su cara, son más que suficientes para que en apenas unos segundos, pierda el conocimiento, deseando despertar de esta pesadilla.

Buenas…
Una experiencia para olvidar, la chica tendría 25, y chula
y engreída como ella sola, una auténtica niñata, para colmo tenía
un cuerpo al que no le doy ni un cinco. Todo forzado y con prisa,
como si estuviera haciéndome un favor, cuando le digo que quiero
cambiar de postura (por no verle la cara) se pone a mirar el techo.
Cogí mis cosas y me largué. La imbécil se pone en plan chulo.
Vamos, ganas de …. pero bueno, por si sirve de algo, por mí
que se pudran.
Putero

www.foro.putalocura.com

Capítulo 20

—Celia, ¿me estás escuchando?

Levanto la vista del suelo para encontrarme con unos rasgados ojos castaños que me contemplan con desconcierto. Y no es para menos, teniendo en cuenta que llevo en un estado de entumecimiento mental semana y media, y, la verdad, no veo ninguna mejora al respecto: vivo en un interminable estado de *shock*. Es como si mi mente se hubiese quedado en el Rojo con Oana, mientras que mi cuerpo continúa la rutina con normalidad, como si nada hubiese sucedido. Pero lo ha hecho.

—¿Te encuentras bien, Celia?

—Sí, sí, perdona. ¿Decías?

Ion, que es lo suficientemente listo para darse cuenta de que algo me sucede, recela de mi respuesta. Y reconozco que me sorprende que no haya mencionado nada de lo ocurrido en nuestro último encuentro, más después de que hayan pasado nueve días sin vernos. Sé que él ha tratado de acordar una cita conmigo desde entonces, pero me bajó la regla, por lo que mi trabajo se ha reducido a labores domésticas durante estos últimos días, encerrada entre las cuatro paredes de esa cárcel; como viene siendo lo habitual cada vez que esto sucede, vamos. También sé que ha solicitado los servicios de Esme de nuevo, intuyo que para disimular. Pero ahora no puedo evitar pensar en todo lo ocurrido ese último día que acudí a nuestro encuentro en esta misma habitación, colocada por la puta cocaína, obsequio (junto con el golpe en la mandíbula) de ese cliente al que él mismo quería despedazar, porque despertó en Ion la necesidad de hacer algo al respecto. El mismo día que metí la mano bajo sus pantalones animándole a follar conmigo. El mismo de la llamada de Becu. El de la visita al Rojo.

—Hay una forma de acelerar el proceso para terminar con todo esto.

—¿Acelerar cómo? ¿A qué te refieres? —pregunto con cierta desconfianza.

—¿Podrías conseguir el testimonio de alguna de las chicas de Horatiu? ¿Una que admita que está ejerciendo en contra de su voluntad?

—¡¿Qué?! Ninguna chica que quiera continuar con vida va a testificar en contra de Horatiu. ¡Es un suicidio! —exclamo indignada abandonando ese sillón que tiene tan memorizada la huella de mi culo, como yo la cara de petulancia de Ion, la misma con la que me está obsequiando en este momento.

Me sirvo un *whisky* incrédula por la locura que acaba de sugerir. Más aún, porque tenga el valor de hacerlo.

—¿Qué harías tú si te enteraras de que una de tus chicas está colaborando con la policía, Ion? —Su cara: un poema—. Ya imaginaba…

—Encontraremos la manera.

—¡¿La manera?! —exclamo estupefacta—. Información, Ion, ese era el trato.

—Sería más fácil…

—Para ti seguro que sí —le corto realmente furiosa—. No pienso pedirle eso a ninguna chica. Jamás se me ocurriría.

—¿Y qué hay de Oana? —insiste.

Incapaz de continuar con esta conversación ni un minuto más me pongo en pie, abro la puerta del balcón y salgo fuera. Necesito respirar. Escucharle pronunciar el nombre de mi hermanastra ha sido la gota que ha colmado el vaso.

Aferrada al pasamanos cojo una gran bocanada de aire con los ojos cerrados esperando calmarme, pero el aire abandona mis pulmones de forma demasiado abrupta, demostrándome que me encuentro lejos de conseguir mi objetivo. Aun así continúo, hasta que la presión bajo mi garganta parece disolverse y mi respiración se apacigua levemente. He sentido a Ion situarse junto a mí durante el proceso, respetando, aunque sea por varios minutos, este remanso de paz que he salido a buscar.

—¿Qué pasó aquel día?

Le miro, sonriendo con ironía por su tan adecuada elocuencia. Sabía yo que no tardaría mucho en preguntarme. Pero yo me lo tomo con calma, sopesando qué grado de sinceridad voy a ofrecerle.

—Cada vez estoy más convencida de que, aunque consiga salir viva de esto, no podría tener una vida normal. Puede, incluso, que ya ni desee tenerla.

—¿De qué estás hablando? —inquiere tirando de mi brazo para que le mire a los ojos: quiere cerciorarse de que mis palabras no son más que meras divagaciones sin sentido. Pero no lo son.

—He llegado al límite, Ion. Me rindo.

—No lo estás diciendo en serio —añade mostrándose ofendido por mis palabras.

Él, ofendido. Otra bonita ironía.

—Probablemente sea lo más honesto que he dicho en años —aseguro sosteniéndole la mirada.

Y así nos quedamos largo rato. Él, buscando algo en mí; yo, tratando de mostrarle con la mirada lo que ya he afirmado con palabras.

—Cuéntamelo —me pide dulcificando su voz, su actitud—. Deshazte de ello.

—¿Acaso va a cambiar algo?

—Supongo que no lo sabrás hasta que no lo hagas —me anima cogiendo mi mano, acariciando el dorso con su pulgar. Una y otra vez.

Ese gesto. Esa dulzura. Me desconciertan. Porque provocan a mi habitual impasibilidad como nunca antes. Pidiéndome que responda, que haga algo al respecto. Pero yo me siento desubicada, librando una batalla para la que no estoy preparada. Hace demasiado tiempo que dejé de luchar y simplemente me conformé con la vida que me había tocado, asumiendo que no había nada más para mí. Y justo en este momento, que mis ánimos por continuar son más endebles que nunca, Ion se acerca peligrosamente al único muro que he conseguido mantener en pie: el que protege mi corazón.

Termino desistiendo y se lo cuento todo. No solo lo ocurrido en el Rojo hace nueve días, eso tan solo es el principio. Me abro a él, como nunca antes he hecho, confiándole los dolorosos recuerdos que rescato de los tres últimos años de mi vida: mi primer cliente, la primera paliza e incluso la última. Las amenazas, el miedo. El dolor físico, el psicológico. La pérdida de libertad, de decisión, de humanidad. La de esperanza.

Me deshago de todo. Llevo tanto tiempo guardando esto dentro de mí, que hasta que lo he expresado en voz alta no he sido consciente de la necesidad que tenía de soltarlo.

—Esta es toda la verdad, toda la historia.

Ion no dice nada, y no porque no sepa qué decir, creo que, por el contrario, le gustaría decir muchas cosas, puedo verlo en su mirada, pero parece no saber ni por dónde empezar.

—Necesito saber algo —le digo. Él asiente en respuesta, y no me pasa desapercibida la gravedad que se lee en su rostro—. Si seguimos adelante con esto, si le pasas esa información a la policía y meten a Horatiu en la cárcel. Si consigues llevar a cabo… tu venganza. ¿Continuarás explotando a esas mujeres?

Una parte de mí, probablemente la que accedió a aquel beso en su casa, se aferra a la idea de que Ion, en realidad, no es como ellos, ni como Horatiu, ni como Lena. Una parte de él... no encaja en este mundo. No tiene sentido, lo sé. Ciertamente, es algo que me resulta difícil explicar con palabras.

—Escucha, Celia —me dice cogiéndome ambas manos entre las suyas—. Hay algo que quiero contarte.

Llaman a la puerta.

—Vaya, parece que somos propensos a las interrupciones —bromeo, aprovechando para romper con esta intensidad y también con el contacto—. ¿Has pedido algo al servicio de habitaciones?

Su mirada, que se dirige hacia la puerta, se intensifica haciendo que aparezcan unas diminutas arrugas alrededor de sus ojos al tiempo que su cuerpo se contrae, visiblemente tenso. Permitiendo que ese otro Ion, el más parecido a su padre, haga acto de presencia.

—Métete en el baño —me ordena tirando de mí en dirección al mismo.

—¿Por qué? ¿Quién es, Ion?

Vuelven a llamar con clara impaciencia.

—Quédate aquí y no hagas ni un ruido, ¿me has entendido?

Y si no le he entendido da lo mismo, porque me encierra en el cuarto de baño, no sin antes regalarme una mirada claramente amenazadora; aunque no me asusta lo más mínimo, ni siquiera cuando la sombra de los Dalca se postra sobre él.

Escucho cómo se aleja, el ruido de un cajón y la puerta abriéndose poco después. Ion, con una voz más grave y autoritaria de lo habitual, conversa con otro hombre en rumano.

Probablemente no sea mucho el tiempo hasta que Ion despacha al tipo que ha venido a hacerle una visita, pero yo me siento impaciente, inquieta. Así que escuchando la puerta cerrarse abandono el baño, y lo que me encuentro... me deja paralizada en medio de la habitación.

Ion, que permanece de espaldas a mí, saca de la parte trasera de la cinturilla de su pantalón una pistola.

—¡Mierda! —exclama al descubrirme—. ¡Te dije que esperaras dentro, joder!

Me sacude un escalofrío cuando la imagen de ese sueño que no ha dejado de perseguirme se cuela con habilidad dentro de mi mente: Ion apuntándome con un arma idéntica a esa. Comienzo a dar pasos hacia atrás alejándome de él.

—No te acerques a mí —le advierto.

—Espera, Celia. Déjame que te explique —dice guardando la pistola de vuelta al cajón, donde al parecer la esconde—. No es lo que estás pensando.

—No sabes lo que estoy pensado. Quiero irme. Ahora mismo, Ion.

—No hasta que me escuches —arguye acercándose con pasos lentos—. Justo antes de que nos interrumpieran iba a decirte algo importante.

—Me da igual lo que fueras a decirme. No me interesa.

—Escúchame un momento, ya después si quieres te marchas. Por favor.

Le ignoro, no quiero escuchar nada, no me interesa conocer las razones por las que tiene una pistola, no será para nada bueno, eso seguro.

Viendo que no está dispuesto a dejarme marchar y en un intento desesperado, echo a correr hacia la puerta y parece que casi lo consigo, hasta que con un brazo me rodea la cintura mientras que mantiene la otra mano apoyada sobre la puerta impidiéndome abrirla.

—Suéltame o chillo, Ion —le amenazo.

Como no me hace ni caso se me ocurre clavarle el tacón en un pie, pero, de nuevo, me ve venir y antes siquiera de que la idea tome forma en mi cabeza, me ha dado la vuelta con una llave bloqueando los brazos a mi espalda utilizando para ello una sola de sus manos, obligándome, además, a mirarle directamente a la cara.

—¿Vas a escucharme ya?

Trato de zafarme, pero lo único que consigo es hacerme daño.

—Te vas a hacer daño—me advierte; demasiado tarde.

—Quiero irme.

—¿Si te suelto, me vas a escuchar?

Me revuelvo de nuevo.

—¡Ay, joder!

—¡Estate quieta! No quiero hacerte daño, joder.

—¡Pues suéltame!

—¿Vas a escucharme? —Insiste. Yo termino dándome por vencida asintiendo con la cabeza, tampoco es que tenga muchas opciones—. ¿Puedo soltarte?

—Sí —Lo hace, pero extremadamente atento a cada uno de mis movimientos—. No voy a huir, no quiero que me partas un brazo —refuto doblando y estirando el mismo para desentumecerlo. ¿Dónde demonios ha aprendido a hacer eso? Porque ni siquiera parecía que estuviera aplicando fuerza—. Y bien, qué es eso tan importante que tienes que decirme, a ver.

—Siéntate.

—Estoy bien así, gracias.

—Siempre tan testaruda. Por favor, puedes sentarte un momento —me pide más amable esta vez.

Cruzo la habitación, pero en vez de sentarme en el sillón, lo hago sobre la cama. Quizá, porque está más cerca de la puerta. Quizá, por hacer lo contrario a lo que me pide, buscando una forma de rebelarme.

—Bueno, ¿de qué se trata?

Contemplo cómo Ion arrastra uno de los sillones, el que no tiene la marca de mi culo, y lo coloca justo delante de mí previo a tomar asiento.

—Celia, yo…

—¿Tú qué? Me estás poniendo nerviosa, Ion. Habla ya.

—Prométeme que vas a esperar a que te explique todo antes de…

—¿Explicarme el qué?

Se echa hacia atrás pasándose la mano abierta por el pelo para volver a inclinarse hacia adelante con las piernas abiertas y, mientras apoya los codos sobre estas, me suelta:

—Soy policía.

—¡Policía, dice! —Comienzo a reírme a carcajada limpia, elevando la vista al techo—. Muy bueno, Ion. Al final era cierto eso de que tenías sentido del humor.

—No estoy bromeando, Celia —asevera cortante.

Y… efectivamente no hay nada chistoso en su mirada, ni en su rostro, menos todavía en la visible tensión de su cuerpo.

Mi mente se ha quedado en fundido a negro. Tal cual.

—Soy inspector de policía —apunta.

—Espera. ¿Cómo? Entonces… ¿no eres Ion Dalca?

—Soy Ion Dalca.

—¿Eres proxeneta y policía? —pregunto arrugando el entrecejo percibiendo el olor a refrito de mi cerebro tratando de entender algo de lo que sale de su boca.

—Solo soy policía.

—No entiendo nada, Ion. —Me pongo en pie y comienzo a dar vueltas por la habitación—. ¿Pero…? ¿Entonces…? ¿Cómo…? ¿Por qué…? No entiendo ¿Eres un topo o algo así? —resuelvo finalmente sentándome de nuevo.

—Agente encubierto —puntualiza.

Me viene a la mente la dedicatoria de aquel libro que encontré en su casa: «Somos de carne y hueso, pero tenemos que actuar como si fuéramos de hierro. Cuídate, compañero». «Compañero»… ¡Claro! Ahora lo entiendo.

El corazón comienza a latirme con fuerza, acelerado. Y es que colaborar con Ion el proxeneta ya era una locura, pero… ¡con un policía!

—Dime que esto es un sueño. Aún estoy inconsciente después de haber quemado a la pobre Oana, es eso ¿verdad? En realidad estoy soñando.

—Celia, escucha.

—¿Por qué no me despierto?

—Celia, escúchame —me pide cogiéndome por los hombros esperando que le mire a la cara—. No va a pasarte nada.

216

—Tengo que largarme de aquí, ahora mismo. ¿Dónde está mi bolso?

Me levanto como un resorte, casi como si quemara el colchón. Como supongo arderá mi piel como Horatiu se entere de esto.

—Celia, todo está bien ¿vale? No pasa nada.

—¡¡Una mierda no pasa nada!! ¡Tú no estuviste en aquella habitación mientras ese psicópata le desgarraba la carne a Oana con un cuchillo, ni mientras me obligaba a quemarle la piel como a un animal!

—No, no estuve. En eso tienes razón, y no sabes cómo me duele que hayas tenido que pasar por todo eso, pero precisamente para eso estoy aquí, para meter a ese hijo de puta en la cárcel.

—¿Acaso en la academia reparten poderes de superhéroe? Porque como no tengas uno no veo de qué manera piensas hacerlo.

—Escucha…

—No pudiste salvar a tu madre y quieres redimirte conmigo, ¿se trata de eso, no?

Soy consciente de mi crueldad, pero… simplemente no puedo evitarlo.

—Lo único que quiero es acabar con Horatiu. Y sí, por supuesto que me gustaría sacarte de aquí, a ti y a cada una de esas mujeres extorsionadas y explotadas por hombres como él, por eso me hice policía. —La vehemencia en sus palabras no deja lugar a dudas de su honestidad—. Y contarte eso nos pone en peligro a los dos, pero si te lo cuento es porque…

—¿Por qué? —demando desconfiada, porque una parte de mí sabe lo que va a decir a continuación.

—Porque siento algo por ti, Celia. Me gustas, ya te lo dije una vez y no estaba mintiendo.

Como tampoco lo hace ahora.

—¿Y si se entera Lena? ¿O Becu?

—No van a enterarse, confía en mí.

Me dejo caer sobre la cama, abatida, con la mirada perdida en algún punto del suelo. No sé cómo ha ocurrido todo esto y, la verdad, no sé cómo afrontarlo.

Ion se arrodilla frente a mí, buscando mi mirada.

—Confía en mí, por favor.

Lo curioso es que no es una súplica, ni siquiera una petición, es como si tan solo me estuviera informando de algo completamente incuestionable; como si estuviera recordándome algo que ya sé, que confío en él. A veces aborrezco su arrogancia, pero en ocasiones como estas, puede incluso que la agradezca.

Le observo, con paciencia, buscando verle como realmente es, no como creía que era.

«Ion no es proxeneta. Ion es policía», me repito una y otra vez a mí misma.

Alargo la mano para acariciarle la rasposa mejilla, después llevo los dedos hasta ese pequeño aro de plata, descubriendo en él un hombre bueno y no un villano con sed de venganza.

—¿Te vale mi testimonio?

—¿Para acabar con Horatiu? No es suficiente.

—Es muy complicado conseguir que alguna chica hable en contra de él, además de peligroso para ella.

—Lo sé. Buscaremos otra manera, no te preocupes ahora por eso. No he fallado nunca y te aseguro que esta no va a ser la primera vez. Yo me encargo —asegura cubriendo mi mano con la suya, que aún mantenía sobre su mejilla.

Las palabras se resbalan de entre mis labios, como si estuvieran esperando en la orilla impacientes para poder hacerlo:

—Me gustas, Ion —confieso mirándole a los ojos—. Ni siquiera entiendo por qué o cómo ha llegado a pasar, pero es así. Y… bueno, ahora que sé que no eres un repugnante proxeneta puedo decirlo en voz alta sin sentirme mal por ello.

Ion aparta mi mano de su mejilla para llevársela a los labios y depositar un beso en el dorso.

—No te lo he contado porque espere nada a cambio.

—Tampoco es que yo tenga algo que ofrecerte.

—Me basta con que seas lo suficientemente fuerte para aguantar un poco más, lo justo para que pueda sacarte de esto.

Asiento, sosteniéndole la mirada.

Apoyando sus palmas a ambos lados de mi cuerpo sobre el colchón se acerca y me besa, muy lento, con ternura, ratificando con sus labios esas últimas palabras.

Capítulo 21

Ya es casi la hora —dice Ion echándole un vistazo a su teléfono móvil.

Yo aún continúo sentada en la cama asimilando sus palabras, además de ese beso.

—Quiero quedarme.

No sé de dónde ha salido ese… antojo repentino, quizá de mi necesidad de saber más sobre esa nueva realidad o quizá debido a otro tipo de necesidad difícil de reconocer en voz alta.

—¿Estás segura?

—¿Y tú?

—En cuanto a ti siempre estoy seguro, Celia.

Tras esa afirmación, que claramente no me ha dejado indiferente, menos tras acompañarla con esa intensa mirada, realiza la pertinente llamada a Lena.

—¿Qué le has dicho? —me intereso en cuanto cuelga, ya que la conversación ha sido en rumano y apenas he podido enterarme de algo.

—Tan solo que quiero compañía toda la noche.

—¿Tan fácil?

—Tan fácil como pagar, ya lo sabes —arguye.

Lo sé, pero me sorprende. Y es que a Lena no le suelen gustar demasiado los cambios de último momento, ni aunque suponga más dinero, especialmente si se trata de mí, que soy la que se encarga de que la cárcel sea un lugar decente en el que vivir. Y este retraso en mis tareas supondrá más trabajo para Gus, eso seguro.

—Puesto que no eres proxeneta, ¿de dónde sacas el dinero? No creo que el sueldo de inspector dé para...

—Ahorros —me irrumpe.

—¿Ahorros? ¡Pagaste diez mil euros por mí, más el adelanto por nuestro trato! ¡¿Y qué me dices de esa fiesta y de la mansión?! ¿Acaso te crees que soy estúpida?

—¿De verdad quieres hablar de esto ahora? —pregunta visiblemente irritado dándome la espalda para servirse un vaso de agua.

—Lo que quiero es saber la verdad.

Tras darle un largo e interminable trago se gira cambiando por completo la actitud arisca que tenía antes de beberse esa agua… ¿mágica?

—Lo siento, tienes razón —se disculpa pasando la mano abierta por la cabeza un segundo antes de darme la respuesta real a mi pregunta—. El dinero me lo dejó mi padre.

—Así que es dinero…

—¿Sucio? ¿Ilegal? Sí, lo es. Lo llevo guardando desde que decidí que haría lo que fuera para acabar con Horatiu, aunque tuviese que recurrir a ese dinero para conseguirlo.

—Supongo que es la mejor forma de invertirlo —reconozco.

—Lo es —ratifica con vehemencia.

—¿Qué me dices de la mansión, es tuya?

—Un amigo —dice encogiendo los hombros.

—¿Un amigo? ¿Qué clase de amigos tienes tú que tengan una casa como esa? ¿Se trata de un jugador de fútbol o algo así?

—Empresario, en realidad.

—¿Quién es tu amigo, la Bestia? —me burlo.

—Precisamente.

—¡¿Cómo?! ¿Conoces a Daniel Baumann?

—¿Sabes quién es?

No sé quién está más sorprendido de los dos.

—¿Uno de los hombres más ricos del país? Pues claro. Pero en realidad… no es por eso por lo que le conozco.

—¿Entonces? —se interesa cruzando los brazos sobre el pecho achicando aún más sus bonitos ojos rasgados.

—Es por… ¿te acuerdas de que te dije que evitaras a Ariel?

—Sí, pero, ¿qué tiene que ver ella en…? Espera, ¿esa Ariel, es la Ariel de Daniel?

—Eso parece. Lo que ella cuenta es que estuvo con él, que de hecho iba a casarse y que incluso estuvo embarazada, pero que perdió el bebé por su culpa.

—Eso no es cierto —asegura torciendo el gesto.

—Bueno, yo de ella no me creo nada, también te lo digo. Ya he terminado en problemas por su culpa, no es más que una mentirosa. Nunca me ha gustado. —Ion permanece pensativo—. ¿Y cómo os conocisteis?

—¿Qué?

—Daniel y tú, ¿que cómo os conocisteis?

—Por medio de su mujer. Tiene un centro de acogida para mujeres y solemos estar en contacto con ella.

—¿Cuándo dices «solemos» te refieres a…?

—Al cuerpo de policía —me aclara guiñándome un ojo—. Así es como terminé conociendo a Daniel, congeniamos muy bien y desde entonces somos muy buenos amigos. ¿Sorprendida? —dice engreído.

—No te quepa duda —reconozco.

—¿Algo más que quieras saber?

Lo cierto es que hay un sinfín de cosas que me gustaría preguntarle ahora que ha pasado de ser proxeneta a policía. Pero supongo que lo mejor será ir resolviendo todas esas cuestiones poco a poco.

—Entiendo que habrá cosas que no puedas contarme, aun así… me gustaría que fueras sincero conmigo —le pido, y antes de que diga nada añado—: todo lo que puedas serlo.

—Tenlo por seguro —dice sujetando un mechón de mi pelo entre sus dedos—. ¿Puedo yo ahora pedirte algo a ti?

—Claro.

—¿Estás segura de esto, Celia?

—Sí —afirmo sosteniéndole la mirada.

—No quiero que hagas conmigo nada que no quieras. No te sientas presionada, por favor, porque yo no…

—Lo sé —le irrumpo.

—Aquí eres tú quién manda. Siempre —asevera estableciendo su mano en mi coronilla.

—En ese caso… ¿puede besarme ya, inspector?

Ion me regala una tierna sonrisa un segundo antes de acatar mi petición con suave diligencia en un beso pausado, permitiéndonos a ambos descubrirnos con paciencia hasta que decide apartar sus labios, para recorrer con ellos cada parte de mi rostro: el lateral de mi cuello, mi hombro, la clavícula. Besos húmedos que acompaña con masculinos gruñidos de satisfacción, que despiertan a su vez en mí profundas aunque escuetas exhalaciones de placer.

—¿Puedo? —me pide pasando el dorso de su índice sobre uno de los tirantes de mi vestido.

Asiento, incapaz de apartar la vista del aplomo que me aporta su mirada, como si no solo estuviera sosteniendo el peso de mi vestido entre sus dedos, más como si estuviese soportando el mío propio.

Con su cuerpo plenamente pegado al mío y el crepé rodeando mis tobillos, Ion pronuncia las siguientes palabras sin dejar de mirarme a los ojos:

—Eres la mujer más hermosa que he visto en mi vida.

—Después de tu madre —suelto así, sin filtro ni nada.

Es la primera vez que me dicen algo tan bonito (y sincero), y a mí solo se me ocurre mencionar a su madre. Lo sé, soy un caso. Afortunadamente no parece que le haya incomodado lo más mínimo.

—Bueno, a ella no la veo de esta manera, ¿sabes? —dice ensanchando la sonrisa.

—¿Y qué manera es esa?

—Como si se hubiese detenido el puto mundo, porque por primera vez en mis treinta años de vida he encontrado un lugar en el que quiero quedarme.

—No me conoces —digo en tono acusativo.

—Más de lo que crees, Celia.

—En serio, ¿siempre eres así de prepotente? ¿Incluso para declararte?

—Solo cuando estoy seguro de algo.

Se separa un poco echándose una mano a la espalda para quitarse la camiseta de un rápido movimiento, dejando al descubierto un torso lampiño por naturaleza, aunque fibroso y bien trabajado. Nadie podría negar su atractivo, incluso con la escalofriante cicatriz dividiendo en dos su abdomen.

—¿Qué te pasó? —me intereso pasando el índice por la línea rugosa y abultada.

—Cezar —escupe con hastío.

—¿Tu padre te hizo esto?

—Me interpuse para defender a mi madre y me llevé un navajazo —confiesa chasqueando la lengua.

—¡Dios! Pero… ¿qué edad tenías?

Recuerdo que dijo que su padre murió cuando tenía doce años, así que…

—Once.

Un escalofrío me atraviesa la espina dorsal a la vez que un pensamiento aparece como un destello en mi mente.

—Me siento fatal, Ion.

—De eso hace mucho tiempo —arguye dándome un fraternal beso en la frente.

—No es por eso —confieso empujándole con suavidad, y es que ahora que me ha contado la verdad, todo lo ocurrido entre nosotros adquiere nuevos matices—. Me refiero al día que te enseñé todas mis cicatrices, por lo que te dije, por...

—Fui un capullo y no estabas diciendo nada que no fuera verdad, Celia —asegura agravando la voz.

—Pero tú únicamente estabas... interpretando un papel, ¿no?

—Sí, el de un capullo que comenzaba a olvidar cuál era la razón que le había llevado a estar aquí. Me ayudaste a abrir los ojos, a volver a la realidad. Este trabajo es complicado, Celia. Cuando uno se mete de lleno en el papel que tiene que interpretar corre el riesgo de olvidar quién es y por qué está haciendo lo que hace.

La forma en que tensa la mandíbula y desvía la mirada... es como si eso ya le hubiese ocurrido.

Me acerco para recorrer con mis dedos su pecho pasando por su abdomen hasta llegar a su cicatriz y, mientras lo hago, no dejamos de observarnos a los ojos varios largos segundos, tratando de decirnos muchas cosas el uno al otro, quizá demasiadas, porque yo, al menos, no alcanzo a comprender nada de esa verborrea silenciosa de miradas. Así que opto por enterrar la cara en su cuello con intención de descubrir si soy capaz de encontrar, en algún rincón, ese aroma que tanto me tranquiliza. Y ahí está, bajo el lóbulo de su oreja, picante y delicioso, modificando tan solo con su presencia el ritmo de mis pulsaciones.

—Me encanta cómo hueles —susurro justo antes de lamer y besar ese pedazo de piel deleitándome a placer.

Ion expele una carcajada preciosa y masculina que hace que me cosquillee el vientre. Y, pillándome desprevenida, me levanta del suelo colando un brazo bajo mis rodillas, echando a andar hacia la cama para dejarme sobre ella con sumo cuidado.

—No me voy a romper, Ion —me burlo.

Se deshace del pantalón y los zapatos ignorando por completo mis palabras. Lo que ya es raro en él, teniendo en cuenta que no es de los que se queda callado, Ion es de los que siempre tiene algo que decir. Y no es hasta que se tumba sobre mí y comienza a besarme, que me doy cuenta de que son sus labios, cálidos y generosos, los que están argumentando una respuesta: ya sabe que no voy a romperme, pero quiere cuidarme, y por cómo lo hace, diría que, de hecho, es algo que ni siquiera puede evitar. Lo que me anima a devolverle esa generosidad de alguna manera.

Estiro la mano entre nuestros cuerpos tratando de alcanzar su erección, esa que me roza la cadera con cada leve movimiento, pero Ion la intercepta en el camino impidiendo que logre mi objetivo.

—Deja que yo me ocupe —me pide besando el centro de mi mano antes de depositarla en la almohada.

—No estoy acostumbrada a esto, ¿sabes? Es… raro.

Es cierto que Rafa se portaba bien conmigo, se preocupaba en cierta manera por mí, pero Ion… con él es distinto. Consigue que, por primera vez, yo sea el núcleo, la razón. Y eso no es algo que me suceda todos los días. Muy probablemente esta sea la primera vez que me encuentro en una situación como esta. Por ello, asumiendo que al menos por ahora no voy a tener que hacer nada, desconecto el interruptor que hace ruido en mi cabeza y me dejo hacer con una tranquilidad asombrosa.

En un momento dado detiene sus besos unos centímetros por debajo de mi clavícula para preguntarme si quiero que siga. Pero mejor que hablar prefiero actuar, así que arqueo la espalda como respuesta dándole acceso directo a mis pechos y, mientras devora uno, despertando en mí sensaciones prácticamente indescriptibles, aunque deliciosas, dedica atenciones al otro usando sus (recién descubiertas para mí) habilidosas manos.

Su nombre se escurre de entre mis labios sin que apenas sea consciente de ello.

Satisfecho, continúa su recorrido perdiéndose por un costado, provocándome unas inesperadas…

—Así que tienes cosquillas.

—Eso parece —reconozco sorprendida.

Estancada en esa novedad apenas le veo llegar cuando trepa de nuevo por mi cuerpo para robarme un provocador beso húmedo y algo exigente. Segundos después, mi tanga blanco de encaje desaparece entre sus dedos con paciencia, pero también con decisión.

—¿Estás bien? —se interesa acariciando algunos mechones desperdigados de mi pelo que cubren la almohada.

—Diría que sí —admito regalándole una sonrisa.

Apoyado sobre la palma de su mano erguido sobre mí y sin dejar de contemplarme, desliza una de sus manos por mi cuerpo, activando distintos puntos en mi piel que, como pequeños interruptores, prenden olvidadas sensaciones en mí. Con cuidado me separa las piernas y, sin perder un ápice de esa templanza de la que ha hecho gala desde que ha comenzado a tantear mi cuerpo, desliza su mano por mi abertura. Y ahí se mantiene, contemplando gracias al habilidoso juego de sus dedos, qué es lo que consigue que le apriete el brazo o gima con más ahínco.

—Ion…

—¿Todo bien?

—No… no pares.

—Lo que ordenes.

—¿Dónde… ah…? ¿Dónde has aprendido a hacer eso?

Separa mis pliegues en una caricia para poder alcanzar mi clítoris con la yema de los dedos rodeándolo con la firmeza necesaria, pero también con la suavidad que algo tan delicado requiere. Y madre mía, qué placer.

Ion sabe interpretar mi cuerpo mejor incluso de lo que yo podría hacerlo, y eso me asusta. ¿Quiero que pare? No tengo ni idea. Mi cabeza, que se ha activado de nuevo haciendo de las suyas, dice una cosa, pero mis labios buscándole y mis manos tirando de él… demuestran otra bien distinta.

Estoy a punto, lo siento en el calor que se eleva por mi cuerpo, las contracciones acercándose o lo agitada que se ha vuelto mi respiración. Pero entonces abro los ojos buscándole y, de repente, todo cambia. La tranquilidad que había sentido hasta este momento se esfuma para ser sustituida por la habitual inquietud que me invade cuando estoy con un cliente.

—Celia, ¿estás bien? —Ion se detiene, parece haber percibido mi tensión. Como respuesta recibe un movimiento de cabeza negativo con los ojos cerrados, porque me siento incapaz de mirarle—. ¿Qué sucede?

—No puedo, Ion. Yo no...

Es lo único que consigo decir justo antes de huir de la cama para correr hasta el baño y encerrarme en él. Sobrepasada por.... aún no sé muy bien el qué, con la espalda apoyada sobre la puerta me dejo caer al suelo. Y rompo a llorar. Con fuerza. Con ahogo. Con necesidad.

Podría tratar de averiguar el porqué de esta reacción, pero, por primera vez, no voy a hacerlo. Igual porque estoy demasiado cansada, igual porque no estoy preparada para la respuesta que pueda hallar.

Ya más calmada y tras varios minutos abandono el baño con lentitud, aunque también con cierto temor a lo que pueda encontrarme al salir. No puedo dejar de preguntarme si estará enfadado u ofendido incluso. Al fin y al cabo, policía o no, Ion es un hombre, y el ego masculino está ahí. Sin embargo, me lo encuentro sentado en el borde de la cama con la cara enterrada entre sus manos.

—Celia... —susurra con voz cargada mirando con urgencia en mi dirección—. Yo...

—¿Puedes solo, abrazarme? —Casi antes de que termine de pedírselo me está acogiendo entre sus brazos apretándome contra la piel de su pecho, mientras que yo me aferro a su cintura—. Lo siento.

—No digas eso jamás, te lo pido por favor —asevera con rabia—. Si hay alguien que lo siente soy yo.

—¿Por qué vas a sentirlo tú?

—Puede que por no saber cómo ayudarte. O puede que por creer siquiera que puedo hacer algo para paliar todo el dolor que has sufrido.

—Me basta con que me ayudes a salir de aquí —confieso.

—Lo haré. Aunque me cueste la vida voy a hacerlo.

Me acojo a esa promesa como lo hago a su cuerpo: con esperanza. Con el último resquicio que me queda.

Estoy llamando a una puta y no me lo coge, mi puta de confianza ya directamente pasa de mí. Lleva como un mes dándome largas. Y me siento viejo y cansado para ir a probar putas nuevas. Tengo un bajonazo puteril, ya no me divierte tanto ir a buscar algo de valor al vertedero. Perezón total.
Putero

www.foro.putalocura.com

Capítulo 22

A las nueve en punto te quiero aquí.

—— —¿Cómo que a las nueve? —pregunto sorprendida.

—El servicio es por toda la noche.

¿Toda la noche? No cabe duda de que esa información me ha pillado por sorpresa.

—Tranquilo, estaré puntual como un reloj —aseguro abriendo la puerta del 4x4.

—Ce, espera.

—¿Qué?

Me detengo con un pie ya fuera del coche, aunque con la vista perdida en la calle.

—Ella… está bien.

Había evitado mirarle a la cara, pero tras lo que acaba de decir…

—Seguro que sí. Después de que te roben la dignidad, te obliguen a follar con desconocidos y te desgarren la piel de la cara con un cuchillo una está bien. Por supuesto que sí, Becu —afirmo sarcástica antes de abandonar el vehículo dando un portazo.

Que está bien dice, ¿se puede ser más hipócrita? Me hierve la sangre de la rabia. Peor aún, no le soporto. Ni a él, ni a ningún otro hombre. En estos últimos días me ha invadido un odio repentino hacia toda la estirpe masculina, y no se salva ni uno. Hasta con mi padre estoy cabreada por subirse borracho a aquel coche y dejarme con la bruja de Lena.

Desde lo ocurrido en el Rojo algo ha despertado en mí, una ira ponzoñosa que domina cada célula de mi ser haciendo que me vuelva más kamikaze de lo que he podido serlo en las últimas semanas, que ya es decir. Incluso se han quejado un par de clientes por ello, así que Lena ha mandado a Becu a encargarse de mí para que no vuelva a ocurrir. De esto hace tres días y aún siento la adrenalina corriendo por mis venas mientras me encaraba con él, retándole a que me pegara. Y es que se plantó en mi habitación frente a mí, grande, imponente, pero no hacía nada, tan solo me observaba librando una batalla consigo mismo en silencio.

—¿A qué estás esperando? ¡Vamos, hazlo! ¡Golpéame, joder! Déjame inconsciente como hiciste con Oana. ¿También vas a llevarme con Horatiu? Porque si es así, espero que seas tú el que empuñe esa navaja y me corte la cara. ¿Podrás hacerlo, Becu? ¿Podrás?

Abandonó la habitación sin pronunciar una palabra. Obviamente yo estaba jugando con sus sentimientos, esos que dijo sentir por mí.

Como decía, mi odio por el género masculino ha proliferado desde Becu, al que no puedo evitar culparle por lo que le ocurrió a Oana; apenas le he dirigido la palabra desde ese día. Pasando por Gus, al que ni siquiera he visto, y aunque no es su culpa también estoy enfadada con él. Por lo que me dijo, porque le echo de menos y hace días que no le veo. Y llegando a Ion. Con el que las cosas tampoco son mucho mejores. Nos hemos visto una vez después de que me confesara que es policía, desde que nos acostamos (o lo intentáramos más bien) y de que jurara por su vida que me sacaría de esto. Pero han pasado diez putos días y aquí sigo. No ha cumplido su palabra. ¿Estoy enfadada con él por ello? Eso parece. ¿Estoy siendo injusta? Puede ser. Pero creo que he llegado a un punto en el que tengo derecho a estarlo.

Aquel único día que nos vimos las cosas entre nosotros no fluían, eran frías, incómodas, ni nos besamos, ni nos abrazamos y si nos rozamos fue sin intención alguna. Nuestra conversación se ciñó a sus preguntas sobre los Negrescu y a vagas respuestas por mi parte. Estoy segura de que Ion se arrepintió enseguida de haber pagado y concertado aquel servicio, el cual, por cierto, terminó veinte minutos antes de lo que tocaba. Yo salí aliviada de abandonar aquel lugar, él deduzco que también lo agradeció teniendo en cuenta que no ha vuelto a requerir mis «servicios» hasta hoy, diez días después y, según parece, para toda una noche. Algo aquí no encaja.

—Buenas noches —me saluda dándome un beso en la mejilla apenas traspasar la puerta. Su olor, más intenso de lo habitual, me enfurece, porque me afecta más de lo que puedo permitirme—. ¿Nos vamos?

—¿Adónde? —pregunto con desconfianza—. Y no me vengas con eso de ya lo verás cuando lleguemos.

—Al cine y después a cenar. A dar un paseo…

—¿A eso venían tus preguntas del otro día? ¿Qué vas ahora, de Richard Gere? ¿Vas a sacarme por ahí para mostrarme todo eso que me estoy perdiendo?

No le di importancia porque, sinceramente, pensé que no la tenía. Aquel último día, en un silencio que parecía alargarse más de lo socialmente establecido para que no resultase incómodo, Ion se interesó repentinamente por aquellas cosas que más echaba de menos de mi antigua vida. Reconozco que me extrañó aquella pregunta, pero no tardé en quitarle hierro al asunto, pensando que quizá fue lo primero que se le ocurrió para romper con aquel mutismo. ¿Mi respuesta? Enumerar cosas tan banales como pasear por la calle simplemente porque me apetezca hacerlo, ir al cine, comer en un restaurante, conducir, viajar e incluso retomar mi antiguo trabajo en el atelier.

—¿Tan difícil te resulta poner algo de tu parte? —inquiere irritado.

—No, ya que eso es lo que hago cada día, poner todo de mi parte. Si agradecía estar contigo era precisamente por eso, porque no tenía que fingir nada.

—No te estoy forzando a nada, Celia. Tan solo te pido que, por una vez en tu vida, te permitas disfrutar de algo sin sentirte culpable ni mal por ello.

—Y lo haré, cuando me saques de aquí.

Ninguno de los dos somos conscientes de que estamos discutiendo bajo el umbral de la puerta, hasta que escuchamos unas carcajadas al fondo del pasillo. Sin que tenga que pedírmelo entro en la habitación y espero en el centro de esta una respuesta que no se hace esperar: lo que tarda en cerrar la puerta y acercarse.

—Es por eso que estás enfadada, ¿verdad? Porque aún no he cumplido mi promesa.

—Sí —afirmo mirándole a los ojos.

—Estoy en ello. Te dije que lo haría y lo voy a hacer, Celia. Pero lleva tiempo.

—Y mientras, buscas maneras de ocupar ese tiempo tratando de hacerme sentir mejor, claro. ¿Ese es tu plan, verdad, Ion?

—Sí, ¿tan terrible te parece?

Le sostengo la mirada sopesando si responder a esa pregunta. ¿Me parece terrible que lo haga? No. Que quiera hacer algo bueno por mí es lo que de verdad me incomoda, porque todavía hoy, sabiendo lo que siente por mí, sigo sin encontrarle ningún sentido.

—¿A qué hora comienza la película? —pregunto recolocándome el asa del bolso en el hombro. Claudicando. Tragándome mi jodido orgullo.

Mis palabras le arrancan una sonrisa de los labios: no puede evitarlo. A estas alturas conozco suficiente el ego de Ion para estar segura de ello.

—En veinte minutos —dice comprobando la hora en su reloj de muñeca—. ¿Nos vamos?

Antes dije que me había tragado mi orgullo, ¿verdad? Bueno, pues nada que ver con cómo he tenido que recular después de lo bien que me lo he pasado en el cine. Lo he disfrutado de una manera… Lo he sentido en las tripas, sobre la piel, en la tirantez de mis mejillas; y es que no he dejado de sonreír ni un instante.

Gracias a que el hotel en donde se hospeda Ion está bastante céntrico, hemos dado un paseo muy agradable por las cálidas calles que puede ofrecerte Madrid a finales de agosto. He agradecido no haberme puesto unos taconazos y haber optado por unas cuñas veraniegas, *sexys* y, lo mejor de todo, cómodas. En menos de quince minutos hemos llegado al cine, nos hemos plantado frente a la cartelera y Ion me ha propuesto elegir una película.

—¿No habías comprado ya las entradas?

—Nunca dije que lo hubiese hecho, no sé lo que te gusta —aseguró encogiendo los hombros con las manos metidas en los bolsillos delanteros de sus vaqueros, obsequiándome con una sonrisa tan tierna y honesta que, en consonancia, yo también sonreí y comencé a apartar a un lado toda esa ira que vengo arrastrando días atrás.

No pregunté más. Tras una rápida elección al azar de la película y una rápida visita al baño, me encontré a Ion tras un bol gigante de palomitas, un par de refrescos que sostenía a duras penas entre sus brazos y la entradas sujetas en su boca. Todo, mientras trataba de guardar la cartera en el bolsillo trasero de su pantalón. Fue cómico, pero más aún, tierno. Y en vez de ayudarle, me quedé observándole, consciente de la sonrisa que estaba prendiendo esa escena en mi cara. Y es que parecía tan joven, y tan despreocupado y entusiasmado a la vez, que en cuanto nuestras miradas se encontraron, un cálida sensación anidó bajo mi pecho afianzándose en él y algo me dice que sin vuelta atrás.

Ubicados ya en nuestras butacas y con la película empezada, no pude evitar mirarle de reojo en varias ocasiones y, cada vez que la luz de la pantalla se proyectaba en su rostro, sentía como si fuera descubriéndome una parte distinta de él que no conocía. Aún no sé si disfruté más de la película o de Ion.

—¿Qué te ha parecido? —se interesa mientras paseamos de camino al restaurante.

—Ha sido divertido —admito—. Gracias, Ion. Sé que a veces soy un poco…

—¿Intransigente? ¿Testaruda? ¿Terca?

—Iba a decir cabezota, pero supongo que eso también.

—Qué sería de nosotros sin tu cabezonería y mi…

—¿Prepotencia? ¿Arrogancia? ¿Pedantería?

—Iba a decir tenacidad, pero sin duda, eso también —arguye divertido.

Pillándome completamente desprevenida me coge de la mano, le miro incapaz de ocultar mi sorpresa y su única respuesta consiste en guiñarme un ojo. Y así vamos durante un buen rato, como una pareja cualquiera paseando por las calles de Madrid una noche de viernes.

Lo que me descoloca es la naturalidad, lo cómoda que me siento, puede que la forma en la que lo hace tenga mucho que ver en ello, porque caminamos juntos, de igual a igual. Cuando he tenido que acompañar a algún cliente a una cena o evento y me ha cogido de la mano lo hacía por pura arrogancia, para demostrar su estatus frente a los demás, para mostrar su trofeo: una mujer joven y guapa que, lo más probable, es que no se acercara a un tipo como él sin dinero de por medio. Sin mujeres como yo, esa clase de hombres ¿cómo iban a demostrar su poder? Sin nosotras no serían más que viejos solitarios con la polla flácida y abultadas cuentas bancarias. Nosotras somos las que definimos la masculinidad de esos hombres. Es así. Igual que el chaval que acosa a otro en el colegio, sin ese «perdedor» al que pegar y con el que meterse no sería nada.

—¿Qué te hace tanta gracia?

Al parecer estoy sonriendo y no era consciente de que lo hacía.

—Me estoy acordando de algo que me dijo alguien —miento.

—¿Yo?

—¿En serio te crees que todo gira alrededor tuyo?

—Todo no, tú —afirma deteniéndose en medio de la acera tirando de mí para rodear mi cintura con uno de sus brazos y, tras dejarme caer hacia atrás, me planta un beso en la boca de lo más cinematográfico.

—Te he dejado sin palabras, ¿a qué sí? —pregunta pagado de sí mismo sobre mis labios.

La realidad es que me ha dejado sin aliento y una parte de mí se muere de vergüenza escuchando los silbidos e incluso algún que otro aplauso a nuestro alrededor, pero no es hasta que escucho a alguien pronunciar mi nombre (el de verdad) que consigo reaccionar.

Ion me ayuda a regresar a una posición vertical bastante más digna con una cara de sorpresa no muy lejos de la mía. Lo que por una parte no me sorprende.

—Miguel —pronuncio estirando de la falda del vestido hacia abajo.

¡Quiero morirme aquí mismo! ¿Habrá visto la escenita del beso? No sé si su expresión de asombro es por este encuentro inesperado, porque vaya acompañada de un hombre o por el beso peliculero. Y mientras en mi cabeza desfilan pensamientos varios sobre este tema y mi corazón se acelera sin control, un momento de lo más incómodo se sucede entre nosotros. Miguel no me quita los ojos de encima y yo... tampoco se los quito a él, a pesar de que ambos vayamos acompañados por otra persona.

—Creo que no nos conocemos, ¿soy Ion y tú eres...?

Parece que el inspector, el que tiene experiencia en situaciones violentas, es el único que se atreve a salvarnos a todos de esta y, mientras le tiende una mano a mi ex, la otra la deja caer sobre mi cintura.

—Miguel, encantado. Ella es Laura, mi novia.

—Su mujer, en realidad —le corrige la susodicha tras saludarnos a ambos con dos besos.

Si hay algo que seguro no echo de menos es la pedantería de la clase alta. Guapa, esbelta y con estilo, calculo que su conjunto de pantalón, camisa, tacones y bolso deben costar lo que yo facturo bruto en un mes chupando unas cuantas pollas. Las hay con suerte y luego estoy yo.

—Perdón, cariño —se disculpa a su rubísima mujer—. Nos casamos hace apenas una semana y aún no me acostumbro.

—Enhorabuena —les desea Ion.

—Sí, enhorabuena —añado yo, que voy con algo de retraso.

Tras unas presentaciones más tensas que el bigote de Dalí, no sé por qué demonios se me ocurre preguntar tal estupidez como:

—¿No os habéis ido de Luna de miel?

—Miguel tenía trabajo, pero nos vamos en cinco días a las islas Seychelles.

Algo dentro de mí se encoge retorciéndome las tripas. No sé si es por verle de nuevo, porque se haya casado, por verle feliz… Igual es por la suma de todas esas cosas.

—Bueno, nosotros tenemos reserva para cenar así que…

—Claro, nosotros también —me apresuro a decir yo también.

Tras un par de besos de despedida y apretones de mano de lo más tensos, los recién casados desaparecen calle arriba llevándose algo de mí con ellos.

Ion echa a andar sin decir una palabra, que por una parte agradezco, ahora mismo no tengo muchas ganas de hablar. Y no es hasta que veo la ostentosa puerta dorada y al botones con una radiante sonrisa custodiándola, que soy consciente de que hemos llegado al hotel.

—¿No íbamos a cenar?

—Me duele bastante la cabeza, mejor lo dejamos para otro día —responde Ion sin perder ritmo en su paso en dirección a la recepción, donde hace una parada—. Buenas noches.

—Buenas noches, señor Dalca —le saluda el recepcionista.

—Me estoy hospedando en la habitación 205, pero me gustaría coger otra más para esta noche.

—Por supuesto, señor.

—¿Para qué vas a coger otra habitación? —pregunto interrumpiendo al recepcionista que iba a preguntarle algo a Ion.

—Para ti.

¿Cómo que para mí? Creo que me he perdido algo. De igual manera no vuelvo a pronunciar una palabra hasta que estamos solos en el ascensor.

—¿Te pasa algo?

—Ya te lo he dicho, me duele la cabeza —responde sin mirarme, pulsando de forma ansiosa el botón de la quinta planta.

Bien, pues si no quiere hablar, que no lo haga, está claro que algo le pasa, pero no seré yo la que vaya a insistir en ello.

—Qué descanses —se despide tras acompañarme a mi habitación y cerciorarse de que la llave funciona correctamente.

Sin dejarme siquiera desearle las buenas noches se da la vuelta y se esfuma directo a su habitación, un par de puertas más lejos que la mía.

Ha pasado hora y media y no he conseguido dormirme, he dado tantas vueltas en la cama que lo más probable es que haya hecho un surco en el colchón. Eso de que no pensaba insistir en la razón de su repentino dolor de cabeza no era más que palabrería barata, ya que no he podido dejar de darle vueltas al asunto. De hecho, me encuentro en este instante abriendo la puerta de su habitación con mi propia llave. Y puede que esto no sea buena idea, pero me temo que ya es demasiado tarde para arrepentirse, más que nada porque ya estoy dentro.

La música está puesta y, en esta ocasión, reconozco la canción, es *Walk On Water* de Eminem y Beyonce, una de mis cantantes favoritas. Cierto es que el volumen no es demasiado elevado, pero lo suficientemente alto para que se escuche desde el balcón, que es dónde se encuentra el de las jaquecas misteriosas. De espaldas, acodado sobre la barandilla y completamente vestido, lo que quiere decir que a diferencia de una servidora no ha tratado ni de echar una cabezada.

—¿Ion?

—¿Qué haces aquí, Celia? —pregunta sin tan siquiera girarse.

—No podía dormir. Tampoco podía dejar de pensar en lo raro que te has comportado desde que…

—¿Era él, verdad? —me irrumpe requiriendo una respuesta aún con la vista perdida en el *skyline* de la capital.

—¿A qué te…?

—Ya sabes a qué me refiero, Celia. Era él —afirma dándose la vuelta al fin, aunque esperando mi confirmación.

Asiento rodeando mi cuerpo con los brazos, hace corriente aquí fuera y yo tan solo llevo puesto el albornoz del hotel.

—¡Joder! —exclama pasando por mi lado como una exhalación para entrar dentro.

—¿Se puede saber qué demonios te pasa? —le pregunto alucinada por este comportamiento entrando tras él.

—¿Que qué me pasa? ¿Que qué me pasa? —repite sin dejar de dar vueltas por la habitación con los brazos pegados al cuerpo manteniendo sus manos en dos tensos puños—. Miguel Suárez, Celia. Eso me pasa.

—Ya sé cómo se llama.

—Sabía que había algo más, algo que no te atrevías a contarme, la verdadera razón por la que cediste al chantaje de Lena, pero ¿Miguel Suárez? —repite negando con la cabeza—. ¿El puto hijo del presidente de España?

—*Ex*presidente —matizo.

—Lo que sea —espeta haciendo un aspaviento con la mano.

Puedo entender que le sorprenda, pero no que esté tan alterado.

—No creo que sea para ponerse así, Ion.

—Oh, sí que lo es, créeme.

—Su padre era el presidente de España en aquel momento y él estaba en el punto de mira —argumento esperando encontrar su empatía.

—Miguel ya era lo suficientemente adulto para acarrear con las consecuencias de sus actos ¿no crees, Celia?

—Lo que creo es que hace ya mucho tiempo de aquello y que es absurdo darle vueltas ahora.

—Corrígeme si me equivoco, pero ¿no es por él que estás aquí? ¿Por cubrirle el culo a ese gilipollas?

—Te estás pasando.

—Ni mucho menos.

Me irrita sobremanera darle vueltas a este tema, así que antes de que la cosa se ponga más peliaguda decido retirarme, y más viendo la postura que ha tomado Ion al respecto, está visto que no está abierto a entender nada.

—La cuestión es que ya sabes quién es mi ex y por qué acabé metida en esto, ¿no? Pues ya está, olvídalo, Ion. Ya sabes todo de mí, ya no te guardo ningún secreto.

—¡¿Que ya sé todo?!—exclama riéndose incrédulo—. Apenas conozco imprecisas vaguedades de ti, Celia.

—Sabes más de mí que nadie —refuto claramente ofendida.

—¿Crees que saber qué haces cada día ya es conocerte?

—Yo diría que sí —afirmo convencida.

—Aparte del aspecto que tienes sin ropa… —arguye arrastrando su mirada a lo largo de mi cuerpo justo antes de concluir—: no sé nada de ti.

—Eso no es cierto.

—¿Qué significa esto para ti? ¿Qué soy yo para ti, Celia? —pregunta postrándose frente a mí con los brazos cruzados sobre el pecho sosteniéndome la mirada con vehemencia.

—¿Cómo pretendes que responda a esa pregunta?

La incrédula ahora soy yo.

—Con sinceridad, la misma que tú misma me has pedido y yo te he dado.

—Ya te lo dije, Ion, me gustas, pero es complicado y lo sabes. No sé qué más esperas que te diga. ¡Ni siquiera puedo acostarme contigo sin que me dé un puto ataque de ansiedad por Dios!

—No estoy hablando de sexo, Celia. *Nunca* se ha tratado de eso.

—¿Y de qué se trata entonces?

—Si tienes que preguntármelo…

—Estás siendo injusto, Ion.

—¿Injusto? ¿Sabes todo lo que estoy poniendo en riesgo por esto? —inquiere señalándonos a ambos—. ¿Te piensas que a mí no me cuesta abrirme? ¿Que estoy feliz con esta situación? Lo que siento por ti es peligroso, nos pone en riesgo a los dos; peor aún, compromete la misión. Y yo no tengo tres putas medallas por nada, Celia. Jamás me había comportado de manera tan insensata.

—¿Es de eso de lo que se trata entonces, de las putas medallas y de la misión? Vaya, pues siento ocasionarte tantas molestias.

—No entiendes nada —arguye cabeceando.

—¿Cómo dices? ¿Acaso te crees que esto me resulta fácil?

—Nunca he dicho que lo sea.

—¿Entonces, a qué viene todo esto, Ion? ¿Te crees que no me gustaría que mi vida fuera diferente? ¿Enamorarme? ¿Vivir como una chica normal?

¿Su respuesta? Encogerse de hombros.

—Está bien. ¿Quieres saber algo de mí? ¿Qué tal que verte cuando entro por esa puerta hace que tenga una extraña sensación de sentirme en casa o que cuando me abrazas deseo que no dejes de hacerlo nunca? ¿O que cuando… cuando estoy con un cliente trato de imaginar que estoy contigo, Ion? ¿En serio no sabes eso de mí?

—Lo sé porque me lo estás diciendo ahora, no soy un puto adivino —refuta con la mandíbula apretada.

El largo silencio que se sucede a continuación es de esos que sabes no precede a nada bueno. Puedo sentir cómo una corriente helada se establece entre nosotros un segundo antes de que Ion afiance con palabras eso que ya había atisbado en la dureza y oscuridad que se ha postrado en su mirada.

—Claramente hubiese sido mejor no haber permitido esto.

—¿Haber permitido? Esto es cosa de dos, *señor inspector* —apostillo con evidente retintín.

—Por eso mismo lo digo, ha sido un tremendo error por mi parte. Me he dejado llevar por lo que me haces sentir y...

—Y claramente eso es un problema —resuelvo.

—Lo es, solo tienes que ver en qué situación nos encontramos ahora. No puedo pensar con claridad cuando te tengo cerca, y mi prioridad en este momento es la misión.

—Pues tranquilo, que te lo voy a poner muy fácil.

Tiro la llave encima de la cama y me largo con un fuerte nudo apresando mi estómago. Ion ni se inmuta, está claro que todo lo que tenía que decir ya lo ha dicho, y no se le puede recriminar que no haya sido honesto precisamente.

Ya en mi propia habitación recurro a algo que no he hecho en tres años: usar ese puto móvil para llamar a Becu.

—Necesito que vengas a buscarme.

—¿Ha pasado algo? ¿Estás bien? —pregunta preocupado.

—Perfectamente. ¿Puedes venir?

—Claro. No te muevas de ahí, tardo quince minutos.

—Te espero en recepción.

Me visto con una lentitud casi absurda y la razón es que, una parte de mí (grande como el orgullo del jodido Ion Dalca) espera que este llame a mi puerta, que no me deje marchar. Pero no lo hace, dejándome claro que en esta lucha de egos, el suyo sigue siendo el más grande de todos.

Vivimos en la época del café instantáneo y la comida
instantánea. Esto es sexo instantáneo.
Putero

RTVE «Desmontando las excusas de los hombres que
consumen prostitución»

Capítulo 23

Tanto Ion como Miguel han ocupado la totalidad de mis pensamientos durante toda la noche, en consecuencia, no he pegado ojo. Y aunque es cierto que ver a Miguel y a su mujer ha provocado algo en mí que aún estoy tratando de descifrar, es otro el que me ha tenido en vilo toda la noche. Porque, ¿acaso no ha sido desmesurada la reacción de Ion al enterarse de quién era mi ex? Y soy consciente de que puede ser algo sorprendente teniendo en cuenta de quién se trata, pero no creo que sea como para alterarse de esa manera. Simplemente no tiene sentido. Es como si hubiese algo que no me estuviese contando. Al menos, esa es la única lógica que le encuentro a su comportamiento.

¿Y qué hay de esa repentina urgencia por saber más sobre mí? ¿O de esa imperiosa necesidad de ponerle nombre a lo que sea que haya entre nosotros? Aún no sé qué se supone que estaba esperando que le dijera.

Vale, estoy mintiendo, claro que lo sé, pero me parece una locura siquiera insinuar algo que ni siquiera me siento capaz de pronunciar. Aun así, fui lo más honesta que pude con él respecto de mis sentimientos, aunque resultó no ser suficiente. Y que los rechazara de esa manera, porque obviamente no es lo que estaba esperando, me pareció de lo más cruel y despiadado.

Entiendo que la misión sea algo primordial para él, al fin y al cabo, lleva preparándose para esto toda su vida y está muy cerca de llegar a Horatiu. No tengo nada que decir al respecto. Pero escucharle asegurar que lo que ha ocurrido entre nosotros ha sido un error… Me ha dolido, mucho más de lo que me hubiese llegado a imaginar. No voy a negar tal obviedad, más cuando la lacerante opresión bajo mi pecho no ha disminuido ni un ápice desde que abandoné anoche esa maldita habitación. Menos aún cuando la evidencia puede verse en mis ojos, hinchados por llorar toda la noche.

Termino por sentarme sobre el colchón incapaz de permanecer ni un minuto más echada esperando darle sentido a todo esto, cuando lo que de verdad necesito es hablar con Gus. Y tragarme mi orgullo va a ser la mejor prueba de que ni de lejos soy como el arrogante de Ion. Así que, allá vamos.

Con la decisión tomada salto de mi cama y me siento en la de mi amigo, que permanece profundamente dormido de espaldas a mí emitiendo un leve ronquido casi suspirado. Ni se ha enterado de mi llantina nocturna, cuando cae a la cama su sentido auditivo queda tan anulado como lo están sus cuerdas vocales.

Con cuidado poso la mano en su hombro empujándole suavemente, pero no parece que esté consiguiendo nada, y es que aquí mi amigo tiene el sueño profundo como el océano, así que termino viéndome obligada a moverle con más energía usando ambas manos en esta ocasión.

—¿Podemos hablar? —pronuncio en voz baja en cuanto abre los párpados y sus pequeños ojos azules parecen lograr adaptarse a la penumbra.

«¿Qué hora es?», gesticula con pereza.

—Las cinco —le informo comprobando el reloj de pared que hay junto a la puerta.

Contemplo su debate interior, sé que está a punto de mandarme a la mierda, pero en el último momento asiente y se incorpora pidiéndome un momento para pasar antes por el baño.

A su vuelta estoy sentada en posición india sobre su cama animándole para que se acomode junto a mí. «Tengo algo que contarte», le informo en lengua de signos. Y es que si voy a desvelarle a Gus todo eso que llevo guardándome el último mes hay algo que tengo muy claro: no lo voy a hacer en voz alta arriesgándome a que nos escuchen, más pudiéndonos comunicar gracias a otro medio mucho más silencioso. Y soy consciente de que lo más ético sería comenzar por una disculpa, y se la voy a ofrecer, justo después de contarle cómo he llegado a darme cuenta de que al igual sus conclusiones sobre mí no eran tan descabelladas.

«¿Qué has sentido al ver a Miguel?».

Tras confesarle toda la verdad sobre Ion, que, a parte de ser hijo de uno de los mayores proxenetas del país, es un policía infiltrado con el que además he estado colaborando y, también, que he tenido algo con él. Lo menos que esperaba, sabiendo lo que le gusta una novedad, es que fuese a interesarse primero en Miguel y en ese reencuentro. Aunque por otro lado... supongo que tiene todo el sentido. ¿No estoy acaso metida en esto por él?

Y como si estuviera esperando esa pregunta, la respuesta llega a mí en el mismo instante que Gus me la ha formulado. Toda la noche dándole vueltas a ese asunto, y solo he necesitado un par de minutos de conversación con mi mejor amigo para dar con la clave de esa inquietud, de la razón a ese nudo en el estómago.

—Celos —confieso—, eso he sentido al ver a Miguel.

«Es normal», afirma.

—Pero no son celos de ella, ni porque le eche de menos a él. He sentido celos de su felicidad.

«Eso tiene más sentido todavía».

—Menuda mierda —espeto en voz alta.

Gus se lleva un puño al pecho empatizando con mi sentimiento, pronunciando con ello un «lo siento» en lengua de signos.

«¿Qué hay del policía?».

«¿A qué te refieres?».

«¿Qué sientes por él?».

—Me gusta —reconozco en voz alta.

«No te he preguntado eso», refuta arrugando la nariz.

—¿Cómo voy a saber qué siento por él? —inquiero revolviéndomelo en mi sitio.

«A ver, comparándolo con Miguel, que es el único referente que tenemos, ¿cuánto te gusta?».

—Es... diferente.

«¿En qué?».

—No sé, diría que Ion... me gusta más —reconozco.

«Vaya, eso sí que no me lo esperaba. ¿Está bueno?», se interesa repentinamente abriendo mucho los párpados.

—Como un tren del que no querría bajarme nunca.

Mi respuesta le saca una sonrisa pícara, pero para mi sorpresa no hace ningún comentario al respecto, lo que ya de por sí me parece extraño.

«Dices entonces que te gusta más que Miguel, por lo tanto, si estabas enamorada de Miguel y Ion te gusta más, eso quiere decir...».

—¿Qué? ¿Ahora es como una regla de tres? ¡No puedo estar enamorada de él, Gus! ¡Pero si apenas le conozco! No tiene ningún sentido. Es una locura.

«Efectivamente, es una locura, pero una bonita. Pero en el caso de que no sea así, que le den, que para sufrir no estamos tú y yo precisamente».

«En eso estoy de acuerdo. Bueno, ¿y qué hay de ti y de... cómo se llamaba?».

«Pablo».

«Eso, Pablo. ¿Estás... enamorado?».

Asiente esbozando una sonrisa radiante y demasiado genuina como para no tomarse en serio esa afirmación.

«Es oficial entonces: los dos estamos enamorados», concluye claramente entusiasmado, aunque yo prefiero ignorarle para interesarme en los detalles de su relación con Pablo, el carnicero.

«¿Hablas con él? Quiero decir, aún tienes el teléfono, ¿verdad?».

«Hablamos todos los días y cuando Lena me manda a hacer la compra, Pablo aprovecha para hacer un descanso y bueno, pasamos un buen rato».

—¡¿Te lo tiras?! Perdón —digo llevándome las manos a la boca, porque al igual me he pasado con el tono.

«Entre otras cosas».

—¿Pero… dónde? Bueno, no, mejor no me lo digas. Me alegra que al menos uno de los dos folle a gusto.

«Créeme que sí».

—No necesito más detalles, gracias.

Esa es la «suerte» que tiene Gus, Lena confía lo suficiente en él como para no ponerle una niñera de dos metros y noventa kilos de peso. Lo que le permite tener cierta libertad durante su jornada como recadero.

«¿Y qué le has contado de tu vida?».

«Pues la verdad, Ce. ¿Qué quieres que le cuente? No voy a comenzar una relación con mentiras».

De verdad que admiro su… ¿valentía?

«¿Y no ha salido huyendo ni nada?».

«Es amor de verdad, ya te lo he dicho».

—Qué bonito, ¿no? Ahora también tengo celos de ti.

«Pues no entiendo por qué, según cuentas el policía buenorro está más que colado por ti. Y no te lo tomes a mal, pero igual si no demuestra lo que siente por ti es porque a veces eres como un témpano de hielo».

¿Debería preocuparme que Gus haya usado la misma referencia para definirme que el propio Ion?

«Lo que pasa es que Ion me transmite una seguridad que no sabía que anhelaba y eso me molesta. Mucho».

«Que alguien te haga sentir bien no es malo, Ce. Que tu felicidad únicamente dependa de él, eso sí lo es. No mezcles cosas».

«¿Desde cuándo te has vuelto tan listo?».

«Siempre lo he sido, pero nunca has querido reconocerlo», asegura como si se tratara de una obviedad irrefutable.

El hecho de sacarle dos años a Gus siempre me ha hecho creer que eso me hacía más espabilada, pero me parece que aquí «mudito» me da unas cuantas vueltas.

«¿Por qué me has contado todo esto? Quiero decir, ¿por qué ahora?».

—Porque me he dado cuenta de que no andabas muy desencaminado.

«¿A qué te refieres?».

—A eso de que no le doy una oportunidad a la gente. Y podría excusarme diciendo que la culpa es de esta vida de mierda, los años de abuso… pero la realidad es que esa forma de actuar viene de tiempo atrás. Siempre he sido más bien reservada, distante, y me han incomodado las personas que tratan de invadir mi espacio o que hablan sin pudor sobre sí mismas y lo que sienten. No eres la primera persona que me lo dice, Gus, lo cierto es que Miguel solía reprochármelo a menudo.

«Que sepas que no me siento mejor porque me estés dando la razón, pero odio cuando te conformas y te comportas como si esta fuera a ser nuestra vida para siempre. Reconozco que no fui muy justo contigo, te dije todo eso porque quería hacerte daño».

—Y me lo hiciste.

«Lo sé, y lo siento».

Terminamos dándonos un abrazo y, madre mía, ¡cuánto lo necesitaba! Tanto, que si fuera por mí no le soltaba. Pero lo hago, para exponer algo a lo que llevo dándole vueltas un tiempo.

—¿Crees que todo lo que nos ocurre es por alguna razón? No sé si es porque necesito darle sentido a todo esto, pero a veces pienso que he terminado aquí ¿para aprender algo quizá?

«Puede, igualmente, el tiempo lo dirá», dice encogiéndose de hombros.

—Admiro tu entereza, de verdad. Esa manera que tienes de ver siempre el lado positivo a todo, da igual la situación. Nunca te lo he preguntado, pero ¿cómo demonios lo haces?

«Simplemente sé que todo va a ir bien de una manera o de otra».

—Pero no siempre va bien —refuto.

«No siempre va como a nosotros nos gustaría. Bien o mal son percepciones subjetivas».

—¿A qué te refieres?

«Por ejemplo, ¿cómo dirías que fue tu incursión en la fiesta de Ion?».

—Mal, evidentemente. No conseguí el dinero y Horatiu estuvo a punto de pillarme.

«¿Estás segura de que fue mal?».

Me quedo reflexionando un instante, por si acaso me he olvidado de algo, porque no recuerdo haber sacado nada positivo de aquello. Finalmente asiento convencida.

«¿Qué me dices de Ion? El policía *guapérrimo* del que te has enamorado y que va a ayudarnos a salir», resuelve esbozando una elocuente sonrisa.

—No lo había visto de ese modo.

«Se trata de eso exactamente, de mirar desde otra perspectiva, todo depende de dónde pongas el foco».

—Interesante.

«Recuerda ponerlo en práctica entonces», me propone guiñándome un ojo con diversión.

—Lo intentaré, aunque hay momentos a los que no podría verle la parte buena ni con una lupa.

«Oana», adivina.

Asiento, me ha leído el pensamiento. Hace un momento que acabo de relatarle todo ese terrible episodio y aún siento el cuerpo encogido y la piel erizada por el recuerdo.

—Creo que ha sido lo peor que he vivido en toda mi vida.

«No te atormentes, son cosas que escapan a nuestro control».

—Eso no hace que me sienta mejor —apunto, consciente de que ha sonado a reproche.

«Nada va a hacer que te sientas mejor».

—Sí, que Ion atrape a ese hijo de puta y lo meta entre rejas.

«Ves, ya te lo dije, Ion es lo mejor que te ha ocurrido en mucho tiempo».

—Bueno, eso ya se verá…

Más teniendo en cuenta cómo terminaron las cosas ayer entre nosotros.

«Cuanto antes reconozcas lo evidente, mejor para ti».

—¿Lo evidente? ¿De qué narices hablas?

«Que te mereces que te pasen cosas buenas, que Ion lo es y que cuanto antes admitas que estás enamorada de él mejor para ti. Y… antes de que repliques nada, me voy a duchar, así te dejo sola para que medites sobre ello».

Viéndole salir por la puerta lo único en lo que pienso es en cómo odio que tenga razón y cómo me jode tener que dársela. Otra vez.

Pues porque es mucho más caro casarte. Además, siempre con la misma es un coñazo. A ver, por ejemplo: te vas de putas, acabas, vas con los colegas, te ríes, lo pasas bien, descargas y te vuelves tranquilamente a casa. Ya está.
Putero

Puteros New Atlantics

Capítulo 24

—Llevo varios días pensando si debía enseñártelo o no, he estado a punto de no hacerlo, pero te mereces saber la verdad.

Sentado sobre el colchón con las piernas abiertas, los codos sobre estas y la mirada perdida es cómo me ha recibido Ion en la habitación del hotel tras cinco días sin vernos.

—¿De qué estás hablando?

—No enseñártelo me haría ser como él —masculla con la mandíbula apretada mirándome a los ojos por primera vez desde que he entrado.

—¿Como quién? —pregunto con evidente inquietud—. ¿De qué estás hablando, Ion?

—De la razón por la que me cabreé tanto cuanto me enteré de quién era tu ex.

El corazón me late acelerado bajo el pecho alcanzándome la garganta en cuanto escucho a Ion mascullar con fiereza la siguiente frase, justo antes de levantarse y tenderme un considerable sobre de tamaño folio:

—¡No sabes cuánto lo siento, joder!

Dejo caer el bolso al suelo para así poner toda mi atención en las enormes fotografías que me encuentro en el interior. Miguel sale en todas ellas, en lo que parecen diferentes fiestas privadas, inclinado sobre una mesa, una barra e incluso sobre el cuerpo desnudo de una mujer esnifando una sustancia blanca. Cocaína, vamos.

Me invade una incómoda sensación de irrealidad en el instante en el que no solo reconozco a Miguel en cada una de esas instantáneas, más cuando descubro que en todas ellas lleva la pulsera de cuero que le traje de Ibiza dos meses después de que comenzáramos a salir juntos.

—¿Qué...? —Se me apaga la voz, carraspeo tratando de recuperarla, aunque con escaso éxito—. ¿Qué es esto, Ion?

—Creo que ya lo sabes.

—Es un jodido montaje —aseguro, más que nada autoconvenciéndome a mí misma.

—No, no lo es, Celia. Esas fotos tienen tres, cuatro y cinco años. Son de cuando su padre estaba en el gobierno.

Es decir, de cuando él y yo estábamos juntos.

—Pero no... No tiene ningún sentido.

—De verdad que lo siento.

Dejo caer los brazos y con ellos las fotografías. O quizá se hayan resbalado, porque las manos han comenzado a temblarme repentinamente.

Ver todas esas imágenes de un Miguel al que reconozco y desconozco a partes iguales esparcidas por el suelo me revuelve el estómago, las entrañas e impacta con fuerza en lo más profundo de mi corazón.

Levanto la vista del suelo y quizá lo haya hecho con demasiada brusquedad, porque todo comienza a darme vueltas, y aunque trato de enfocar la vista en algún punto me resulta prácticamente imposible.

Doy un paso atrás noqueada por las rápidas palpitaciones que se suceden bajo mi pecho, y con ese cúmulo de sensaciones repartiéndose a lo largo de mi cuerpo echo a correr fuera de la habitación lo más rápido que puedo; y aun así, me parece que lo hago demasiado despacio para la necesidad que se apodera de mí.

Tengo que salir de aquí.

Alcanzo las escaleras y, a pesar del creciente tiritar, logro atinar con cada escalón y bajar las cinco plantas hasta llegar al vestíbulo en un camino que se me hace eterno. Escucho a Ion tras de mí pronunciar mi nombre escasos segundos antes de que pierda por completo el control de mi cuerpo y me desplome contra el suelo de mármol.

Una caída dura y fría, metafórica y literalmente hablando.

—¿A quién coño se le ocurre?

—Tenía que conocer la verdad.

—¿Para qué? ¿Qué solucionas con eso?

Me llegan retazos de una conversación entre dos hombres. Sus voces me resultan conocidas, pero no logro identificarlas, el zumbido atravesándome la cabeza me dificulta demasiado la tarea.

—Ey, ¿cómo te encuentras?

Ion está sentado junto a mí en la cama de su habitación. Y a pesar del leve espesor mental, el incansable serpenteo de mi estómago hace que sea plenamente consciente de lo que ha sucedido en este lugar. Mis ojos buscan de forma apresurada y ansiosa las fotografías en el lugar donde las vi la última vez: la moqueta. Pero no están.

Me incorporo sobre los codos antes de preguntarle a Ion:

—¿No ha sido un sueño, verdad?

Quizá sea la amarillenta luz de la lámpara junto a la mesilla de noche, que le confiere a Ion un aspecto taciturno y lúgubre, pero la respuesta negativa que me ofrece provoca en mí unas intensas ganas de llorar. Pero no lo hago. En su lugar, me levanto de la cama directa a por la primera botella de alcohol que pillo: una de vodka.

—No creo que sea… —Le lanzo una mirada de advertencia suficientemente elocuente como para que abandone lo que sea que fuera a decirme.

Terminado el trago salgo a la terraza. La noche es más cálida que la de la última vez que estuve en este mismo lugar, lo que hace que el aire resulte más espeso y difícil de respirar o al menos es lo que a mí me parece.

—¿Con quién hablabas antes?

Ion no ha tardado en acompañarme situándose a mi lado, con las manos aferrando la fría barandilla de metal.

—¿Cómo?

—Te he escuchado hablar con alguien —arguyo girando la cabeza para poder mirarle directamente.

A pesar de que solo atisbo a ver su perfil, algo sucede en su rostro, demasiado fugaz como para que me haya dado tiempo a interpretarlo, pero lo suficientemente evidente como para que haya podido darme cuenta de ello.

—Me han llamado por teléfono, sería eso —resuelve al fin tras un débil carraspeo.

Sé que me está mintiendo, porque la voz de la otra persona procedía del mismo lugar que la suya, no del otro lado de una línea; dudo mucho que en ese caso y medio inconsciente yo me hubiese percatado de algo. Igualmente no es lo que más me importa en este momento, así que opto por dejarlo pasar.

—¿Cómo estás? —se interesa después de varios segundos de respetuoso silencio.

—¿Tú qué crees?

—Quizá no debí haberte dicho nada.

—Al igual hubiese sido mejor, sí —afirmo tajante.

—¿Lo crees en serio? —pregunta sorprendido cogiéndome del brazo para girarme hacia él.

—¿Descubrir que llevo tres años prostituyéndome para proteger a un puto embustero? ¿Al que era el amor de mi vida?

La voz va quebrándoseme con cada palabra que abandona

mi garganta, hasta el punto en que, sin poder contenerlo más, rompo a llorar.

Ion rápidamente me acoge entre sus brazos. A ese lugar en el que por noma general todo parece menos relevante, excepto en este momento, porque el peso de la reciente realidad descubierta despierta una furia en mí casi desconocida. Y prácticamente incontrolable.

—¡Siento tanta rabia! —exclamo apartándolo de mí. Y es que de alguna manera mi ira se expande hasta alcanzarle a él—. ¿Por qué, Ion? ¿Por qué?

—Lo sé —dice tratando de atraerme hacia su cuerpo de nuevo, lo que incrementa incomprensiblemente mi enfado.

—¡¡Tú no sabes una mierda!! —espeto apartándole con fuerza—. ¡¡No tienes ni idea de nada!! —Le empujo de nuevo—. ¡¡Ni puta idea de nada!!

Ion permite que le utilice como saco, manteniéndose estoico, rígido, contenido.

—Llévame con él —le ordeno—. Ahora, llévame con él.

Pero Ion no se inmuta ante esa petición disfrazada de orden.

—¡Llévame con él! ¡Quiero verle, vamos!

Cada palabra que sale de mi boca va seguida de un impacto directo a su cuerpo.

—¿Por qué no te mueves? —le inquiero clavando mi puño en su abdomen—. ¡Vamos!

—¿Para qué, Celia?

—¿Cómo que para qué? —pregunto incrédula—. Necesito una explicación, hablar con él, que me mire a la cara y me diga la verdad.

—Estás en esto por una decisión que tomaste tú sola —añade paralizándome con sus palabras.

—¿Cómo dices?

—Que él es un cabronazo, porque sí, te tenía completamente engañada, pero la decisión de protegerle la tomaste tú, Celia. Esas fotos no le hacen culpable de tu situación. —La inercia de esas bofetadas verbales provoca que dé varios pasos hacia atrás—. De nada te va a servir pedirle explicaciones tres años después. Sé responsable de tus decisiones.

Viéndome incapaz de pronunciar una palabra ante esa vehemencia, entro en la habitación y me quedo estática en el centro arropándome el cuerpo con los brazos, tratando de asimilar lo que acaba de decir.

—Nadie más que yo odia que estés metida en esto, puedes creerme —asegura a mi espalda.

Me doy la vuelta, la pregunta que voy a hacerle requiere que se la haga mirándole a la cara.

—¿Estás diciendo que si estoy metida en esto es porque yo me lo he buscado? ¿Es eso, Ion?

—Lo que digo es que mi padre, Horatiu, Lena y toda esa escoria humana no deberían existir, pero nos guste o no, ahí están. Y aquí estoy yo y la justicia para acabar con ellos, pero...

—¿Justicia? No me hagas reír.

Mis palabras no parecen afectarle lo más mínimo, de hecho, continúa con su argumentación como si nada.

—Lo que trato de decirte es que tomaste una decisión...

—*Coaccionada* —puntualizo.

—Coaccionada o no la tomaste, probablemente creyendo que estabas haciendo lo correcto. No te estoy discutiendo eso, Celia.

—¿Entonces, de qué estamos hablando? Porque de verdad que no me estoy enterando de nada, Ion.

—De que tenías otras opciones y por lo que fuera: juventud, miedo, ignorancia... Da igual la razón, el caso es que optaste por no decirle nada a Miguel y cargar con las consecuencias tú sola. ¿Qué vas a reclamarle ahora, tres años después? A parte de ser un bastardo mentiroso, él no es el responsable de la decisión que tomaste por propia voluntad. Lena se aprovechó de tu ingenuidad y...

—¿Y qué? —Le desafío a que continúe apoyando los puños sobre mi cadera.

Mi actitud retadora provoca lo contrario a lo que hubiese esperado, su rostro se dulcifica, al mismo tiempo que lo hace su voz.

—Sé que descubrir estas fotos es duro, especialmente porque te hace darte cuenta de que con quién estás enfadada en realidad es contigo misma, y reconocer eso es una mierda muy jodida. Pero esa es una de las razones por las que te lo he contado: vivir en la ignorancia no te va a servir de nada. Cuéntate verdad, Celia. Eso es lo que va a ayudarte.

—¿En serio, tú crees? —inquiero sarcástica.

—No lo creo, estoy seguro. Mira en qué contexto me crie yo y mira dónde estoy. Lo más fácil hubiese sido seguir el camino de mi padre, pero terminé haciéndome policía, y no fue un camino fácil, puedes estar segura de ello. Uno no es víctima de sus circunstancias, uno tiene el poder de decidir qué hace con ellas. Son las decisiones que tomes a partir de ahora las que van a determinar tu futuro. Y quería ser yo el que te contara la verdad, porque quiero que sepas que estoy aquí, para ti, para lo que necesites —añade cogiéndome de la mano.

—¿Sabes lo que más me jode? —pregunto de forma retórica dejándome arrastrar por los recuerdos—. Que la jodida idea esa de montarnos una fiesta privada fue mía. Miguel solía reprocharme que era aburrida, que no socializaba y que estaba metida en mi propio mundo. ¿Y qué se me ocurre a mí? Comprar cocaína para demostrarle que podía ser de otra manera, que existía otra Celia más enrollada.

Sobrepasada, me tapo la cara con las manos.

—Ey, Celia —dice descubriendo mi rostro con suavidad—. Lo siento, siempre me pasa lo mismo, joder. Soy demasiado directo y brusco, discúlpame, por favor.

Brusco o no, la realidad es que…

—Tienes razón, Ion. Y sabes cuánto odio dártela, pero la tienes.

Mi sinceridad le arranca una pequeña sonrisa y un beso que deposita sobre mi sien.

—Sin que sirva de precedente, reconozco que en esta ocasión odio tenerla.

Asediados por toda esta honestidad bañada de tristeza, nos sostenemos la mirada varios segundos sin decir nada hasta que decido romper el silencio soltando lo que realmente está pasando por mi mente en este instante:

—Menuda mierda.

—Sí, una mierda bien gorda —ratifica apartando el flequillo de mis ojos al tiempo que yo reposo las manos sobre su pecho.

—¿Sabes? Hace tanto que no me pasa algo bueno, que se me ha olvidado cómo hay que comportarse cuando ocurre.

—¿Algo bueno? —pregunta arrugando su bonito entrecejo.

—Tú, Ion. Tú eres ese algo bueno.

La pretenciosa comisura de sus labios se estira sin que pueda hacer nada por evitarlo y a mí me encanta. Tanto como para lanzarme a besarle. Necesito averiguar si sobre mi boca esa sonrisa tiene el mismo efecto que bajo mi vientre; pero no, es cien mil veces mejor, como putos fuegos artificiales. Como la emoción que te invade cuando sabes que algo bueno ha llegado a tu vida. O alguien, en este caso.

Capítulo 25

Con las palmas de las manos sobre su torso le empujo hasta que sus piernas chocan con la cama. Sin perder tiempo le quito la camiseta para poder sentir esta vez, y de verdad, la cálida piel de su pecho contra mi mejilla, mis labios y también contra mi lengua. Asciendo de nuevo buscando su boca que, tras un par de besos profundos, se detiene para poder articular una pregunta con las manos enterradas en mi pelo.

—¿Estás segura?

—Estoy segura de que no es una decisión de la que me vaya a arrepentir —confieso afianzando una complicidad que siempre ha existido entre nosotros.

Una que casi se puede escuchar. Más que eso, de hecho, se puede incluso sentir.

Entre miradas cargadas de confianza y besos que hablan más que las propias palabras, nuestras prendas van cayendo una a una en completa calma. En perfecta armonía. Una prueba física de cómo nos sentimos los dos en este instante.

Ion se tumba boca arriba en la cama sin romper el contacto visual, mientras que yo lo hago a horcajadas sobre su cadera y, sujetando su polla ya enfundada en un preservativo, me dejo caer sobre ella al tiempo que le escucho decir:

—Solo piensa en ti.

Con un brazo rodeando mi cintura, afianzándome a su cuerpo, se mueve bajo el mío arrancándome el aliento con cada golpe de cadera. Mi boca, ávida de él, le busca suplicando para que no se detenga.

Me siento encendida, frenética, con la piel enrojecida y los labios hinchados descubriendo esa peculiar manera que tiene de buscar mi mirada con cada embestida, tratando de cerciorarse de mi estado. No quiere estropearlo con palabras, usa su cuerpo para comunicarse conmigo y espera que yo también lo haga.

Me acompaso a su vaivén buscando ese punto que me produce mayor placer, pero me cuesta encontrarlo e Ion, que es bueno interpretando mi cuerpo, en un ágil movimiento se da la vuelta conmigo entre sus brazos para tenderme de espaldas sobre el colchón. Desaloja mi interior dejándome con un inquietante sentimiento de pérdida, pero rápidamente logra que deje de pensar en ello, en cuanto sustituye ese vacío por el de sus labios, que descienden con besos eróticos y húmedos hasta atrincherarse entre mis piernas, como si de verdad ese fuera su único refugio. Sus manos acariciando el interior de mis muslos abriéndome a él para que pueda adentrarse más en mí, en todos los sentidos en los que eso sea posible, hacen de este encuentro algo que no creo que vaya a olvidar jamás.

Me retuerzo con una desesperación tan agonizante como placentera que nunca antes había sentido, pero daría todo lo que soy en este instante por que nunca terminara. Con las sábanas aprisionadas entre mis dedos, la piel perlada en sudor y un fulgurante calor ascendiendo por mis extremidades, grito su nombre cuando un poderoso orgasmo me retiene por largos y jadeantes segundos en lo más alto. En un movimiento que no veo venir,

Ion entra en mí de una estocada amplificando el placer; en tres embestidas más él ya se ha ido.

Segundos después las palpitaciones de mi vagina se aferran rítmicamente a su verga mientras yo aún trato de normalizar la respiración y deshacerme del mareo que ha traído tanta intensidad. Tanto placer que, francamente, no me esperaba.

Ion se tumba a mi lado acercándome a él permitiendo que repose sobre su pecho mientras me besa la frente y acaricia mi pelo con ternura.

—¿Bien? —se interesa.

—Más que bien —reconozco.

Mi respuesta despierta en él una honesta sonrisa cargada de ternura que, a su vez, provoca suaves cosquillas en la boca de mi estómago. Pero, repentinamente y como bruscos fogonazos, vienen a mi memoria las palabras que Ion dijo nuestro último día juntos. El peso de las mismas comienza a cobrar consistencia sepultando, en apenas unos segundos, todo lo bueno que acaba de ocurrir entre estas cuatro paredes.

—¿Ion?

—Dime.

Me incorporo tirando de la sábana para poder cubrirme y, sentada sobre mis piernas, exponer en voz alta esta inquietud.

—¿Qué estamos haciendo? Quiero decir, dejaste muy claro que para ti esto era un error y lo que acaba de ocurrir… no mejora nuestra situación precisamente. La misión es lo más importante, ¿no?

Desde luego Ion no se esperaba este repentino arranque de honestidad postcoital.

—¿Tú estás cómoda con lo que ha ocurrido, Celia?

—Me parece que es evidente. Sí, claro.

—Entonces, todo está bien.

—Pero, ¿y qué hay de ti?

—Para mí también es evidente.

—Entonces, ¿ya no soy un error? —pregunto repitiendo sus propias palabras.

—Nunca he dicho tal cosa —refuta ostensiblemente ofendido—. Dije que nuestra situación lo era. —Se eleva sobre sus codos para realizar la siguiente pregunta—. ¿Confías en mí?

Como respuesta obtiene un asentimiento mudo.

—No, dilo, en voz alta —demanda con más severidad.

—Confío en ti, Ion. Pero la verdad, no sé si tú lo haces en mí.

—Tanto como para poner en peligro todo por lo que llevo luchando mi vida entera.

—Pero yo no quiero eso, no te lo he pedido, haces que sienta demasiada responsabilidad, Ion.

—Bueno, Celia, no es una cuestión de que me pidas o no, es algo que ha sucedido. A eso precisamente es a lo que me refería cuando dije que esto era un error. Pero me temo que ya es demasiado tarde para arrepentimientos, y más tras lo que acaba de pasar, ¿no crees? Nos toca asumir nuestra responsabilidad, no queda de otra.

Reconozco que sus palabras no son ni mucho menos las que quería escuchar, ni siquiera las que necesitaba, pero son la verdad, una incontestable, de hecho. Son, exactamente, nuestra realidad.

Tras un par de segundos de interiorización y otros más de aceptación, termino regresando a su lado apoyando la cabeza sobre su pecho, permitiendo que el rítmico latido de su corazón me acune y me arrastre hacia un sosiego profundo y cálido. Dejo que me arrope con sus brazos preguntándome al mismo tiempo si será esto a lo que llaman hogar, porque, sin duda, es lo más cerca que he llegado a sentirme de uno.

—¿Has tenido muchas novias?

—¿Y esa pregunta?

—Simple curiosidad —confieso encogiéndome de hombros—. Nunca me has hablado sobre ello, y no me cabe duda de que has debido de romper algunos corazones.

—A lo mejor al que le han roto el corazón es a mí.

—¿En serio? —inquiero sorprendida.

—La verdad es que no.

—¿No sé por qué no me sorprende?

—¿Qué le hago yo si no me he enamorado nunca?

—¿Pero nunca, nunca?

Su respuesta es un mero cabeceo acompañado de un encogimiento de hombros.

—¿Alguna relación reseñable o algo, al menos?

—He estado más centrado en mi vida profesional, la verdad, Celia.

No puedo evitar poner los ojos en blanco.

—Ahora me vas a decir que eras virgen hasta hace diez minutos —me burlo.

—Evidentemente no, y que supongas algo como eso me ofende.

—¡Vaya, ya topamos con el ego masculino!

—Lo siento —se disculpa chasqueando la lengua—, eso no ha sido muy acertado.

—¿Entonces?

—No sé, Celia. No es algo a lo que le haya puesto mucha importancia. Ha habido un par de amigas, pero solo eso: amigas.

Es curioso que para todo vaya de sobrado y que en este tema sea tan discreto. No sé si lo hace porque cree que de alguna manera me va a molestar, lo cual me parece una estupidez, más aún dadas las circunstancias. O porque en realidad no ha tenido nada relevante. Me pregunto cuánto abarcará ese «par»: ¿Cinco? ¿Doce? ¿O una treintena? Lo que tengo claro es que dos seguro que no han sido. Tampoco es algo que me importe, lo que sí me llama la atención es que con treinta años nunca se haya enamorado, eso sí que es cuanto menos inquietante.

—Ya que estamos de confesiones… tengo una curiosidad —se interesa él en esta ocasión.

—Dime.

—¿Qué fue lo que le dijiste a Miguel cuando Lena te chantajeó? Intuyo que no te quedó otra que terminar la relación teniendo en cuenta cuál iba a ser tu vida a partir de ese momento.

Esquivo su mirada permitiéndome cerrar los ojos un instante para atraer aquel recuerdo hasta este momento: su cara descompuesta, la decepción en sus ojos y cada una de sus palabras. Todo está ahí, nítido y muy vivo aún.

—Como bien has adivinado, simplemente rompí con él de la noche a la mañana. Le dije que ya no sentía lo mismo, un «no eres tú, soy yo» y algún que otro patético tópico más. Honestamente, no creo que pueda olvidar jamás ese día, porque fue justo ese instante en el que todo cambió para siempre. Cuando todo se vino abajo. Ya después y, progresivamente, el resto de ámbitos de mi vida siguieron esa sincronía, hasta que cayeron todas las fichas y no quedó nada en pie.

—Eso no es cierto —asegura. Le miro realmente confusa—. Estás aquí, ahora. Tú te has mantenido erguida.

—Solo es fachada.

—Yo te he visto, Celia. Aún estás ahí —asegura apoyando el dedo índice entre mis costillas desnudas— y terminarás encontrándote, pero necesitas tiempo.

—Puede que tengas razón —reconozco sorprendiéndome a mí misma al hacerlo.

—Y en todo este tiempo, ¿nunca se te pasó contarle la verdad?

—Por supuesto. De hecho, unos días antes de que montaras aquella fiesta en la que nos conocimos, quedé con él aprovechando mi día libre. La semana anterior compré un teléfono de tarjeta, contacté con él y una semanas después nos vimos.

—Pero no llegaste a decírselo.

—Tenía incluso el *pendrive* que Lena me entregó en su momento con las imágenes.

—¿Y qué pasó?

—Me enteré de que se iba a casar y simplemente me eché atrás. No podía hacerle eso. Además me acusó de estar jugando con él y…

—¿Qué?

—Dijo que si había acudido a aquella cita era porque... porque aún me quería.

—Eso es más que evidente —arguye sonriendo con suficiencia.

—¿El qué?

—Que sigue enamorado de ti.

—Y eso lo dices porque...

—Porque vi cómo te miraba.

—¡Si no fueron ni cinco minutos lo que lo viste! —le reprocho.

—Suficientes.

—Bueno, de todas formas ya da igual.

—¿Y tú, sigues enamorada de él?

Una pregunta que hace que, repentinamente, me sienta tremendamente incómoda. Y creo saber por qué.

—Fue mi primer amor y eso no se olvida. Pero no, no estoy enamorada de él.

Gus ha plantado una semilla en mi cabeza, la cual me niego a regar, porque no estoy enamorada de Ion. Simplemente no puedo estarlo.

—Y tú, ¿no te sientes como si te estuvieras perdiendo algo? —me atrevo a preguntarle.

—¿A qué te refieres?

—Al amor.

—Ni siquiera me lo replanteo, la verdad.

En este largo silencio en el que no dejo de darle vueltas al intacto corazón de Ion mientras paseo mis dedos por su cuerpo en una perezosa caricia, percibo cómo la calidez que él mismo había logrado afianzar bajo mi vientre comienza a enfriarse, para terminar siendo sustituida por una desilusión vacua para la que no me siento capaz de enfrentarme en este instante. Es entonces cuando reparo en el tatuaje de su muslo izquierdo, ese que mencionó una vez que tenía, pero...

—Es tu dibujo —advierto sentándome en un rápido movimiento junto a sus piernas, para poder observar más detenidamente la tinta a todo color que cubre ese pedazo de piel—. La guerrera esa de la que me hablaste.

—Leina Vance.

—Esa, sí. Es impresionante —confieso embelesada repasando cada trazo con la yema de mis dedos—. ¿Por qué este tatuaje?

—Un homenaje a mi madre, me recuerda a ella.

Tatuarse a la guerrera rubia de ojos azules por su difunta madre... Parece que en el corazón de Ion hay más calidez de la que había supuesto.

—Enséñame tus dibujos —suelta él de repente alejándome de mis pensamientos con presteza.

—¿Qué?

—Dijiste que dibujabas, ¿no? ¿Los llevas encima?

Siempre van conmigo.

—No sé...

—Venga, dijiste que me los enseñarías.

—Están en mi bolso —abdico finalmente.

Ion se levanta para dirigirse al armario de donde saca mi bolso y me lo tiende, pero hago un gesto dándole permiso para que sea él mismo quien se haga con mi ajada libreta. Con ella en la mano se echa de nuevo sobre la cama apoyando la espalda en el cabecero y, con suma tranquilidad, comienza a observar con detenimiento cada boceto. Yo, por el contrario, percibiendo cierta inquietud dentro de mí, cambio de postura sentándome en el borde del colchón, alejándome casi de forma inconsciente de él.

—Son solo unos bocetos, he perdido práctica y bueno...

—¿Por qué te infravaloras? Yo los veo bastante bien, aunque tampoco es que yo sea un experto en esta clase de dibujos.

—Gracias.

—Te gustan los zapatos —concluye.

—Muy perspicaz —me burlo, teniendo en cuenta que el noventa por ciento son diseños de zapatos—. Crear mi propia línea ha sido siempre mi sueño.

—Estos son muy bonitos. De hecho… estos se parecen a los de tu pulsera.

Sonrío, porque, como no podía ser de otra manera, ha reparado en los que son más especiales para mí: los de raso azul decorados con hiedra plateada.

—Son los zapatos de Cenicienta —arguye sonriente.

—Lo serán, pero los de una que no pertenezca a nadie —digo esbozando una sonrisa cargada de sueños y esperanza. Ion me contempla en silencio permitiendo que el peso de las palabras que acabo de pronunciar tome la consideración que se merece—. Esos son los primeros que quiero confeccionar —confieso finalmente.

—Ven, siéntate aquí conmigo —me invita palmeando el colchón a su lado—. Cuéntamelo.

—¿El qué? —pregunto tras meterme de vuelta bajo las mantas junto a él.

—Todo.

Así lo hago, vuelvo a hablar de diseñar, de moda: de un sueño. Casi como lo hacía con Rafa, la diferencia es que con Ion no necesito mentir, con él puedo dejar florecer a la mujer que habita en mí, y no a una de las cientos que finjo ser a diario. Y es agradable, reconstituyente. Ion me escucha con todos los sentidos, atento, fascinado. Despertando en mí una ilusión que creí perdida hace ya demasiado tiempo. Inevitablemente una sonrisa va ensanchándose en mi cara al ritmo que lo hace una agradable emoción en mi estómago. Pero ambas caen en picado en cuanto mi dichoso teléfono comienza a sonar, y la realidad me golpea de nuevo en la cara.

Ion lo saca de mi bolso y me lo entrega casi bufando, pero no lo cojo, permitiendo que suene. En su lugar, le hago a Ion una confesión. Una súplica, en realidad.

—No quiero volver, Ion.

—Lo sé, cariño. Ya queda muy poco —mascula muy tenso.

Es la primera vez que usa ese término cariñoso para dirigirse a mí y le ha salido tan natural que me ha dolido, porque han cambiado cosas dentro de mí, pero mi presente no lo ha hecho en absoluto.

—No, no lo entiendes.

«No puedo acostarme con nadie más, literalmente no puedo. No después de esto», pienso, incapaz de pronunciar esas palabras en voz alta. Y si escucharle dirigirse a mí con ternura es como si me estuvieran arrancando la piel a tiras, verle asegurar las siguientes palabras termina por rematarme:

—Voy a sacarte de aquí, aunque sea lo último que haga. ¿Me oyes, Celia?

Sé que va a hacer todo lo posible, pero hasta que llegue ese momento voy a tener que seguir chupando pollas. No voy a dejar de ser un objeto de consumo porque un solo hombre me haya demostrado que no todos son iguales. Y si Ion tiene tres medallas al valor, a mí van a tener que condecorarme con una estatua después de esto. Bueno, a mí, y a las trescientas mil mujeres que son obligadas a ejercer la prostitución en este país.

Es como alquilar una novia o una esposa. Puedes elegir como en un catálogo.
Putero

RTVE *Desmontando las excusas de los hombres que consumen prostitución: «No pagan por sexo, pagan por ejercer poder».*

Capítulo 26

—A ti nunca te he catado, eres muy guapa, podrías ser modelo. Celine te llamas, ¿no? Qué nombre más bonito, ¿de dónde viene? Ey, ey, ¿dónde vas? Tranquila, si te va a gustar, como a todas. Tú relájate y ya verás cómo disfrutas.

* * *

—Tengo una reunión en cuarenta minutos, así que quítate la ropa y túmbate en la cama. Las bragas también, ¿eres nueva o qué coño te pasa? No tengo tiempo para esto. De rodillas venga, y cúrrate la mamada que he tenido un día muy estresante.

* * *

—Te gusta que te peguen, ¿verdad? Tienes pinta de guerrera y muchos moretones, así que eso es lo tuyo ¿a qué sí?

»Deja de resistirte, he pagado y vengo a divertirme, así que aquí se va a hacer lo que a mí me dé la gana, y lo que más me apetece es probar ese culito tuyo…

* * *

—¿Eres morbosa? Porque, joder, tienes unas tetas increíbles. ¿Un poco callada, no? Bueno, tú tranquila, que yo sé cómo hacer gritar a una mujer.

* * *

—¿Quieres un tiro? Follar con un par de rayitas en el cuerpo es la hostia. Tú te lo pierdes, entonces. A ver, date una vueltecita para que te vea… Sí, vales lo que he pagado. ¡Mira, si ya la tengo como un garrote! Ahora habrá que ver si das un buen servicio.

* * *

—Está claro que he pagado mucho más de lo que vales, así que si no quieres que le cuente a tu jefa tu falta de profesionalidad será mejor que le pongas más ganas.

* * *

—La verdad que es mi primera vez, con una puta, quiero decir. Me ha animado un amigo que contrató tus servicios y me dio buenas referencias. ¿Llevas mucho currando en esto? Oye, ¿estás llorando?

—Yo… no quiero trabajar en esto, lo hago obligada.

—¿Cómo dices?

—Que no hago esto porque quiera, me…

—La verdad que yo solo he venido a pasar un buen rato, ¿sabes?

—Por favor…, pareces buen tío.

—Mira, llevo tiempo sin echar un polvo, así que seguro que va a ser rápido. Tú relájate y ya verás qué bien lo vamos a pasar.

—Por favor… Por favor…

Qué quieres que te diga, cuando estás con una puta de estas,
realmente sí ves que las tías tienen miedo; se las ve, se las ve...
Putero

Puteros New Atlantics

Capítulo 27

Nada más cruzar la puerta Ion me acoge entre sus brazos con demasiada efusividad para el estado en el que me encuentro en este momento.

—Estaba muy preocupado.

Teniendo en cuenta que llevamos dieciocho días sin vernos entiendo su inquietud, y no es que no me alegre este reencuentro, pero me siento tan agotada física y mentalmente, que apenas soy capaz de mostrar más emoción que un asentimiento mudo mientras me trago los gemidos de dolor; pero la tensión que muestra mi rostro termina por delatarme.

—¿Qué sucede? —pregunta sujetándome con suavidad por los hombros.

Aún no he pronunciado una palabra y temo no poder hacerlo sin echarme a llorar: lo menos que necesito ahora es más dramatismo.

Me aparto de su contacto tragando con fuerza antes de pronunciar una falacia con la mayor entereza de la que me siento capaz.

—Estoy bien.

Ion trata de acercarse pero me aparto. La segunda vez ya no soy tan rápida y consigue alcanzarme sujetándome por el brazo, y a pesar de que no lo hace con brusquedad, la única presión de sus dedos sobre mi piel es suficiente para que emita en voz alta, esta vez sí, un gemido de dolor.

Antes de soltarme sube la manga de mi camisa lo justo para alcanzar a ver un par de golpes en mi antebrazo. Me suelta inmediatamente llevándose las manos a la cabeza.

—Desabróchate la camisa —me ordena con la mandíbula a punto de quebrarle mientras me mira de reojo, como si no quisiera ver lo que ya sabe que hay bajo la suave tela de seda.

Con las lágrimas acumulándose en mis ojos hago un movimiento negativo con la cabeza.

—Desabróchatela. Por favor, Celia —me pide esta vez tratando de sonar más suave, aunque claramente le está costando un mundo.

No va a rendirse, eso está claro. Y yo no tengo ni las ganas ni la entereza para comenzar una discusión con él, así que termino cediendo.

Con cada botón que desprendo de su ojal una lágrima resbala sobre mi mejilla. La camisa queda completamente abierta y las heridas, muchas de ellas aún sin curar, expuestas bajo su rostro desfigurado. Impotente cierro los ojos. No soporto ver cómo me mira lleno de rabia y dolor. Suficiente tengo con el mío propio.

—Ha sido Becu, ¿verdad? —le escucho decir entre dientes.

Comienzo a llorar con más fuerza: ahí tiene la respuesta.

—Dame tu bolso —dice estirando el brazo en mi dirección con la palma hacia arriba.

—¿Para qué?

—Dame el bolso, Celia.

Puedo imaginar cuál es su intención, así que me niego en rotundo. Pero antes de que el «no» haya salido de mi boca me ha arrebatado el bolso, ha sacado el móvil y está llamando a Becu.

—Sube —espeta furioso contra el auricular—. Ya sabes cuál es la habitación.

Cuelga y me entrega el dichoso teléfono de vuelta.

—¿Qué cojones te crees que estás haciendo? Solo vas a empeorar las cosas. ¿Acaso quieres que me dé otra paliza? Porque eso es lo que vas a conseguir.

Pero Ion parece ignorarme, como si estuviera sumido en alguna clase de estado que le tiene lejos, a diez mil putos kilómetros de distancia.

—¡Ion! —exclamo tirando de su brazo para llamar su atención, pero es como tratar de mover un muro. Por no hablar de su expresión, que es completamente nula, resulta casi imposible leer alguna emoción en su rostro.

—No me toques ahora, Celia —me advierte con voz grave esperando al acecho junto a la puerta.

Termino alejándome, porque sea lo que sea que le esté pasando por la cabeza tengo por seguro que no voy a poder hacer mucho al respecto.

Tras un par de minutos sumidos en un tenso silencio Ion deja entrar a Becu con una calma escalofriante. En cuanto este ha cruzado la habitación y está a un paso de llegar a mí, Ion le planta la mano como una garra alrededor de la garganta con el brazo estirado, obligándole a dar varios pasos hacia atrás. Pero Becu, en un rápido movimiento, golpea su muñeca hacia bajo con la mano abierta a la vez que, como un resorte, el puño de su otra mano se lanza directo contra la cara de Ion, pero este lo intercepta antes de que le roce siquiera.

Lo que ocurre a continuación sucede a tanta velocidad, que me resulta no solo imposible describirlo, apenas puedo seguirlos con la mirada, parece una exhibición de alguna clase de lucha que obviamente desconozco. Ambos actúan con la misma calma y seguridad, y apenas alcanzan a golpearse de verdad, ya que sus habilidades les permiten esquivar los golpes del otro. Lo que no quiere decir que salgan ilesos, y en cuanto Ion recibe un rodillazo en un costado y Becu un puñetazo en la mandíbula, entiendo que es el momento de detener esta locura.

—¡¡Parad!! ¡¡Parad, ya!!

En una de esas llaves que se le dan tan bien a Ion, aunque a diferencia de las que me ha hecho a mí esta es más peligrosa que mágica, con una cargada de brutalidad y consistencia consigue tirar a Becu al suelo hasta tenerlo de rodillas. El grandullón parece que decide dejarlo ahí, porque estoy casi segura de que podría soltarse de algún movimiento de esos rápidos e imperceptibles. Mientras, Ion le sujeta ahogándole con el brazo desde atrás.

—¿Ya te has desahogado, Ion? —añade el brasileño con un tono de voz más agudo de lo habitual.

Al igual no es tan sencillo desprenderse de esa llave como yo creía.

—¿La has visto, hijo de puta? —espeta Ion apretando más el brazo contra su garganta obligándole así a levantar la cabeza para que me mire directamente a la cara—. Tiene la jodida hebilla de tu cinturón marcada por todo su cuerpo.

—A diferencia de ti no he olvidado por qué estoy aquí.

En respuesta, Ion incrementa el estrangulamiento y la tensión de su mandíbula. ¿Soy yo o me estoy perdiendo algo?

—¿Y la puta humanidad dónde te la has dejado? —mascu-lla Ion repleto de ira.

Es imposible no darse cuenta de que el rostro de Becu está cada vez más colorado y sus nudillos más blancos de apretar el brazo de Ion, intuyo que conteniéndolo para que no termine por ahogarle.

—Afloja, Ion —le pido a pesar de que Becu no sea fruto de mi devoción en este momento en concreto, tampoco es que desee verlo muerto.

Ion le suelta, no sin antes darle un buen empujón de propina.

—Estás jodiéndolo todo —refuta el grandullón tras poner-se de pie y recuperar su habitual tono de voz, además de algo de dignidad.

—¿Yo? ¿En serio? Has estado meses sin dar señales de vida. ¿Sin dar señales de vida?

—Era necesario. Estoy muy cerca y tú vas a joderlo todo.

—¿De qué está hablando, Ion? ¿Él es…? ¿Eres policía? —termino por preguntarle a Becu directamente con los ojos muy abiertos.

—Supongo que a estas alturas importa una mierda que se entere, ¿no? Soy un agente encubierto, Ce —confiesa.

—Perdona, ¿qué?

Mi cabeza acaba de implosionar con esta revelación y, según parece, aún no han terminado las buenas nuevas…

—Se supone que estaba trabajando con el mejor: varias menciones honoríficas, una carrera impecable… ¿Qué te ha pasado, Rayo?

—¿Rayo? —repito en voz alta recordando al mismo tiempo por qué me suena ese nombre: estaba en la dedicatoria del libro en casa de Ion.

—No sé si te has dado cuenta, pero soy yo el que está tratando de salvar esta misión —arguye el recién bautizado como «Rayo».

—¿Y cómo se supone que lo estás haciendo, tirándotela a ella? ¿Ese es tu grandioso plan? —Apenas ha terminado de pronunciar la última frase cuando el puño de Ion impacta de lleno en su cara. Becu se lleva la mano a la mandíbula como si estuviera poniéndosela de vuelta a su lugar—. Desquítate conmigo si es lo que necesitas para que te regrese la cordura, pero sabes tan bien como yo que lo que sientes por ella nos va a matar a todos. La verdad, resulta sorprendente tu falta de profesionalidad.

Puedo ver cómo Ion trata de fingir que las palabras de Becu no le afectan, imponiendo esa fría cara de póquer.

—No tienes ni puta idea de lo que estás hablando.

—¿Ah, no? ¿Seguro? Preguntémosle a ella entonces. ¿Qué te ha prometido, Ce? Espera, no me lo digas, que te va a sacar de esto, ¿a que sí?

—¿Ion?

Me giro hacia él tratando de llamar su atención, exigiéndole una respuesta.

—¿No se lo has contado, verdad?

—¿De qué está hablando, Ion? —insisto.

Si el odio fuera una persona, sin duda, su forma corpórea sería la de Ion Dalca en ese momento exacto.

—¿Cuánto tiempo le has dicho?

—¡Estoy aquí, deja de hablar como si no estuviera delante, joder!

Si por norma general no me gusta demasiado que me traten como si no existiera, en este instante, precisamente, la cosa se multiplica por diez mil.

—Te ha prometido que iba sacarte de esto pronto ¿a qué sí?

—¡Cállate! —le grita Ion dando un paso hacia él amenazante.

—Tus sentimientos van a matarnos a todos, empezando por ella. ¿Seis meses, un año? ¿Dos? Nadie sabe cuánto puede durar esto, Ce.

—¿Es... es eso cierto? —le pregunto a Ion directamente esperando una respuesta sincera. Él me mira, pero no dice nada—. Contesta, Ion. ¿Es cierto lo que está diciendo? La pregunta es muy sencilla.

—Pero la respuesta no.

—¿No? ¡Una mierda! —espeto dándole un golpe en el hombro.

—Celia, por favor —responde él casi como si me estuviera riñendo, lo que obviamente me enfurece hasta límites insospechados.

Mi mente va a diez mil revoluciones. Cuando aún estoy asumiendo que Ion es policía me entero de que Becu también lo es, de que, de hecho, se conocen y que por lo que se ve trabajan juntos. No cabe duda de que me han tenido bien engañada. Aunque, por otro lado, esto deja más claro esos extraños comportamientos que no encajaban con el Becu «mano derecha» de Lena y, policía o no, estuvo golpeándome hasta que perdí la conciencia.

¿Y qué hay de eso de no saber cuánto más va a durar esto? Tengo demasiadas preguntas y por supuesto que voy a resolverlas, aquí y ahora.

—¿Puedes darnos un momento, por favor? —le pido finalmente a Becu.

—Te espero aquí fuera. —Me informa, pero, antes de abandonar la habitación, le dedica unas últimas palabras a su colega—. Si de verdad la quisieras, te apartarías de ella.

Terminado el espectáculo y ya solos, insto a Ion a que comience a hablar de todo eso que claramente ha estado ocultándome todo este tiempo.

—Así que siempre has sido sincero conmigo, ¿eh? —Le reprocho incapaz de ocultar mi decepción—. ¡Esto es flipante!

—Te he ocultado cosas que podrían comprometer la misión, pero no te he mentido.

—¿Ocultar no es mentir? Mira, sabes qué, da igual. Pero, ahora que ya se ha destapado todo, me puedes contar cómo es que Becu y tú os conocéis.

—Becu es un topo y yo soy su «controlador».

—¿Su qué?

—Su «controlador», su ángel guardián por así decirlo.

—No estoy entendiendo nada, Ion.

—El «controlador» es un compañero del infiltrado que está al corriente de todos los avances de la investigación, viaja a los mismos lugares y le sigue 24 horas al día. Entre nosotros mantenemos un código de señales para advertirnos de cualquier problema. Mi trabajo es encargarme de prevenir la enfermedad de los topos, un mal que afecta a todos los infiltrados si la misión se prolonga demasiados meses, lo que llamamos el «entrampado».

—¿*Entrampado*?

—Cuando te ves obligado a vivir una vida diferente a la tuya, 24 horas al día y durante meses o… años, es muy probable que tu propia personalidad se vea atrapada por la del personaje al que estás interpretando, lo que deriva en serios problemas psicológicos que pueden poner en peligro la misión del infiltrado. Mi deber como controlador es detectar los primeros síntomas de ese mal del topo, para así sacar a mi compañero antes de que sea demasiado tarde.

—Pero Becu lleva… tres años trabajando para Lena.

—Y yo con él, pero en la distancia.

—¿Y el controlador también se infiltra?

—No es lo habitual, pero… tenía que hacer algo para salvar la misión y para salvarlo a él.

—¿Quieres decir que Becu ha sido… *entrampado*?

Me quedo mirando la puerta, consciente de que Becu me espera al otro lado.

—Lo que está es muy confundido; hace cinco meses que rompió todo contacto conmigo.

—Pero si es así, le contará a Lena quién eres y qué haces aquí.

—Puede que aún no le hayamos perdido del todo. Pudo hacerlo desde el instante que monté aquella fiesta y no lo hizo.

—¿Y cómo es que te arriesgaste?

—No fue tan sencillo como parece, mis superiores no estaban muy de acuerdo con mi propuesta, pero que yo fuera hijo de Cezar nos daba una baza que me ayudaba con la infiltración.

—¿Y tú también tienes un «controlador»?

—Lo tengo, sí.

Permanezco un momento callada asimilando toda esa información, reparando además en la actitud seca e incluso algo fría que ha impuesto Ion desde que Becu ha comenzado a decir todas esas cosas sobre su falta de profesionalidad, sobre la misión y sobre nuestra relación.

—¿Cuál es el objetivo?

—Ya lo sabes.

En eso no ha mentido: el clan de los Negrescu.

—¿Y qué es lo que tienes que conseguir exactamente para dar por finalizada la misión? —Me mira pero no dice nada—. ¿Ion?

—No puedo revelarte esa información.

—Está bien, y qué tal sobre el tiempo que va a llevar todo esto. Y no me digas que no me puedes decir nada, porque ya lo hiciste.

—Queda menos, pero no puedo asegurarte nada en este momento.

—¿Desde cuándo? ¿Desde hace tres putos minutos no puedes?

—Mira, Celia, no es tan fácil… Tampoco espero que lo comprendas.

—¿Fácil? ¿Comprender? ¿Me estás hablando en serio?

—Así son las cosas. He sido todo lo honesto contigo que he podido, más incluso de lo que debería. No sé si te has dado cuenta, pero me estoy jugando mi puesto de trabajo.

—¿Sabes qué? Da igual, de todas maneras con los servicios de la última semana ya tengo el dinero.

Era algo que tenía pensado comentarle con tranquilidad, pero visto cómo se han sucedido los acontecimientos…

—¿Cómo que tienes el dinero? —pregunta cruzándose de brazos.

—El que falta para finiquitar mi deuda, ese dinero, Ion. Iba a esperar a que tú me ayudaras a salir de esto y a guardar lo que había ahorrado para comenzar de cero, pero visto que puedo terminar muerta si espero por ti… Hoy mismo saldaré mi deuda con Lena y todo esto habrá acabado de una vez por todas.

—Ni se te ocurra, ¿me oyes?

—¿Perdona? —espeto incrédula.

—¿Acaso crees que Lena va a dejarte marchar? ¿Así, sin más?

—Sí, en cuanto finiquite lo que le debo. Hicimos un trato.

—¿De verdad eres tan ingenua? Se inventará cualquier cosa, lo que sea, pero no va a dejar que te vayas; aún le eres rentable, Celia.

La sola idea de que tenga razón me pone los pelos de punta, probablemente porque existe una probabilidad de que sea así, pero lo último que pienso hacer es darle la razón en este momento. Me agarraré a un clavo ardiendo, aunque sea lo último que haga.

—Tampoco tengo otra opción, así que…

—No lo hagas, Celia. Dame un par de semanas, solo te pido eso. Hablaré con mis superiores y…

—¡¿Un par de semanas?!

—Sé que…

—¡Deja de decir que lo sabes! ¡No sabes una mierda, joder! ¡No sabes cómo han sido estas dos últimas semanas después de que nos acostáramos! Las peores de estos tres años, Ion. Y ni siquiera por la paliza de Becu. Llegué a suplicarle a un cliente, algo que no he hecho jamás. Y todo… ¡todo porque estoy enamorada de ti, maldito bastardo! —espeto empujándole—. ¿Y ahora me dices que espere dos semanas más?

Me da la espalda sin decir nada y así permanece varios largos segundos hasta que, de la bolsa de lona que hay dentro del armario, saca un buen fajo de billetes y me los tiende.

Los cojo por inercia.

—¿Qué es esto?

—Hicimos un trato, ¿no? La mitad al principio y la otra cuando me hubieses dado toda la información.

—¿A qué viene esto ahora? No lo quiero —arguyo ofendida estirando el brazo con intención de devolvérselo, pero ignora mi gesto—. Nuestro trato terminó el mismo momento que metiste tu lengua en mi boca: creí que era evidente.

—Cógelo y márchate, yo me ocupo de Becu.

—¿De qué demonios estás hablando?

—Coge un taxi y que te lleve a esta dirección —dice tras garabatear algo rápido en un papel y entregármelo—, di que vas de mi parte. Vete directa, sin parar en ningún lado.

—No puedo hacer eso, no voy a dejar a Gus. Además, aquí… aquí hay más dinero del que habíamos acordado —apunto echando un rápido vistazo al enorme fajo de pasta.

Cuando levanta la cabeza para mirarme, sus ojos… no son los mismos, están vacíos. Y su rostro es un témpano de hielo, el mismo en el que se convirtió justo antes de que apareciera Becu.

—Es por nuestra última noche juntos —añade con voz grave.

—¿De qué estás hablando?

—Ese dinero es el pago por tu servicio, Celia.

Creí que después de lo de Miguel sería incapaz de sentirme tan decepcionada y dolida con alguien; claramente he pecado de ingenua, demasiado pronto, además, porque el desprecio con el que Ion ha pronunciado esas palabras y el peso de las mismas acaban de conseguir que pierda la poca esperanza que me quedaba en el ser humano.

Le tiro el dinero a la cara y salgo de la habitación quebrándome por dentro a cada paso, aunque manteniéndome firme por fuera mientras Becu me escolta en silencio hasta el coche. Ya entonces puedo derrumbarme en todos los sentidos tras los cristales tintados del 4x4, contemplando cómo lo poco que quedaba de mi corazón ha terminado convertido en polvo. Un suspiro y no quedará nada de él. Nada de mí.

Trata de personas.

La trata consiste en utilizar, en provecho propio y de un modo abusivo, las cualidades de una persona.
Para que la explotación se haga efectiva los tratantes deben recurrir a la captación, el transporte, el traslado, la acogida o la recepción de personas.
Los medios para llevar a cabo estas acciones son la amenaza o el uso de la fuerza u otras formas de coacción, el rapto, fraude, engaño, abuso de poder o de una situación de vulnerabilidad.

Capítulo 28

oder!

—¡ $\mathcal{J}$ oder! De acuerdo, estampar el puño contra el volante no me va a ayudar a encontrar a Celia, pero oye, algo destensa. Más si tenemos en cuenta que llevo cinco días viviendo en este Peugeot de mierda, pernoctando en él incluso. Por un instante me imagino en el Bentley, pero tampoco hubiese sido el mejor compañero para pasar desapercibido, y por muy bonito que sea…, no creo que sea mucho mejor catre que este. Además, el deportivo ha regresado ya con su verdadero dueño: mi generoso amigo Daniel Baumann.

Las palabras de Dante de la película *Martín Hache* abandonan los altavoces en una mis canciones preferidas de Violadores del Verso: *Ninguna chavala tiene dueño*. Subo el volumen con la mirada clavada en la fachada de esa casa en la que Lena ha entrado hace ya más de dos horas.

¡Estoy perdiendo el tiempo, joder!

Ella no es la clave para llegar hasta Celia. Becu es quien se encarga del trabajo sucio, y es a él a quien debería estar vigilando en este momento. Sin embargo, aquí estoy, convertido en la sombra de la mayor del clan de los Negrescu, afianzando con ello la mala gestión que he hecho de esta situación ya que no he sido capaz de dar con mi «compañero» en todos estos días.

Tampoco he sido capaz de dar con Gus, el sobrino y único amigo de Celia: es como si a todos se los hubiera tragado la tierra. Lo que me tiene en un estado de inquietud para el que honestamente no estoy acostumbrado. Se me da bien mantener la calma y apartar las emociones a un lado, pero supongo que haberle perdido la pista a Celia incrementa mi mala hostia y me desestabiliza, porque, además de jodidamente preocupado, estoy enfadado; pero conmigo mismo. Tenía que haberla seguido en cuanto salió del hotel, más sabiendo lo que pretendía hacer: tratar de finiquitar su deuda. Lo pienso, y hasta me entra la risa. Una carcajada repleta de ironía, porque obviamente eso es algo que no va a ocurrir. Los proxenetas deciden el cómo, el porqué y más que nada el cuándo; y la realidad es que Celia aún le es rentable a Lena. Me dan arcadas solo de pensar en ello, pero desgraciadamente esto es así. Estas mafias suelen mantener a las prostitutas en activo por un periodo medio de tres años en el caso de que no las maten antes o ellas mismas, por pura desesperación, terminen suicidándose. Terrible, lo sé. Y sí, ese es exactamente el tiempo que lleva Celia trabajando para Lena: un trienio, más de mil putos días vendiendo algo más que su cuerpo para enriquecer a esa bruja. Pero es que por fortuna o por desgracia Celia es fuerte, sabe sobrevivir y su madrastra claramente es consciente de ello.

Conozco a los proxenetas y también a muchas prostitutas, sé perfectamente de lo que hablo, y Lena no permitirá que Celia se marche aun saldando la deuda. Por supuesto que esto era algo que yo sabía antes de proponerle a Celia aquel trato, que en realidad tan solo era una artimaña para conseguir que me pasara información. Pero mi idea era conseguir sacarla antes de finiquitar ese «trato». Obviamente, las cosas no han salido como esperaba.

La desesperación me hizo actuar de forma impulsiva, algo poco habitual en mí. De hecho, es la primera vez en mi vida que actúo de tal manera, poniendo no solo en peligro la misión, también arriesgué mi carrera: algo con lo que no jugaría jamás. Pero situaciones difíciles requieren medidas desesperadas, ¿no? Así que ahí estaba yo, portándome como la clase de ser repugnante al que más desprecio en este mundo, hiriendo sus sentimientos justo después de que confesara estar enamorada de mí. ¿Y todavía tenía la esperanza de que cogiera el dinero y acudiera al lugar que le había anotado en aquel papel? Sí, la tenía. ¿Puedo ser más despreciable? Quizá sí, pero indudablemente me he posicionado bastante alto en la escala del *hijoputismo*, eso seguro.

Ahora no puedo dejar de pensar en todas las cosas que podría haber hecho de otra manera con Celia, como no haberme acostado con ella, por ejemplo. Esa hubiese sido una buena decisión. No le puedo reprochar a Becu sus palabras, lo que siento por ella nos ha puesto a todos en peligro, y a Celia la primera.

Después de que ambos se macharan del hotel y yo consiguiera relajarme un poco, algo así como unas seis horas más tarde, le pedí a mi controlador que llamara a la agencia interesándose por un par de las chicas, entre ellas Celia o bueno, Celine. Hacerlo yo después de haber terminado un servicio apenas unas horas antes me ponía en evidencia. La respuesta que le ofreció Lena fue que Cenicienta no estaba disponible. Él insistió en que no le importaba cuándo, pero que la quería a ella. La *madame* concluyó la conversación informándole de que Celine tenía la agenda completa durante una buena temporada.

¿Qué mierda se supone que significa eso? Porque yo tengo muchas teorías y cada una peor que la anterior. Que la haya vendido a otro proxeneta es una bastante probable, teniendo en cuenta que es algo que hacen muy a menudo entre ellos, negociando con las chicas como si no fueran más que simple mercancía. Otra opción es que esté con Horatiu. Y la última y en la que menos procuro pensar es que le haya mandado a Becu acabar con ella. Y no ser capaz de dar con él no me está ayudando una mierda a despejar esa probabilidad.

Cojo el teléfono y marco el número de la única persona que puede aportarme algo de paz en este momento. Al segundo tono, una voz grave y firme me recibe con cercanía.

—¿Cómo vas, Ion?

—Bien no, eso seguro —confieso dándole un trago al tercer Red Bull de las últimas dos horas.

—Sabes que cualquier cosa que necesites aquí estoy.

—Gracias, pero creo que ya has hecho más que suficiente, aunque te lo agradezco.

—Sé que no puedes contarme nada, pero si necesitas hablar...

—Escuchar algo que no sea la puta voz de mi cabeza es lo que me hace falta.

Porque aparte de mi controlador hace días que no hablo con nadie. Y necesito tocar tierra, porque me encuentro exactamente en una habitación sin salida y lo único que veo más allá del salpicadero de este jodido 206 es un futuro muy negro. Algo de conversación insustancial no me vendrá nada mal.

—Bueno, ya sabes que de eso sé bastante —apunta.

Probablemente haciendo referencia al tiempo que pasó en la cárcel o quizá al que estuvo en rehabilitación superando una adicción. De cualquier manera, estoy seguro de que, si alguien puede empatizar conmigo, sin ninguna duda, ese es él.

—Cuéntame algo, lo que sea —le suplico.

Mientras Daniel me habla sobre un viaje sorpresa que le está preparando a su mujer, yo me disipo del murmullo mental de los últimos días para dirigirme a un rincón más agradable, el de los recuerdos compartidos con este hombre mejor conocido como la Bestia, que, a pesar de que me saque diez años, es uno de mis mejores amigos. De hecho, creo que es la persona en la que más confío. Mi teoría a esta inquietante complicidad entre nosotros es que, aparte de que nuestra personalidad se parezca en muchos aspectos, ambos hemos pasado por momentos muy duros y en un contexto ciertamente parecido. Lo que supongo nos terminó empujando de alguna forma a construir un vínculo especial.

—Bella va a flipar, eso seguro.

—Esa es la idea —añade con cierta petulancia. Uno de los rasgos a los que me refería.

—Por cierto, no te he contado, ¿sabes quién está en la agencia?

La realidad es que no puedo hablar a nadie sobre la misión, pero como Daniel ha colaborado en la infraestructura de la misma, algo sí que he podido contarle. Poco, pero algo sabe. Y ahora justo acabo de recordar que no le había hablado aún sobre esto.

—Intuyo que alguien que conozco.

—En efecto.

—¿Me lo vas a decir ya o...?

—Ariel —le interrumpo.

—¿Qué Ariel?

—Tu ex. —Se produce un largo silencio al otro lado de la línea—. ¿Daniel? ¿Daniel, estás ahí?

—Perdona, sí, es que... ¿estás seguro de que era ella?

—A ver, yo no la he visto en mi vida, pero una de las chicas me dijo que había otra, una tal Ariel, que iba presumiendo de haber estado contigo y, bueno, pensé que igual estaba mintiendo; tan solo necesité hacer una rápida búsqueda en Internet para dar con un par de fotos en la que salíais juntos. Después la comparé con el *book* que me pasó la *madame* de la agencia y efectivamente era ella, aunque está algo cambiada, ahora es pelirroja.

—Lo es, sí —asegura para mi sorpresa.

—¿Ya lo sabías?

—No. Quiero decir que sí, que seguro que es ella, porque la vi el mes pasado.

—¿Cómo que la viste?

—Estaba con Bella en una fiesta a la que nos habían invitado y Ariel estaba allí, era la primera vez que nos encontrábamos desde que la eché de mi piso hace ya... ¿dos años?

—Joder, ¿y no fue incómodo?

—Sorprendentemente... no. Hasta me alegré por ella.

—¿Alegrarte?

—Por su boda.

—¿Cómo que su boda? ¿Se va a casar? Eso no tiene mucho sentido.

—De hecho, conozco a su prometido, es el presidente ejecutivo de una importante constructora del país, trabajé con él hace tiempo. Un buen tipo.

—Igual había contratado sus servicios para esa fiesta y... —argumento tras un par de segundos.

—Les dimos la enhorabuena, a los dos, y ella lucía un buen pedrusco en el dedo.

—Entonces, ¿se casa? —Me quedo en silencio un par de segundos pensando en lo que acaba de desvelarme Daniel—. ¿Tú crees que su prometido sabe a qué se dedica?

—Ni idea.

—¿Cómo se llama? —me intereso.

—¿Quién?

—El pez gordo.

—Ah, Martín Castro.

—¿Su segundo apellido?

—De Diego. ¿A qué viene tanto interés por su prometido?

—Porque al igual acabas de darme algo, no estoy muy seguro, pero puede que me sirva. ¡Joder, gracias, Daniel!

—De nada, supongo. Aunque no he hecho nada.

—Pronto lo averiguaré. Tengo que dejarte, gracias tío.

—Ya sabes que aquí estoy para lo que necesites. Y... suerte.

—Sí, creo que también voy a necesitar algo de eso.

Tiempo precisamente es algo de lo que no dispongo, así que, siete horas y unas cuantas averiguaciones más tarde, he concertado un servicio con Ariel. No estoy seguro de que vaya a conseguir algo de este encuentro, pero tampoco es que tenga muchas más opciones. Y por lo que me contó Celia, Ariel era bastante chismosa, así que espero que esa curiosidad suya vaya a servirme de ayuda.

Sentado en el sillón la observo entrar y... joder, es preciosa, nunca he dudado del buen gusto de Daniel, más después de conocer a Bella; otra mujer espectacular, tanto por dentro como por fuera. Aun así, esta pelirroja no despierta en mí más que una evidente apreciación de su atractivo, nada comparado con lo que Celia consigue provocarme. Y traerla a la mente no me va a ayudar, así que la aparto de mi mente casi a empujones.

—Buenas noches —saluda con voz sensual mientras se acerca caminando con mucha elegancia.

—Siéntate, por favor —le pido sin mostrar ni un ápice de esa inquietud que me devora por dentro.

Con mucha paciencia se acomoda en el sillón que queda frente a mí. Apenas parece una adolescente atractiva envuelta en un bonito vestido rojo.

Tras ofrecerle algo de beber e intercambiar dos frases insustanciales más, saco un fajo de quinientos euros en billetes de cincuenta que dejo caer sobre la mesa que queda entre nosotros.

—Cuando un cliente pone el dinero por delante es que quiere algo especial, ¿de qué se trata, cariño?

—Únicamente quiero información —resuelvo.

—¿Información?

Creo que si le hubiese pedido que me meara encima no me habría mirado tan raro.

—Sobre Celine —le aclaro.

Me obsequia con una elocuente y brillante sonrisa de anuncio.

—Había escuchado tu persistente interés por ella. —Ahí está, la Ariel que estoy buscando, la que está al tanto de todo—. Supongo que tiene algo… especial.

—¿Sabes dónde está?

—No soy su madre —espeta con desdén.

—No está en casa de Lena.

—Pues ya sabes más que yo.

—Tan solo te pido que me digas algo —añado apoyando los codos sobre las rodillas—, lo que sea.

El que no quería sonar desesperado…

—Te repito que yo no soy su madre, y tampoco somos amigas. No tengo ni idea de lo que hacen el resto de chicas con su vida; menos aún Celine.

Está mintiendo. No sé cómo lo sé, pero lo sé.

Con tranquilidad me acerco la botella de agua a los labios y le doy un largo trago antes de arriesgarme a sacar mi última carta de la manga, ahora sabremos si se trata de un as o de otra más baja que me haga perder esta partida.

—¿Qué opina Martín de que te dediques a esto?

La sangre abandona su rostro en el momento exacto que pronuncio el nombre de su prometido. Sus ojos se abren exageradamente al tiempo que frunce los labios con fuerza.

—¿Cómo sabes tú…?

—Mira, a mí tu vida personal me importa más bien poco, la verdad. Únicamente quiero que me digas lo que sepas del paradero de Celine. Sé que sabes algo.

—Está en un club —confiesa al fin paralizando mi corazón. Las siguientes palabras me arrebatan el aire—, alguno propiedad del hermano de Lena.

El mayor miedo de Celia se ha hecho realidad. El mío, detrás de verla muerta, también.

—¿Cuál?

—No lo sé —dice encogiéndose de hombros.

—¿Pero es alguno de la capital o…?

—De verdad que no lo sé. No tengo ni idea de dónde está tu chica.

Nos quedamos en silencio, yo aún inclinado hacia delante pasándome la mano repetidamente por la barbilla. Ella no me quita los ojos de encima, observándome, y yo no puedo dejar de darle vueltas a lo que acaba de desvelarme y a que, aunque es algo, no es suficiente.

—Ya te he dicho todo lo que sé, no le dirás nada a Martín, ¿verdad?

Cabeceo en silencio como única respuesta.

—¿Por qué te dedicas a esto? —me intereso repentinamente.

Tantos años metido en este mundo, y aún me pregunto qué les mueve a esas mujeres que se prostituyen por propia voluntad.

—No creo que sea asunto tuyo.

—Cierto, no lo es —reconozco—. Debe ser difícil coexistir en esa… dualidad.

—A pesar de lo que suele decirse, prostituirse no es fácil, ¿sabes? Está al alcance de cualquiera, pero *nunca* es fácil. Ni aun haciéndolo por voluntad propia lo es. Entrar en este mundo es hipotecar tu vida para siempre.

—No lo pongo en duda.

Sé lo que eso significa, porque he visto lo que es capaz de hacer mi propio género, y yo no puedo evitar sentirme terriblemente avergonzado por ello. Y si algo me han enseñado todos estos años es que a la prostitución se la sobrevive o no, pero jamás es un episodio aislado en la vida de una mujer.

—No me prostituyo por ningún trauma, ni me pegaba un familiar, ni me abandonaron mis padres y tampoco tengo adicción alguna. Supongo que estaba desencantada de la vida, los hombres y del sexo. Se me presentó una oportunidad y sencillamente... acepté. Quiero a Martín, es un buen hombre. Es la primera vez que siento algo tan fuerte por alguien desde...

—Daniel —adivino.

Por un instante parece sorprenderle que lo sepa, pero rápidamente asiente para apartar la mirada poco después. Es lo suficientemente lista para saber que si sé quién es su prometido, no es raro que conozca su relación con Daniel, de la cual hay pruebas gráficas en Internet.

Se levanta, coge el dinero y antes de salir por la puerta añade:

—Suerte con tu chica.

Con el ruido de la puerta al cerrarse un zumbido agudo se instala en mi sien. Me ha pasado otras veces. Muchas, en realidad. Es el sonido de mi conciencia pidiéndome que haga algo por Celia, que la salve, de esta vida y de sí misma. Porque como bien dijo ella misma, no haber podido hacer nada por mi madre hace que me sienta en la necesidad de salvar al resto de mujeres. Más que eso, es una obligación, porque en mis venas corre la sangre de Cezar Dalca, y sin que pueda evitarlo esa realidad hace que, de alguna retorcida manera, me sienta responsable de cada prostituta con la que me cruzo.

Cuando esto sucede, recuerdo algo que Daniel me dijo en una ocasión: «No pudiste salvar a tu madre y no vas a poder salvarlas a todas, Ion». Y puede que eso sea cierto, pero hay algo seguro, y es que Celia va a ser la excepción.

Me dijo: «Pasa con este dinero y con este pasaporte. Tienes
que decir que te llamas así (y le mostró el nombre que aparecía
en el documento). Apréndete tu nombre completo y la fecha de
nacimiento. Tú no me conoces, dices que vienes como turista. No
voltees. No tartamudees. No te pongas nerviosa». Me quería morir.
No sabía qué hacer.

Prostituta

«La violaban mientras estaba pariendo»: el infierno de las
mujeres de América Latina traficadas en Londres.

www.bbc.com

Capítulo 29

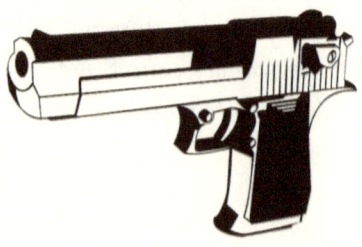

Un puto milagro, eso es lo que ha ocurrido.

Al poco de que Ariel abandonara la habitación, decidí ir yo detrás para comenzar a hacer «la ruta del putero» y visitar así los clubs de Horatiu. Conozco todos y cada uno de ellos, y no porque haya tenido el placer de haber estado, sino porque los Negrescu, además de una asignatura pendiente, es la que más empollada me tengo.

De camino al primero de los clubs se me ocurrió hacer una rápida visita a la casa de Lena teniendo en cuenta que me pillaba de camino. Para mi sorpresa, me encontré con Becu subiéndose al todoterreno. Apenas podía creer que fuera cierto, pero lo era. Y aquí estoy ahora, concentrado en no perder de vista a ese enorme cabronazo.

Es consciente de que le sigo, pero tampoco es que yo haya buscado en ningún momento la discreción, lo que en realidad deseo es enfrentarle, cara a cara. Algo que por supuesto él ya sabe, esa es la razón de que se haya desviado de la autopista para llevarnos por una carretera secundaria de poco tránsito. No tarda en hacerse a un lado con intención de que yo haga lo mismo. «Estate seguro de ello».

Me bajo del coche a tal velocidad, que por un momento dudo de si he echado o no el freno de mano, pero estoy tan gravemente dominado por la ira, que ni siquiera me importa una mierda. Y es que al zumbido en mi cabeza, que no ha menguado lo más mínimo, se le ha unido además la imagen de Celia, pero no cualquiera, sino la más íntima, la que conseguía erizarme la piel mientras me hablaba de diseñar zapatos y hacer realidad sus sueños, la misma que consigue descifrarme con solo mirarme a los ojos, la que ha confiado en mí de una forma que aún no alcanzo a comprender. El problema no es que no pueda apartar a Celia de mi cabeza, lo verdaderamente jodido es que la tengo clavada tan profundo bajo las costillas, que, si algo malo le pasara, no creo que yo pudiera sobrevivir a ello.

—¿Dónde está, Tony?

Tony, el verdadero nombre de Becu, apenas ha puesto un pie en el suelo cuando las palmas de mis manos impactan con fuerza contra su pecho instándole a que me dé una maldita respuesta.

—¿Eso es lo que necesitas? ¿Quieres pegarme? Vamos, campeón. Aquí estoy —dice con los brazos abiertos postrándose frente a mí como una ofrenda—. Pero recuerda, yo no soy tu enemigo.

—Lo único que quiero es saber dónde está ella. Por muchas ganas que tenga de romperte la cara por lo que le hiciste, eso no va a hacer que desaparezca todo el daño que le has hecho, ni siquiera hará que me sienta mejor.

—¿Te tiene bien cogido por las pelotas, eh? Parece que Rayo ya no es lo que era…

Lo habitual es que la relación entre el infiltrado y su controlador sea muy buena, más que eso incluso, debería ser de gran confianza. Al fin y al cabo, el controlador es el único contacto que tiene el infiltrado con la realidad. Y he de reconocer que, a pesar de que al menos yo lo intenté con todas mis fuerzas, no terminó de cuajar bien la relación entre nosotros: todo era más bien aséptico y frío. Pensé en comentárselo a mis superiores, pero llevo toda mi vida esperando esta oportunidad y necesitaba estar lo más cerca de la línea de fuego posible, sencillamente decidí esforzarme más dentro de mis posibilidades para que la cosa mejorara. Cierto es que Tony y yo comenzamos bien, había buena comunicación y la confianza parecía ser la correcta, pero en cuanto Becu se convirtió en la mano derecha de Lena, la cosa comenzó a ponerse más tensa entre nosotros y la comunicación fue reduciéndose hasta que finalmente Tony cortó por completo el contacto conmigo. Soy plenamente consciente de que hay muchas cosas que no me ha contado en estos años y que, por la razón que sea, decidió guardárselas para sí mismo. Y ni siquiera puedo culparle por ello, este es un trabajo realmente jodido para el que no creo que exista preparación mental alguna. Yo mismo en este poco tiempo que llevo infiltrado he llegado a dudar de muchas cosas, comenzando por mí mismo, y eso que solo han sido unos pocos meses.

—Rayo sigue siendo el mismo —arguyo refiriéndome a mí mismo en tercera persona—, y no ha olvidado cuál es su cometido aquí.

—¿Desde cuándo tu cometido se encuentra entre las piernas de Ce?

—No te pases... —le advierto—. ¿Sabes lo peor de todo? Que ella te apreciaba, te consideraba un amigo. ¿Cómo pudiste golpearla de esa manera? Llevas tanto tiempo metido en esto que has olvidado el motivo de por qué estás aquí.

—¿Llevas tres putos minutos infiltrado y crees que ya sabes cómo funcionan las cosas?

—Sé que no es fácil. Sé que no lo ha sido, pero...

—Si no quieres tragarte tus palabras, mejor no hables tan rápido. No sabes lo que puedes verte obligado a hacer hasta que estás en ello. A veces no hay opción.

Es evidente que no vamos a llegar a ningún punto en común y a mí lo único que me interesa es dar con Celia, así que...

—¿Dónde está?

—Ella ya es historia, olvídala. Está muerta.

—No mientras yo respire.

—Sí, mientras lo haga el Pirómano. Lena se la ha vendido a su hermano.

Algo que ya sabía, pero escuchárselo decir a él hace que sea más real, más jodidamente repugnante.

—Entonces habrá que solucionar eso. Dime dónde está.

—No vas a poder hacer nada por ella —dice alentándome a abandonar, como si con ello me estuviese haciendo un favor.

—Eso ya lo veremos. Por última vez, ¿dónde está?

Se me está agotando la paciencia.

—¿Qué vas a hacer? ¿Entrar ahí y llevártela? ¿Así, sin más?

—Ese es mi problema. Tan solo dime a qué club la has llevado.

Nos sostenemos la mirada por un par de segundos tensos y largos hasta que decide al fin darme la puñetera respuesta.

—El Rojo.

Ha sido escuchar el nombre de ese lugar y un escalofrío me ha sacudido hasta lo más profundo en las entrañas. El destino tiene una irónica manera de hacer las cosas, de eso no me cabe la menor duda. El Rojo fue el mismo club en el que Horatiu tenía a mi madre prostituyéndose. El mismo donde le propinó una paliza que acabó con su vida.

—Las putas mueren mejor que nadie, al fin y al cabo, a nadie le importa su muerte, Ion —añade Tony cuando ya estoy dándome la vuelta para marcharme.

—Estás equivocado, porque a mí me importa.

Es un buen plan. Lo es.

Puede que esté tratando de autoconvencerme teniendo en cuenta que de camino aquí he debido repetir esa frase algo así como unas quinientas veces por minuto. Tampoco es que pueda echarme atrás si tenemos en cuenta que ya estoy en el Rojo y acabo de preguntar por Horatiu a uno de los porteros.

—¿Has quedado con él?

¿Presentarme así de repente y sin avisar es buena idea? En nada lo descubriremos.

—Dile que Ion Dalca ha venido a hacerle una visita.

Si algo sé de ese sádico es que me admira o al menos a la falsa imagen que tiene de mí. Aquella que me esforcé por proyectar inspirada en el propio Cezar Dalca, que resultó ser lo suficientemente genuina como para que la única vez que Horatiu y yo nos vimos, en la fiesta que me introdujo en este mundo, consiguiera escucharle decir, palabras textuales, que soy la viva estampa de mi padre. Mejor me ahorro cómo me sentí al escucharle decir aquello. No obstante, es gracias a esa actuación que puedo plantarme hoy aquí y comportarme como el arrogante proxeneta sin escrúpulos que probablemente sería si hubiese seguido los pasos de mi querido padre.

—Por aquí —me indica el portero tras recibir alguna orden a través del pinganillo que tiene incrustado en la oreja.

En vez de entrar por la puerta principal, que es donde nos encontramos, me guía fuera del edificio rodeándolo hasta la parte opuesta, en donde otro tipo grande como un edificio y con la cabeza rapada, nos permite acceder al interior por otra puerta que a su lado parece de juguete.

Sigo a mi guía por un lúgubre pasillo teñido de rojo, incapaz de ignorar de qué manera estas paredes parecen ser un presagio de lo que les espera a cualquiera de esas mujeres aquí encarceladas: un descenso al mismo infierno. Irremediablemente pienso en Celia y en el terror que le producía la sola idea de pisar este lugar. Jamás podré obviar de mi memoria la crudeza de aquella mirada sepultada en pánico con la que me encontré la primera vez que nos vimos cuando huía de Horatiu. Nada en mi vida me había impactado tanto desde que falleció mi madre. De ahí que perciba la entrada de Celia a mi vida como arrolladora e imposible de olvidar. Lo que siento hacia ella es tan intenso y ha crecido tan rápido, que, en momentos como este, traerla a colación no es precisamente la mejor de las ideas. Necesito controlar mis emociones y apartarla de mi mente con urgencia si quiero que lo que he venido a hacer salga bien. Si pretendo sacarla viva de aquí.

En el momento exacto que veo al Pirómano venir hacia mí y escucho el ruido de la puerta por la que acabo de entrar cerrarse a mi espalda, me deshago mentalmente de Celia de un empujón, como si me interpusiera entre ella y Horatiu, transformándome para ello en un puto bloque de hielo.

—¿A qué debo esta inesperada visita? —pregunta en rumano con lo que deduzco será un amago de sonrisa mientras me estrecha la mano con firmeza.

—Negocios, principalmente —resuelvo devolviéndole un apretón que se torna demasiado largo, mientras asiente sin modificar el indescifrable semblante de su cara lo más mínimo.

—¿Qué quieres tomar? —pregunta al tiempo que me invita a sentarme en un sillón de piel marrón que hay contra la pared—. Tengo Tuica.

—No se hable más, entonces —digo tomando asiento.

La Tuica es una bebida típica rumana a base de ciruela de color muy claro y que llega a alcanzar los sesenta grados. Aunque se puede encontrar en supermercados, lo más habitual es consumir la artesana hecha en casa, es muy común que las familias rumanas preparen su propia Tuica.

—¿De dónde la has sacado? —me intereso estirando los brazos a lo largo del respaldo del sofá, afianzando con ello seguridad y cierto dominio de la situación.

—¿Recuerdas a Andrei? —pregunta haciéndose con dos vasos de chupito y una botella de una diminuta barra de bar que hay en el extremo opuesto de la habitación—. Estuvo en tu fiesta, junto con su primo Vlad.

—El que se dedicaba a las armas, ¿no?

Al tráfico de ellas concretamente.

—Exacto. Pues su familia elabora la mejor Tuica que haya probado desde que vivo en España.

Sentado ya junto a mí, me tiende uno de los vasos, lo rellena y sin darle tiempo a que se prepare el suyo me lo bebo de un trago.

—Muy bueno.

—Ya te lo dije —asegura tras darle un ridículo sorbo al suyo.

—Me recuerda al que hacía mi madre.

—Una lástima lo que le ocurrió —añade chasqueando la lengua.

A mi madre la encontraron muerta entre unos matorrales de la Casa de Campo. Según la versión oficial, un putero, al que nunca llegaron a encontrar, debió acabar con su vida. La realidad es que yo sabía que estaba trabajando para Horatiu, ella misma me lo dijo, y sé que la muerte fue cosa de él. Su antiguo lacayo, que actualmente está pudriéndose en la cárcel, lo confesó poco antes de entrar a prisión. Fue el mismo Horatiu el que le propinó la paliza que acabó con su vida aquí, en este mugriento lugar. Después mandó a este a que la dejara tirada en la Casa de Campo como si tan solo se tratara de una molesta colilla. Y es que eso son para él las mujeres: una desagradable molestia.

A punto estoy de coger esa botella y rompérsela en la cabeza cuando alguien entra en esta rancia oficina de la que subyace un inquietante olor a papel quemado. Y no es otro que el Tuerto, golpeando con fuerza el suelo a cada paso con sus pesadas botas militares, las mismas con las que marcó el cuerpo de Celia a base de patadas.

En serio que me está costando la misma vida mantenerme tranquilo.

Tras obsequiarme con una rápida mirada a modo de saludo, se planta en medio de la estancia dejando entrever sus dientes de oro mientras masca chicle ruidosamente.

—Lucy está preñada —le informa a Horatiu refiriéndose a esa mujer como si fuera una máquina expendedora de tabaco que se ha roto y no un ser humano.

—Habla con el médico para que se ocupe de ello —le ordena—. No te olvides de informarle que su deuda aumentará los gastos que conlleve la intervención.

—Hecho.

—Cuando compras un traje quieres que esté limpio, sin un agujero, impoluto —intervengo yo aprovechando para citar las palabras que en una ocasión le escuché decir a Cezar.

Es repugnante, soy más que consciente de ello, es difícil decir algo como eso y que no te arda el estómago al hacerlo, pero es que es en eso precisamente en lo que me tengo que convertir: en un ser sin escrúpulos. No puedo permitir que haya ninguna fisura en mi personaje.

—Cuéntame, ¿qué necesitas? —me pregunta una vez que el Tuerto nos deja a solas de nuevo.

—Chicas. Media docena.

—Justo ahora me entran unas quince, ya que he tenido que hacer plaza.

Los ciclos de las chicas en locales de este tipo es de veintiún días, ya que cuando les viene la regla aprovechan para cambiarlas de local. A esto se le llama «hacer plaza». Las chicas van haciendo turnos de veintiún días en veintiún días viajando por todo el país mientras están menstruando. La clave de este negocio es la variedad, es decir, renovar a las chicas el mayor número de veces posible. Lo que quiere decir que cada tres semanas hay chicas nuevas.

—En realidad, buscaba algo de más... calidad. Se trata de un burdel de lujo, con más clase.

—Esas son más caras —apunta.

—Eso no es un problema, ya lo sabes. —Con la ostentosa fiesta de presentación quedó bastante claro que el dinero no es algo que esté dentro de mis preocupaciones—. Quiero calidad. Jóvenes y que no lleven mucho.

Se queda en silencio contemplando la llama de su mechero un tiempo que se me hace jodidamente eterno. Tanto, que decido añadir algo más, puede que arriesgándome en mi pericia.

—Pensaba en chicas como las que tiene Lena.

Me mira, no podría decir si sorprendido o no, puesto que es tan expresivo como un caracol, pero al menos mi apunte le saca del ensimismamiento en el que estaba sumergido.

—Hablamos de palabras mayores. Además de caras, son también más complicadas de conseguir.

—Bueno, tengo entendido que tú te has hecho con un par de ellas.

—¿Qué tal si nos ahorras tiempo a los dos y me dices qué has venido exactamente a buscar?

Al cabrón no se le escapa ni una, sabe que quiero a Celia. Debe estar al tanto de mi recurrente interés por ella. Además, tampoco es que yo haya sido especialmente sutil eligiendo mis palabras.

—Sé la buena relación que tenías con mi padre…

—Y con tu madre —apunta esbozando algo parecido a una vomitiva sonrisa.

Lo que me obliga a tragar con fuerza para tratar de deshacerme del sabor amargo que me ha dejado en la boca esa apreciación.

Y como espera de mí que no me ande con rodeos, vamos a darle lo que quiere, que se note de quién soy hijo.

—Quiero a seis chicas, pero también a Celine.

—Es mi sobrina.

—Soy consciente.

—Esas son palabras mayores. Además, ¿de verdad la quieres para ese burdel que dices que vas a abrir o es para ti?

—Es cierto que la probé cuando estaba en la agencia y es exactamente lo que estoy buscando para mi burdel. Sabes tan bien como yo que estás perdiendo dinero con ella aquí. Solo dime cuánto quieres por ella.

—Me parece que no lo entiendes, ella es familia.

Como si eso fuera algo relevante para él.

—Te doy el doble de lo que pidas.

—Estaba pensando... no conozco ninguno de tus clubs —se interesa repentinamente llenándome de nuevo el pequeño vaso con Tuica.

—Suelo mantenerme en un segundo plano, por eso que pocos sepan cuáles son los clubs que llevo.

Necesito ofrecerle algo que le haga confiar en mí, ya que mi coartada está comenzando a desprenderse como húmedo papel pintado. Y tiene que ser ya.

—¿Conoces el Venus? Está en la nacional seis justo después de pasar el casino.

Lo bueno de llevar la materia al día es que soy plenamente consciente de que puedo colar este club como mío, porque, de hecho, lo es. Me explico.

Antes de infiltrarme sabía que necesitaría reforzar mi papel como Ion Dalca, proxeneta que continúa los pasos de su afamado padre. De ahí que, tras una redada en ese club un año atrás, y viendo ya que la infiltración de Tony podría considerarse por perdida, comencé a sembrar en la cabeza de mis superiores la posibilidad de introducirme yo como agente encubierto. Fue a partir de ese momento cuando comencé a prepararme para ello.

Llegué a un acuerdo con el Perro, que así es como se conoce al propietario del Venus. Y como Ion Dalca, hijo de Cezar Dalca, le ofrecí comprarle el club y quitarle a la pasma de encima, asegurándole que los tenía bien untados y que, por lo tanto, no le molestarían. Él seguía ganando. Y yo también, porque lo que realmente buscaba era eso, poder demostrar que al menos sí que tengo un club a mi nombre. De ahí, de hecho, es de donde ha salido el dinero que he usado durante toda la misión. Por lo que básicamente ha estado entrando y saliendo del mismo lugar: la prostitución.

Y sí, no le conté a Celia toda la verdad al respecto, pero hay cosas que por su propia seguridad es mejor que no sepa.

—Pensaba que pertenecía al Perro.

—¿Oficialmente? Sí. Extraoficialmente, el club es mío. Como ya te he dicho, me gusta mantenerme en un segundo plano. Siendo hijo de quien soy…, a la mínima tengo a los maderos soplándome la nuca.

—Inteligente. Pero Celine no está en venta, lo siento —concluye de forma tajante poniéndose en pie.

—Es una lástima, tengo ya a un cliente interesado en ella. ¿No hay nada que pueda hacer?

—Bueno, siempre existe una posibilidad —me informa sosteniéndome la mirada.

—¿De qué se trata? —me intereso levantándome yo también para acercarme a él.

Si hay algo que me permita sacarla de aquí accederé a ello, sin importar cuál sea la condición.

—Diría que eres lo suficientemente inteligente para averiguarlo.

Sin soltar el mechero ni dejar de abrirlo y cerrarlo una y otra vez, con su otra mano libre, pasa el dorso de sus dedos por mi mejilla hasta llegar a mi cuello en algo parecido a… una caricia.

—Los mismos ojos que tu madre —susurra sin dejar de mirarlos como si buscara algo en ellos.

No voy a decir que me sorprenda su homosexualidad, de hecho, era algo que ciertamente ya había intuido. El día de la fiesta, que fue realmente cuando nos conocimos, ya hubo algo en su forma de comportarse que me hizo pensar en ello. Y ya cuando Celia me contó que nunca supo por qué el Tuerto se largó para terminar trabajando para Horatiu, y me habló del lío entre los hermanos… Fue entonces cuando esta idea volvió a pasárseme por la mente. Todo muy escabroso, pero viable, más tratándose de dicha familia.

Así que básicamente Horatiu me está proponiendo sexo a cambio de Celia. Discernir si cedería a que básicamente el hombre que más desprecio en toda la faz de la tierra use mi cuerpo a cambio de Celia… es francamente repugnante. Debo reconocerlo.

—No hace falta que me des una respuesta ahora, es una decisión que es mejor pensarla con calma —resuelve alejándose para sentarse tras la enorme mesa de madera.

—Te llamaré —concluyo a modo de despedida.

—Te noto un poco tenso, porque no te quedas un rato, te tomas una copa… Igual encuentras libre a Celine. Invita la casa.

Mi primer impulso es rechazar la propuesta, pero una parte de mí reconoce esta como una buena oportunidad para, quizá, poder encontrarme con Celia y cerciorarme al menos de que sigue viva, porque aún no las tengo todas conmigo. Nada de lo que ha ocurrido aquí me asegura que su cadáver no se encuentre entre los matorrales de la Casa de Campo. Esto aún sigue siendo una probabilidad.

A mí me han roto los dientes. También intentaron pasarme por encima con el coche más de una vez.
Prostituta

Las prostitutas pasan consulta al putero y cuestionan su masculinidad
www.eldiario.es

Capítulo 30

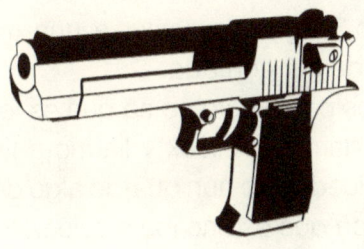

Todas las mujeres que he conocido en el mundo de la prostitución son distintas, pero si hay algo que las une a todas es la misma mirada triste y la desesperanza que se oculta tras ellas. Aún hoy me parece increíble que exista un solo hombre incapaz de verlo, que no se ahogue en ese dolor mientras invade su cuerpo.

—No sabéis cómo gritaba la muy perra. Esa no va a olvidar lo que es un español en la cama.

Avergonzarme de mi propio género ni siquiera alcanza a definir lo que siento en momentos como este, testigo de la dantesca escena que se muestra ante mí: un ritual patético en el que los hombres tratamos de justificar nuestra lujuria comportándonos en un burdel como si estuviéramos de fiesta en una discoteca. Echando un ridículo bailoteo, sintiéndonos superiores invitando a la chica a una copa mientras adoptamos una actitud seductora, creyendo que esa esclava que nos devuelve la sonrisa lo hace porque realmente le resultemos atractivos, y no porque lo único en lo que piense sea en que subamos ya a la habitación, nos corramos lo antes posible, paguemos y nos larguemos para siempre haciendo el menor daño; si es que acaso eso es posible.

Y ahí estamos nosotros, fardando con nuestros amigotes del polvo que acabamos de echar, de lo machotes que somos mientras el resto de la manada nos palmea la espalda exudando orgullo y sacando pecho reconociendo nuestra proeza. Claro que sí, capullo, pagar por violar a una mujer es toda una heroicidad digna de ser contada.

En momentos como este no sé qué es lo que me contiene para no sacar mi flamante Glock y liarme a tiros con toda esta escoria humana. Puede que aún guarde algo de esperanza en mi estirpe o quizá sepa que eso no iba a solucionar nada, y por ello me hice policía, para tratar de cambiar algo con la ley en la mano.

Me invade tal vergüenza ajena esta cotidiana escena, que mi estómago ya no acepta que le empape con nada más sin quejarse. Me pongo en pie con la copa en la mano, con tan «mala suerte» que termino tropezando con el fanfarrón del grupo, el de las proezas sexuales, vamos.

—¡Joder! ¿Estás ciego o qué? —espeta ofendido por mi torpeza sacudiéndose la camisa empapada.

Lo intento, pero no puedo borrar la sonrisa de mi cara.

—¿De qué coño te ríes? —exclama furioso dándome un empujón patéticamente apoyado por su grupo de gañanes. Lo que me hace ensanchar aún más la sonrisa mientras visualizo cómo cada uno va a terminar retorciéndose en este pegajoso suelo sin que apenas vaya a despeinarme por ello y, además, sin necesidad de sacar la Glock: el resultado sería demasiado sangriento. Solo un par de brazos y narices rotas, no descarto también algún tobillo.

Pero antes de que me haya recreado mentalmente en la última mandíbula desencajada, mis ojos han reparado en alguien al otro lado de la sala, un hombre joven sentado justo en la barra opuesta.

Ni siquiera soy consciente de que me dirijo en dicha dirección, hasta que las quejas de la manada suenan como leves murmullos aplacados por el alto volumen de la música y la imagen de ese conocido se va haciendo más nítida a cada paso.

Contemplo cómo el hombre repasa con la mirada a la prostituta antes de plantarle la manaza en el culo y manoseárselo a gusto de bien: otro ejemplar de mi género al que me refería.

Horatiu, que tiene el don de la oportunidad, se me acerca situándose a mi lado, concentrando la mirada en el mismo punto que yo: mi amigo y compañero Carlos.

—Es su favorita —me informa—. Y la negra más popular que tenemos, pero él es un cliente *especial*.

—¿Picoleto? —pregunto cogiendo al vuelo a que viene lo de «especial».

—Nacional.

—¿De confianza?

—Con un buen surtido de putas y barra libre de alcohol todos lo son.

Me hierve la sangre, incluso siendo plenamente consciente de que ni es el único, ni tampoco será el último. Por desgracia es más habitual de lo que me gustaría estar reconociendo en este instante. La corrupción existe en todos los sectores, y el mío no iba a ser la excepción.

—Intuyo que te sale algo más caro que una puta y un par de copas.

Horatiu me mira con elocuencia. Al fin y al cabo, se supone que soy un proxeneta que lleva mamando esta vida desde la infancia, así que quiero que le quede claro que a mí también, como dueño de varios clubs, me toca untar a unos cuantos agentes de la ley; aún necesito mantener firme esta fachada de cabrón impostado.

—Una pequeña prima, pero nada con lo que obtengo a cambio —desvela al fin en el momento exacto que mi mejor amigo aparta los ojos de los pechos de la chica para reparar de una vez en mí.

Y no sé si debido a estar en compañía de una mujer negra, pero la repentina pérdida de tono de su rostro le hace parecer aún más pálido, casi fantasmal.

—Ven, que te lo presento —dice Horatiu animándome a acompañarle.

Lo hago, tragando con fuerza el sabor ácido de la bilis que regurgita en mi boca. No descarto que tras el día de hoy me salgan un par de úlceras en el estómago.

Carlos no sabe dónde meterse, y los pechos de la meretriz parecen ya no resultarle tan sugerentes como antes. Aun así, trata de guardar la compostura desesperadamente forzando una sonrisa digna de ser inmortalizada en un catálogo de *Las muecas más escalofriantes de la historia*.

Horatiu y él se saludan con el respeto y el amiguismo de dos personas que se vienen bien la una a la otra. El Pirómano no tarda en introducirme como alguien a tener en cuenta en el mundo de la noche y la prostitución. Y bueno, deduzco que falsear... se nos da bien a todos.

—Igual conoces alguno de sus clubs, Carlos. Aunque dudo que tenga las nigerianas que a ti tanto te gustan —bromea Horatiu antes de disculparse y dejarnos solos para ocuparse de no sé qué asunto.

La tensión es tan evidente que hasta la meretriz se percata de ello, lo que me anima a pedirle que nos deje un momento a solas. Se aleja guardándose un billete en el escote con avidez, cortesía de mi amigo.

Antes de haber dado tres pasos ya tiene encima a otro pretendiente con ganas de marcha.

Sentado en un taburete junto a alguien a quien solía llamar «compañero», me paso la mano por la barbilla exhalando todo el aire que parece haberse enquistado bajo mis costillas, esperando que el jodido cretino que tengo a mi derecha abra de una vez la puta boca y me dé una explicación convincente.

—Cuánto tiempo, ¿no?

—¿Me tomas el pelo? —espeto asombrado por tal muestra de cinismo—. ¿Esa es la única mierda que piensas decir? ¡¿Cuánto tiempo?!

—Mira, tío, no tienes ni puta idea de cómo han ido las cosas, ¿vale? —chista comprobando que nadie nos esté escuchando—. Hace más de dos años que no nos vemos. Han sido unos meses muy jodidos y juzgar es muy fácil.

—Estoy seguro de que esa mujer a la que le estabas midiendo el culo con la mano podría decir lo mismo de los dos últimos años de su vida.

—Mi madre murió el año pasado, Ion.

Conocía a su madre y era una mujer encantadora. Por muy poco que me cueste actuar con frialdad esa noticia ha removido algo en mi interior, pero aun así... Para mí no hay nada que pueda disculpar algo como esto.

Carlos y yo nos conocimos en la academia y trabajamos varios años juntos, confiaba en él y, la verdad, creía conocerle. Ahora, por mucho que le observo, apenas puedo reconocer a aquel chico entusiasta y férreo en sus creencias que amaba lo que hacía y peleaba por ello. Obviamente ha dejado de hacerlo en algún momento.

—Además pillé a Paula liándose con mi hermano, ¡¿con mi puto hermano?!

Ni siquiera sé por qué le estoy escuchando lloriquear, nada de lo que me diga disculpa que se haya convertido en alguien sin escrúpulos. En un puto policía corrupto.

—Y pensar que te admiraba... —murmuro cabeceando incapaz de ocultar la decepción.

—No todos somos tan perfectos como tú, ¿sabes, Ion? —espeta cambiando a una actitud más altiva.

—No confundas perfección con valores inquebrantables.

—Bueno, al final, todos tenemos un precio —refuta como si esa fuera una verdad indiscutiblemente obvia.

La conversación termina aquí. También la amistad.

—Seguro que tu madre se siente muy orgullosa de ti —concluyo como despedida tras ponerme en pie y marcharme sin mucha ceremonia.

Me alejo deseando abandonar de una jodida vez este asfixiante local. Pero cuando creo que nada más puede ocurrir... Celia se cruza en mi camino. Más bien un sucedáneo de ella siendo arrastrada por un señor que podría ser su padre. O el padre de su padre.

Instintivamente me llevo la mano a la cinturilla trasera del pantalón; escondida bajo la cazadora tengo la Glock. Pero rápidamente recupero la sensatez y aparto la mano de mi espalda; tampoco iba a arreglar nada metiéndole un tiro a ese vejestorio.

Se detienen frente a mí, tan solo a un par de pasos de distancia. El tipo parece haber recibido una llamada importante, desviando su atención de Celia hacia el teléfono móvil. Exactamente en ese instante ella se vuelve, haciendo que su mirada tropiece con la mía, pero no me ve, no es capaz de encontrarme, pero es que yo a ella tampoco.

Se me detiene el corazón. ¿Qué cojones le han hecho?

Lo peor es que conozco perfectamente la repuesta, ya que he visto a muchas otras en ese mismo estado: desorientadas, caminando como si les pesaran las extremidades y con la mirada completamente vacía. Un chute de heroína para anestesiarla ha debido de ser el regalo de bienvenida de Horatiu.

¡Bastardo hijo de puta!

Petrificado en el centro de lo que podríamos considerar la pista de baile de este esperpéntico lugar, contemplo cómo desaparece de la mano de ese desconocido y, por primera vez en toda mi vida, me siento completamente bloqueado y no sé qué demonios hacer.

No tengo ninguna duda de cuál es la decisión correcta que debo tomar en lo que se refiere a la misión, que es mi principal y único cometido. Al menos, eso es lo que se supone. Pero por otro lado... hay otra obligación que late con mucha más fuerza secuestrando todos mis pensamientos, una que procede de un lugar algo más recóndito: mi corazón. Su bombeo es casi ensordecedor, como si estuviera gritándome tratando de llamar mi atención. Retándome a una batalla que nunca me he visto en la tesitura de tener que librar. Y es que hasta hace un minuto ignoraba que ese órgano bajo mis costillas tuviese alguna funcionalidad más que la de bombear sangre al resto de mi cuerpo. Pero ahora, en el momento menos oportuno, decide tambalear mi realidad, logrando que desconfíe de mí mismo: un paso en falso y echaré todo a perder.

Mis pensamientos no hacen más que tropezarse unos con otros. Siento como si llevara horas dándole vueltas al asunto, cuando en realidad apenas deben haber pasado unos segundos. Largos, pero unos segundos. Y según parece ya he tomado una decisión, porque mis pies están siguiendo el recorrido que les he visto hacer a Celia y su acompañante a lo largo de ese claustrofóbico pasillo escarlata.

Alcanzo a verles entrar en una de las habitaciones mientras logro convencerme a mí mismo de que lo hago por ella, para asegurarme de que está bien, de que ese desgraciado no va a hacerle daño.

¡Menuda gilipollez! Sí, soy plenamente consciente de lo estúpido que sueno, pero en mi fuero interno parece valerme como excusa para quedarme tras la puerta con todos los sentidos alerta y el cuerpo tan tenso, que creo me va a saltar una vena del cuello como un puto resorte.

Muy bien, Ion. ¿Y ahora, qué?

Ahora… comienza la pesadilla, la de verdad, porque una cosa es conocer lo que Celia hace y otra quedarme a escucharlo, como un jodido espectador pervertido. Palabras amortiguadas, el sonido de un cinturón golpeando el suelo, el de los tacones, un golpe… En cuanto percibo un gemido (y no de placer precisamente) procedente de la garganta de Celia, decido que es suficiente, que o tiro esa puerta abajo y hago algo al respecto o me largo de aquí, ya he puesto muy al límite mi propia cordura. Es como si, literalmente, me estuvieran arrancando el corazón y después me obligaran a comérmelo. Miento, es como si se lo arrancaran a ella y me obligaran a mí a devorarlo.

Bufando y a paso ligero desaparezco esquivando las desagradables imágenes que decide proyectar mi imaginación acorde con los sonidos que he tenido el placer de escuchar. Un nudo me aprieta tan fuerte la garganta, que, por un momento, siento como si tuviera las manos de una persona hundiéndome la nuez. Y como colofón a esta tortura física y emocional, mis mejillas comienzan a humedecerse debido a esas lágrimas que había estado conteniendo desde el mismo instante que he visto a Celia aparecer frente a mí.

Según parece estoy llorando, algo que no recuerdo haber hecho desde que era un niño.

Ya fuera del club de camino hacia mi coche recibo un empujón por la espalda al que le acompañan un par de carcajadas masculinas.

Mal momento para hacerse el valiente.

Es lo último que pienso antes de darme la vuelta como una furia y perder definitivamente el control de mí mismo.

Cuando quiero darme cuenta estoy a horcajadas sobre el fanfarrón al que le tiré la copa encima descargando con él toda mi rabia, toda la maldita impotencia. Un puño tras otro magullando un ya desfigurado rostro.

Alguien termina por apartarme, uno de sus amigotes, aunque no sin dificultad, dándole la oportunidad al chaval de permanecer en este mundo. O al menos eso espero, porque la verdad que tiene muy mala pinta.

—¡JODER! —exclamo echándome las manos a la cabeza.

No sé cómo cojones se supone que voy a arreglar esto, pero algo está claro, no me voy a quedar para verlo. Pienso encargarme de ello, de verdad que sí, pero hay muchas cosas en juego en este momento, y quedarme a esperar a que venga la poli no va a ayudarme una mierda.

Corro hasta mi coche, enciendo el motor y me largo a toda hostia mientras llamo a una maldita ambulancia y rezo para que el tipo no la palme. ¡Cómo si ese fuera mi único problema! Montar una pelea en el aparcamiento del club de Horatiu antes de irme no es precisamente hacer una salida brillante. Y va a acabar enterándose si es que no lo sabe ya. Lo que quiere decir que tengo mucho en que pensar. Más me vale no haber jodido el plan que, francamente, iba sobre ruedas hasta cinco putos minutos antes de decidir que era momento de irme.

Una mala decisión en mi trabajo puede cambiarlo todo. Más que eso, puede costar vidas y ni siquiera me refiero a la del pobre que he dejado inconsciente sobre el asfalto de ese aparcamiento. La única vida que me importa es la de Celia. Y es justo ahí donde reside el puto problema que me ha llevado a cagarla, lo que siento por ella es muy peligroso, tal y como ya había afirmado el cabrón de Tony. Pero llegados a este punto ya no puedo dar marcha atrás. Me toca cumplir una promesa y hacer todo lo humanamente posible para sacarla de un sitio al que nunca debió entrar y del que es casi imposible salir sin secuelas. Y no, no hablo del club ni de la prostitución, al lugar al que me refiero es a mi corazón.

Cuando cuelgas el teléfono y te montas en el coche, todo el dinero va para el chulo. La chica no se lleva nada, absolutamente cero.

Sí, tu chulo te pagará por la comida y la manicura, la peluquería, querrá que siempre estés guapa, lo más guapa que puedas estar. Me llevaba a broncearme. Iba al gimnasio. Nos decía a todas que, si no vomitábamos, no estabas trabajando lo suficientemente duro.

Prostituta

Tricked

Capítulo 31

Soy incapaz de permanecer sentado más de veinte segundos, es como si circulara por mi cuerpo un jodido ejército de hormigas obreras, y no solo es la inquietud, el cosquilleo en el estómago es algo con lo que no sé muy bien cómo lidiar. Apenas he podido probar bocado ni dormir en los últimos cinco días, que es el tiempo que ha transcurrido desde mi visita al Rojo, y lo único en lo que puedo pensar es en cada puto segundo que Celia continúa metida en ese infierno. No deja de proyectarse en mi cabeza la imagen del estado en el que la encontré, además de los sonidos que tuve el placer de escuchar desde el otro lado de la puerta. Repitiéndose una y otra vez, en un angustioso bucle infinito.

Sin embargo, poco ha ocupado mi mente el putero al que le dibujé una cara nueva. No es para sentirse orgulloso, soy consciente, pero es que tengo otras cosas más urgentes de las que preocuparme. Además, podría decirse que ese episodio está «controlado». El chaval está bien, no creo que vaya a hacerse unos *selfies* durante un tiempo, pero sobrevivirá. En cuanto a si ha dicho algo sobre el zumbado que le hizo esa desgracia... pues resulta que «no se acuerda», y sus amigotes, que fueron testigos, aseguraron no haber estado presentes durante la pelea.

No hay que ser muy inteligente para saber quién está detrás de tanta pérdida de memoria repentina: una pelea en el *parking* de un club es el tipo de publicidad que no le interesa a un proxeneta, menos aún si perteneces a uno de los clanes más perseguidos del país. Es evidente que ha untado bien de pasta (y de amenazas) a aquella manada de puteros; y probablemente también a alguna que otra agencia de noticias, más que nada porque el suceso no ha sonado en ningún lado. Y este favor no me va a salir gratis, eso seguro. Mañana, que tengo una cita con él, descubriré de qué forma piensa cobrárselo.

Me llamó dos días después de la visita que le hice para informarme de que mi «mercancía» ya estaba preparada. Hablar en clave es algo de lo más habitual entre esta clase de delincuentes, porque a pesar de que suelen ser bastante cautos, la posibilidad de que las líneas de teléfono puedan ser pinchadas existe.

—Tengo tu mercancía lista.

—¿La media docena?

—De la mejor calidad —aseguró con sequedad, casi como si se sintiera ofendido de que lo dudara siquiera.

—¿Qué hay del *pedido especial*?

Referirme a Celia de esa manera hizo que sintiera auténtico asco de mí mismo.

—Si cumples con el pago acordado es tuyo.

Si las cosas van como espero, ese cobro no llegará a realizarse, a pesar de que estaría dispuesto a acceder si fuera necesario. Sí, sería capaz de acostarme con él si con eso lograra la libertad de Celia. Me repugna solo pensar en ello, pero imaginar el sufrimiento de Celia es suficiente aliciente para aceptar esa oferta, y cualquier otra.

—¿Cuándo me paso?

—Durante la luna de sangre —respondió enigmático.

Por un momento me quedé pescando, luego caí en la cuenta de que se refería al viernes noche, ya que habrá un eclipse al que denominan «luna de sangre».

Tras colgar esa llamada me puse en contacto con mi «controlador» para que les trasladara no solo esta información a mis superiores, también el plan que he estado preparando y que servirá para atrapar de una vez al Pirómano. Sin embargo, había algo que fallaba...

En un principio pensaba que haberme encontrado en el Rojo con Carlos, antiguo compañero y amigo, era una mierda que igual prefería haber ignorado, pero pocas horas después me di cuenta de lo poderosa que era esa información. Así que tras cinco días de preparativos me puse en contacto con él para pedirle que se reuniera conmigo en mi piso, no sin cierta reticencia por su parte, como cabía esperar, pero finalmente, ha accedido.

El agente Carlos Muñoz es mi último cabo suelto para conseguir que mañana todo salga a pedir de boca. No las tengo todas conmigo, pero estoy dispuesto a hacer lo imposible para acabar con Horatiu y, más que nada, para cumplir la promesa que le hice a Celia: sacarla de esa vida de mierda.

Abro la puerta para dejar entrar en mi casa a alguien que admiraba y que ahora me resulta poco más que un conocido con el que me interesa más bien poco tener ninguna relación.

Entra con cara de pocos amigos, las manos dentro de los bolsillos de la cazadora vaquera y con una actitud que podría definirse como retadora.

—Tú dirás —dice sin rodeos parado en el centro del salón.

—¿Por qué no te sientas y te relajas un momento? Lo que voy a contarte requiere que te saques el palo que tienes metido en el culo.

Con la misma, le tiendo uno de los dos botellines de cerveza que sostengo en la mano y, pasando por su lado, tomo asiento en el sofá.

Tras una larga mirada y un buen trago al tercio termina accediendo a mi sugerencia ocupando el extremo opuesto.

Sin darle muchas vueltas, que no estoy para perder el tiempo, comienzo a explicarle el motivo de este encuentro.

—Antes que nada, quiero que sepas que sigo pensando cada palabra de lo que te dije, por lo que no te he llamado para pedirte ninguna disculpa.

—Tenía claro que no me habías llamado para eso. Te conozco bien, Ion.

—Lástima no poder decir lo mismo.

—¿Vas a seguir con los piropos o me vas a decir ya qué narices hago aquí? —espeta sarcástico cruzando los brazos sobre el pecho.

Suelto la cerveza sobre la mesa un segundo antes de exponer la razón por la que le he hecho venir hasta aquí.

—Se va a hacer una redada mañana en el Rojo. Y supongo que no te ha llegado la información, porque hemos conseguido mantener discreción, pero lo más probable es que te informen de ello en breve.

—¿Y me lo estás contando porque…?

—Sabes que llevo toda mi vida esperando este día, Carlos. Conoces perfectamente mi historia y lo que ese cabrón le hizo a mi madre. —Por no mencionar lo que lleva haciéndole a cientos de mujeres cada día desde hace años, pero esto es algo que él ya sabe y no voy a mencionar para no irme por las ramas—. Tú eres el único que puede hacer que se vaya todo a la mierda. Es tu oportunidad de cambiar las cosas. De redimirte por…

—¿Redimirme? ¿Quién cojones te ha dicho a ti que yo necesito tal cosa?

—Disculpa por creer que el policía honrado que conocí seguía ahí, en alguna parte —apunto con cierto tono sarcástico.

—No soy el primero ni seré el último.

—¿Esa es tu excusa: como otros lo hacen yo también? ¿Qué tienes, seis putos años?

—Para ti todo es tan fácil… Todo es blanco o negro.

—Ni mucho menos es fácil, y creo que me conoces lo suficiente para saber que he visto a lo largo de mi vida más tonalidades de grises que mucha gente en toda su puta vida.

—Como te he dicho, no soy el único.

—Claro que no, y estoy seguro de que sabes quiénes son esos otros —arguyo justo antes de coger un sobre de la mesa y tendérselo—, hazlos cambiar de idea.

Mantengo el brazo en alto esperando que coja el dinero, ¿no es acaso a lo que está acostumbrado? De verdad que no entiendo qué demonios ha pasado con el Carlos que yo conocía.

Finalmente se levanta ignorando por completo mi petición. También el dinero.

—No siempre se puede ganar.

—¿Ganar? ¿De qué cojones estás hablando?

—De que lo único que te ha importado siempre eres tú mismo.

—No se trata de mí —espeto poniéndome en pie, enfrentándole.

—Siempre se trata de ti, Ion. De ti y del reconocimiento. De ti y de conseguir una puta condecoración.

Sus palabras me dejan repentinamente en *shock*. Tanto, que no es hasta que le veo agarrando el pomo de la puerta con intención de largarse, que me descubro recurriendo a la verdad, esa que no tiene que ver conmigo, al menos, no directamente.

—Hay una chica —confieso logrando que se detenga, aunque sin girarse—. Le hice una promesa, y dejarla en manos de Horatiu es asegurarle el mismo final que tuvo mi madre.

Me quedo expectante pendiente de una respuesta por su parte.

—¿La quieres?

—Tanto que renunciaría a todo lo que tengo por ella. Tanto, que estoy dispuesto a rogar si es necesario.

Mi última confesión consigue que se dé la vuelta y me mire con el ceño fruncido, como si le costara creer la veracidad de mis palabras.

—¿Vas a ayudarme?

—Voy a ayudarla a ella —dice regresando para coger el sobre—, pero no te aseguro nada.

—Si queda algún resquicio de mi amigo por ahí —añado en algo parecido a una súplica—, sé que hará todo lo posible para no tirar abajo el operativo.

Sale por la puerta sin añadir nada más, pero juraría haber atisbado un reconocimiento en su mirada.

Supongo que ya está hecho, solo queda esperar a mañana. Y si todo sale como debería, el clan de los Negrescu será historia y Celia será al fin libre. Como bien dijo ella: «Cenicienta no pertenece a nadie». A pesar de que aún existan humanos en este mundo que así lo crean, ninguna mujer pertenece a nadie, más que a sí misma. Y esa es la única verdad que vale por encima de todo.

Si fuera una persona supersticiosa seguramente pensaría que esa Superluna, la más grande y majestuosa que haya visto en mi vida, teñida además de un tono rojizo casi sangriento proyectándose arrogante sobre el Rojo, no presagia nada bueno. Pero no lo soy, a pesar de que algo dentro de mí se haya erizado al ver esa irónica estampa. Igual es la inquietud por lo que va suceder esta noche.

En esta ocasión me dirijo directamente a la puerta trasera, en donde me encuentro al mismo portero de la última vez. No me hace falta ni abrir la boca, con diligencia y escasa simpatía me permite pasar al interior del club. Lo hago solo, recorriendo el pasillo de ladrillo visto con la vista clavada en el fondo, exactamente en el cartel de neón que reza el nombre del club. Todo es rojo: las paredes, el suelo, el techo, el neón; hasta las tuberías que sobresalen de las paredes parecen estar impregnadas de ese color infernal.

A punto estoy de alcanzar la puerta del despacho de Horatiu cuando una voz a mi izquierda me invita a girar la cabeza en esa dirección, hacia otro pasillo que, a diferencia de este, dispone a cada poco de una puerta y, de una de ellas, veo aparecer a Celia. Sus enormes ojos verdes se abren al máximo en cuanto encuentran los míos. Paralizada, parpadea un par de veces incrédula.

Con paso firme y sin titubear, como si una fuerza tirara de mí, me dirijo hacia ella. Sus brazos rodean mi cuerpo temblorosos, pero más que nada con desesperación. Yo la acojo entre los míos con la mayor entereza que haya tenido que mostrar en toda mi vida. No me pasa desapercibido lo débil que siento su cuerpo contra el mío, lo que provoca que una ira ponzoñosa se retuerza dentro de mí de pura rabia.

—Estás aquí —susurra contra mi pecho.

—Y no pienso irme sin ti —aseguro con vehemencia.

Mis palabras hacen que se separe levemente buscando mi mirada: la esperanza suplicante que desprende su mirada termina quebrando cada fibra de mi ser. Mi corazón se acelera y todo lo que llevo sintiendo desde que apareció en mi vida comienza a tomar forma sobre mi lengua y también entre mis labios.

Enterrando las manos en su cabello la acerco a mí con suavidad para susurrar sobre su mejilla palabras que no había pronunciado desde que asesinaron a mi madre.

—Te quiero.

Sus largos dedos se aferran a mis muñecas con la escasa fuerza que le queda, esa que aún no han sido capaz de arrebatarle, porque Celia es capaz de mantenerse en pie todo lo que sea necesario. Su tenacidad es jodidamente admirable. Y yo no me acerco ni lo más mínimo a su fortaleza, ni como hombre ni como policía.

Amar ya de por sí es algo increíble, pero nada que ver a cómo es admirar a alguien. Eso sí que es el sumun de lo que se puede llegar a sentir hacia otra persona.

Lo que he aprendido de mí mismo gracias a Celia es impagable, de la misma manera que no se le puede poner precio a su valía. Porque no puede comprarse algo que en realidad no está en venta, porque no hay dinero suficiente en este mundo que pueda equipararse al valor de un ser humano. Da igual cuál sea su raza, su condición, su género o su lugar de nacimiento. No son objetos y, por lo tanto, no se pueden comprar. No es ética, es puto sentido común. Humanidad, lo llaman algunos. Para los que aún crean en ella.

Algunos hombres no usaban protección y si reclamaba me golpeaban. Tenía que aceptar que lo hicieran por donde ellos quisieran.
Prostituta

«La violaban mientras estaba pariendo»: el infierno de las mujeres de América Latina traficadas en Londres.
www.bbc.com

Capítulo 32

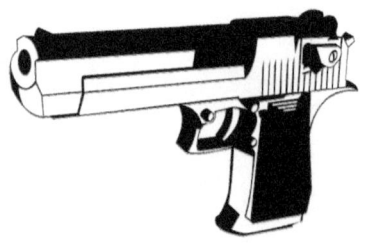

Algo no va bien. En esta ocasión dicha percepción no tiene nada que ver con el eclipse, tampoco con el color de la luna, pero sí con la habitual mirada impertérrita de Horatiu, que crepita en este instante como llamas en una hoguera.

Con el estómago encogido tras ver a Celia desaparecer por la misma puerta por la que la había visto salir, continué mi camino hasta la guarida del lobo, donde Horatiu me ha recibido acompañado del Tuerto, acechando este cada uno de mis movimientos tratando de intimidarme sin ninguna clase de disimulo. Lo que, entre otras cosas, me invita a creer que algo no va bien. Si bien me parece que no voy a tardar mucho en averiguar de qué se trata: Horatiu no es de los que se anda con medias tintas.

En el centro de esta habitación de ácido olor a mezquindad, espero con el cuerpo en completa tensión las primeras palabras de Horatiu tras este recibimiento tan frío, tan incuestionablemente tenso.

—Me pregunto qué pensaría Cezar si viera en qué se ha convertido su hijo: Ion Dalca, inspector de policía. Reconozco que me ha sorprendido —resuelve sin rodeos, tal y como esperaba.

Y lo hace sin separar la mirada de la llama prendida de su mechero, embelesado en esa belleza que claramente solo él es capaz de encontrar en ese lugar.

—La vida está repleta de descubrimientos sorprendentes, ¿no crees? —respondo con ironía.

Un mero movimiento de cabeza es suficiente para que el Tuerto obedezca la orden de su amo, se acerque a mí para cachearme y dé rápidamente con mi arma, que le tiende al Pirómano con diligencia.

—Muy bonita, pero no la vas a necesitar —asegura depositándola sobre la mesa tras él.

Ha tenido que ser Carlos, ese cabrón me la ha jugado.

—¿Cómo lo has…?

—Hay que tener ojos y oídos en todas partes —me irrumpe Horatiu apartando por un momento sus ojos de ese dichoso mechero para posarlos sobre mí con evidente desdén—. Pero ha sido esa persistente insistencia en mi sobrina lo que me ha llevado a hacer algunas averiguaciones.

Escucharle referirse a Celia, da igual de la forma que sea, me pone en alerta. Y por mucho que trate de fingir que no me afecta, lo hace. La mandíbula va a quebrarme de un momento a otro y la tensión contenida en dos rígidos puños a ambos lados de mi cuerpo son solo el reflejo de parte de la presión que acumulo sobre mis hombros. Como si acaso eso pudiese retener toda la ira que corre a toda velocidad bajo mis venas, envenenándolas.

—¿Sabes? He tenido una conversación con ella de lo más interesante…

—¿Qué le has hecho? —pregunto entre dientes dando un paso al frente.

Él, con esa fría calma que tanto le caracteriza, acorta la escasa distancia que nos separa hasta quedarse a unos pocos centímetros de mí cara.

Si hay algo que caracteriza a Horatiu, entro otro millón de cosas repugnantes, es la inflexibilidad de sus palabras; también la de sus actos.

—Te sugiero que cuando la veas de nuevo tengas especial cuidado con la parte interna de sus muslos, las quemaduras en esa zona… suelen dar complicaciones.

—¡¡Hijo de puta!! —exclamo lanzándome contra él instintivamente.

Sus palabras despiertan en mí una furia arrolladora e incontrolable, que en realidad tiene más que ver conmigo que con el propio Horatiu, porque era mi obligación evitar que Celia terminara en manos de este sádico. Porque debí haber cumplido mi promesa, y no sé si voy a ser capaz de perdonármelo.

Antes siquiera de que llegue a rozarle la maldita cara, recibo un impacto en la parte de atrás de la cabeza que termina dejándome inconsciente en el acto.

Tardo demasiado en darme cuenta de dónde me encuentro, qué hago aquí y qué es lo que sucede a mi alrededor.

Tumbado sobre el sillón y abriendo los ojos con cierta preocupación, aunque con urgencia, me esfuerzo por entender la escena que se sucede ante mí, consciente de que ha sido el ruido de la puerta al cerrarse lo que ha provocado que retome la conciencia.

—Aquí la tienes, jefe.

El Tuerto, que sujeta a Celia del brazo arrastrándola como si no fuera más que un monigote, la lanza de un empujón frente a Horatiu, que, a su vez, se encuentra de espaldas a mí.

La perspectiva que tengo de Celia desde este punto es casi nula, aun así soy capaz de percibir el terror a través de su obediente silencio y el llanto contenido, que se escapa de entre sus labios con escuetos gemidos ahogados.

Consciente de que aún nadie se ha percatado de mi reciente recuperación de conciencia y con eso a mi favor, contemplo la escena esperando encontrar el momento oportuno en el que pueda intervenir. Y con éxito, a poder ser.

—De rodillas —escucho que le ordena el menor de los Negrescu a Celia con un desprecio francamente vomitivo justo antes de agarrarle la cabeza con evidente fuerza—. Ni se te ocurra hacer ninguna tontería.

El ruido de la hebilla del cinturón y la cremallera al bajarse son la chispa que terminan por ponerme en acción. De ninguna manera voy a permitir que suceda. Menos aún pienso quedarme a observarlo. Ni de puta coña, vamos.

Con discreción, aunque sin perder un minuto, barro la habitación con la mirada estudiando cada jodido centímetro de ella, tratando de discernir cuáles son mis opciones. Pero un segundo antes de que pierda toda esperanza, mis ojos tropiezan con un objeto que descansa aún sobre la mesa: mi pistola. Convirtiendo su descuido, en mi oportunidad.

El Tuerto se encuentra a tan solo un par de metros y, además, de cara a mí, pero está demasiado entretenido en el espectáculo que su amo le está ofreciendo. Lo cual me repugna, pero al mismo tiempo, me viene de perlas.

Capítulo 33

L a sensación de *déjà vu* ha sido angustiosamente real.

En el momento exacto que los mugrientos dedos del Tuerto rodearon mi brazo casi atravesándome la piel con ellos, mientras me arrastraba por ese pasillo camino a mi propio infierno, justo ahí, comencé a ser consciente de lo similar que era a aquella recurrente pesadilla.

Todo se parecía demasiado. El pánico. El aturdimiento.

Igual que en aquel sueño, seguí sus pasos calzando los mismos zapatos de charol rojo, aunque con una salvedad, la torpeza en esta ocasión se debía a las quemaduras de la parte interna de mis muslos. Siendo, probablemente, de las cosas más dolorosas que he padecido nunca. Solo el recuerdo de ese psicópata blandiendo el ardiente lateral de la navaja sobre mi piel provoca que desee estar muerta.

Un segundo antes de que me empujara frente a Horatiu, juro haber visto a la madre de Ion con toda claridad muerta en el suelo, sobre un enorme charco de sangre a los pies de su asesino.

«Tú serás la siguiente», he leído en esa mirada desprovista de cualquier tipo de humanidad al levantar la vista y toparme con el rostro que más me aterra en este mundo, el de Horatiu.

Ahora, de rodillas frente a él, con su polla más bien flácida rozando mis labios, esa sensación de haber vivido ya esta situación se hace más que patente en el momento exacto que veo a Ion aparecer tras Horatiu. Pero a diferencia de aquel sueño, Ion no porta ningún arma, su única munición son las palabras que pronuncia a continuación.

—¡Déjala!

El Pirómano se detiene alejando su cadera de mi cara, pero manteniéndome aún firmemente agarrada por la cabeza.

—Vaya, ¿te hemos despertado? —añade con cinismo sin levantar la vista de mi cara, concentrado en acariciar mi pelo con sus repulsivas manos.

—¿No es eso acaso lo que esperabas?

El tono de voz de Ion es inflexible y extremadamente frío. Igual que su presencia. Aunque no tanto como su actitud.

—No voy a negarte que me gusta tener según qué espectadores.

—Déjala y te daré lo que quieres.

Esas palabras captan la atención de Horatiu casi como si se tratara de un hechizo. Logrando incluso que aparte sus despreciables manos de una vez de mí. Automáticamente me pongo en pie y me alejo un par de pasos de él, ahora que parece haberse olvidado de mí.

—¿Estás seguro de eso, *inspector*?

Espera, ¿cómo? ¿Horatiu sabe que Ion es policía? Esto no puede acabar en nada bueno...

Un escalofrío me atraviesa la espina dorsal provocando que me abrace el cuerpo con los brazos y que lo haga con más fuerza viendo a Ion acercarse a Horatiu. Puedo ver una férrea decisión en su mirada mientras se inclina levemente para decirle algo al oído a ese demonio.

—Me tendrás a mí.

—¡¿Qué?! —exclamo estupefacta.

Hasta necesito sacudir la cabeza para darle sentido a lo que se está sucediendo frente a mí.

—Pero ella tiene que irse —añade con la mandíbula rígida y la mirada clavada en mí.

—Aún no te has dado cuenta de que aquí las condiciones las pongo yo, ¿verdad? No hay duda de quién eres hijo, porque eres igual de arrogante que tu padre.

—¡No, Ion! ¿Qué estás haciendo?

Trato de acercarme a él, pero antes siquiera de que haya dado un paso, el Tuerto me cruza la cara pillándome completamente desprevenida, silenciándome en el acto. Con la palma de la mano cubriendo la ardiente mejilla veo de reojo a Ion respirar con fuerza tratando de contenerse.

—Necesito estar seguro de que no vas a oponer resistencia cuando nos quedemos solos.

—No lo voy a hacer —masculla Ion tajante.

—Entenderás que no me fíe de tu palabra, ¿verdad? —replica Horatiu haciéndole un gesto a Ion con la mano esperando que le entregue algo.

De un rápido movimiento este saca de su espalda una pistola. En cuanto el Pirómano se ha hecho con ella, se acerca a la mesa y de un cajón saca el cargador y lo inserta con habilidad. Colocado este, se sitúa frente a Ion, que espera con todo el cuerpo en tensión sin perder de vista al proxeneta.

—Ven aquí conmigo —me invita con una mueca que se asemeja a la sonrisa.

Me acerco titubeante hasta que siento el peso de su brazo descansar sobre mis hombros al tiempo que me pega contra su nauseabundo y enjuto cuerpo.

—Vamos a ver… Vamos a ver…

Ion me lanza una severa mirada de advertencia pidiéndome que no haga ninguna tontería. Y reconozco que me está costando lo suyo contemplando cómo Horatiu va apuntando con el cañón a diferentes partes del cuerpo de Ion cambiando a cada segundo de lugar, mostrándose extasiado con el macabro juego. Yo no puedo evitar temblar de miedo y cerrar los ojos cada vez que le veo hacer un movimiento rápido con la mano.

Y cuando menos me lo espero… Dispara. Directo al hombro derecho.

El susto hace que grite. También la cara de dolor de Ion, que todavía con el cuerpo agujereado se esfuerza por mostrarse todo lo estoico que una bala en el cuerpo pueda permitirte. Y sé que lo hace por mí, lo que provoca que esta situación me afecte más aún.

En la lejanía, bajo el pitido que el disparo me ha dejado en los oídos, escucho a Horatiu ordenar a su lacayo que me saque de aquí. A punto estoy de comenzar a resistirme cuando me paro un instante a mirar a Ion y veo el esfuerzo titánico que está haciendo para no venirse abajo, manteniéndose aún erguido mientras que, con la mano izquierda, se tapona la herida.

Entiendo entonces que, por mucha rabia que me dé y que por poco que me guste lo ha hecho por mí, poniéndome a gritar no voy a solucionar nada, puede incluso que complique más las cosas. Y creo que ahora mismo con un agujero de bala tenemos suficiente.

Así que con determinación y tratando de mantener mis emociones a raya permito que el Tuerto me saque de la oficina con la habitual sumisión que se espera de mí.

Apenas llevamos un par de pasos cuando se detiene repentinamente, y, según parece, por algo que le han transmitido por el pinganillo.

—¡¿Joder, pero qué?! Espera aquí —me ordena justo antes de salir disparado hacia la entrada del club.

Me quedo estática en el pasillo sin poder dejar de darle vueltas a lo que acaba de suceder en esa habitación, a lo que, de hecho, debe estar ocurriendo ahora mismo dentro de ella. Mi cabeza es un torbellino de preguntas e inquietud: ¿desde cuándo sabe Horatiu que Ion es policía? Porque lo único que me sacó a mí quemándome los muslos fue que Ion colaboraba con la policía, nunca le dije que él fuera uno. ¿Y cómo demonios estaba tan seguro Ion de que Horatiu accedería a ese intercambio? ¿De que al que en realidad quería era a él? Aunque... espera un momento, ¿acaso fue por eso por lo que el Tuerto dejó a Lena? ¿Para irse con Horatiu? ¿Estaban liados? Lo cierto es que no suena tan descabellado, porque nada que tenga que ver con esa familia lo es.

Un fuerte golpe retumba en el pasillo poniéndome rápidamente en alerta. No estoy segura de que proceda del lugar en donde hemos dejado a Ion a su suerte con ese loco, pero algo a lo que podría llamar intuición me invita a creer que efectivamente viene de allí, lo que provoca que mi inquietud crezca hasta niveles cercanos a la ansiedad.

—¿Qué es eso?

Ahogando un grito me doy la vuelta y me encuentro con Oana, que mantiene la mirada fija en mi mano derecha, porque en ella llevo el famoso mechero de Horatiu. Abro la palma de la mano mostrándole el peculiar Zippo ennegrecido con la inscripción «*It is not hell if you like how it burns*» en color blanco.

Me hice con él en el momento en que toda su atención pasó a concentrarse en Ion. Ni siquiera sé con qué intención lo cogí. Igual una parte de mí pensó que arrebatárselo sería como quitarle a Thor su martillo, que, sin él, quizá ya no sería nada.

—¿Dónde está Horatiu? —pregunta con cierta urgencia.

—En su oficina.

—¿Hay alguien con él?

—Ion, y necesito sacarlo de ahí.

Y más que decírselo, le estoy implorando ayuda, a pesar de que al menos en un principio desconozca por qué lo hago. De igual manera, parece entenderlo todo sin necesidad de que tenga que explicarle nada.

—No tardará mucho en darse cuenta de que no lo tiene, raro que no lo haya hecho ya. Además, hay una redada en el club y de eso… tampoco tardará mucho en enterarse.

—Es por eso que el Tuerto ha salido despavorido de repente —pienso en voz alta.

—Es mi oportunidad —dice tras arrebatarme el encendedor de la mano y salir directa hacia la oficina de su tío.

—¿Qué vas a hacer? —le pregunto siguiendo sus pasos.

Reconozco que lo que más me aterra de todo es lo que podamos encontrarnos al abrir esa puerta.

—Oana, espera. ¿Qué vas a hacer? —repito sujetándola del brazo tratando de detenerla.

Consigo que se pare un momento y me enfrente para darme, probablemente, la única respuesta que jamás esperaría escuchar.

—Horatiu, además de mi tío, es mi padre.

De la impresión he dejado de respirar por un instante, contemplando al mismo tiempo su rostro, ese que… su propio padre, marcó con su propio puño dejando unas cicatrices que van más allá de lo físico y que permanecerán para siempre.

Mi respuesta a esa confesión llega sin palabras, la cojo de la mano y tiro de ella en señal de completo apoyo. Y así llegamos a la puerta del infierno, dos mujeres armadas con un puto mechero para clamar su propia justicia.

Oana, sin titubear lo más mínimo, abre la puerta de esa habitación y tira de mí hacia el interior. Irrumpimos en ella sin saber muy bien qué se supone que nos vamos a encontrar. Aun así, siento una seguridad extrañamente aplastante que me invita a continuar, apartando a un lado cualquier tipo de miedo e incertidumbre.

Ion y Horatiu, que se encuentran de pie en el centro de la estancia desnudos de cintura para arriba, se vuelven hacia nosotras en cuanto nos oyen entrar. El recién bautizado como padre de Oana está ubicado justo detrás de Ion, que tiene las muñecas atadas a la espalda con una brida y cara de no estar pasándolo muy bien precisamente. Puede que tener el pecho del asesino de su madre en contacto con su propia piel tenga mucho que ver con ello. Aunque si fuera solo eso… La boca sobre el cuello o una erección lo suficientemente evidente como para que yo desde mi situación sea capaz de verla son también situaciones que dan para perturbarse. Así al menos me siento yo.

La cara de Ion es un poema, mientras que la de Horatiu… nada nuevo, su semblante habitual, vamos. Igual si me esfuerzo un poco logro atisbar un brillo diferente en su mirada, algo cercano al regocijo y la satisfacción. Y parece no sorprenderle nuestra repentina presencia demasiado, a pesar de que no es habitual que aparezcamos en su despacho sin ser llamadas y menos todavía sin alguno de sus lacayos como compañía. No es hasta que descubre nuestras manos aún unidas cuando se refleja una alerta no solo en su mirada, su posición corporal cambia y la actitud distendida que parecía mostrar hace escasos segundos se torna rápidamente amenazante.

—¿Qué hacéis aquí? —pregunta apartándose de Ion un par de pasos.

Yo directamente le ignoro para centrarme precisamente en el policía, que aún permanece de perfil algo encorvado sobre un charco de sangre que comienza a preocuparme. Al fin me mira, aunque lo hace de soslayo con la mandíbula tensa y los párpados levemente caídos, lo que le confiere cierto aspecto de derrota, a pesar de esforzarse por mostrar todo lo contrario.

No ha pasado mucho tiempo desde que fui sacada a la fuerza por el Tuerto fuera de esta habitación, apenas quince minutos desde que se quedó a solas con este demonio. Pero conozco a Horatiu tanto como para saber que ese escueto espacio de tiempo es suficiente para que el apodado como el Pirómano pueda dar rienda suelta a su mente perversa y sea capaz de llevar a cabo alguna crueldad que otra.

Oana, sin soltarme de la mano, estira el brazo izquierdo frente a ella abriendo la palma hacia arriba para mostrarle así a ese sádico la razón que supuestamente nos ha traído aquí. Sé que Oana maquina algo, pero no tengo ni idea de qué, ni cómo piensa llevarlo a cabo, pero confío en que sea lo que sea salga bien.

Horatiu comienza a palmearse los bolsillos con cierto nerviosismo al darse cuenta no solo de que efectivamente no lleva encima su jodido mechero, sino que además no se había percatado de ello. Termina echando un último vistazo a la mesa, dando con el recuerdo del último lugar donde lo había dejado.

—¿De dónde lo has…?

La pregunta termina con una mirada fulminante en mi dirección, consciente de que ese hurto ha sido cosa mía. Rápidamente su desconfianza hacia mí pasa a ser una energía demasiado patente como para no percatarse de ella, especialmente cuando comienza a caminar en mi dirección, pero Ion, con una agilidad que no esperaría teniendo en cuenta su estado, se interpone en su camino antes siquiera de que haya podido dar dos pasos.

—Vete —me ordena Ion con severidad.

Pero soy incapaz de moverme y tengo que ahogar un grito al descubrir que la sangre que emana del cuerpo de Ion rediseñando el antiestético color del suelo no solo proviene de su herida de bala. La parte derecha de su rostro está terriblemente magullada, como si le hubiesen golpeado repetidamente con un objeto presumiblemente contundente.

Termino por apartar la mirada de la deformidad de su ojo, la inflamación de su pómulo y de su labio partido. Y, tratando de esquivar esa macabra estampa, descubro junto a las patas de la mesa y justo detrás de Ion una estatuilla con aspecto de pesar como un yunque bañada completamente en sangre. Vuelvo a mirar a Ion, como si esperara que me confirmara algo que en realidad ya sé, sin embargo, esquiva mi mirada y toda esa seguridad que sentía al entrar aquí se derrumba como un castillo de naipes. Las piernas comienzan a flaquearme y un sentimiento que no puedo ignorar se me agarra fuerte y angustiosamente a las tripas.

—¡Vete, joder! —repite, pero esta vez sus palabras suenan más a súplica que a una orden. Como si las fuerzas le estuvieran flaqueando.

Pero algo en mi interior me impide abandonar esta habitación sin más, dejarlo a su suerte como si nada. Y no solo a él, también a todas esas mujeres que ese sádico ha esclavizado, incluyendo a Oana y a la madre de Ion. Todas merecemos justicia.

—Deberías hacer caso al inspector —añade Horatiu deleitándose en la persistencia de Ion para que los deje solos.

Justo en ese instante descubro la pistola sobre el sofá. Procurando ser lo más discreta posible, le doy un apretón a Oana esperando que siga la dirección de mi mirada, tratando al mismo tiempo de que mis ojos se detengan el mínimo tiempo posible en ese objeto para que Horatiu no se dé cuenta. Su apretón de vuelta y el leve asentimiento confirman que ha comprendido mis intenciones.

—Solo veníamos a traerte esto, ya nos vamos —se dirige Oana a su tío mostrándole el mechero.

En cuanto este da un paso para acercarse a nosotras, Oana vuelve a apretarme la mano indicándome que es el momento. Sin titubear y con el único pensamiento de acabar con ese hijo de puta, salgo corriendo directa a por el arma con el corazón completamente desbocado bajo el pecho.

Llego a ella, la cojo y la empuño como creo que debe hacerse, porque la realidad es que es la primera vez en toda mi vida que tengo una pistola en mis manos. Al girarme descubro que Horatiu tiene a Oana agarrada por el cuello desde atrás y está ejerciendo una fuerte presión con su brazo. Entonces, un pensamiento, que ciertamente debía haberme venido antes, cruza súbitamente mi cabeza mientras contemplo cómo el rostro de mi hermanastra se torna cada vez más rojo: «¿Y si el arma no está cargada?».

—¡Suéltala! —le ordeno apuntándole con la automática rezando no haber cavado la tumba de todos los que nos encontramos en esta habitación.

—No creo que quieras hacer eso, cariño —arguye con una escalofriante sonrisa dibujada en la cara.

Lo que me enfurece a límites insospechados.

—¿Y tú? ¡Es tu hija!

—Dispara a la pierna —me susurra Ion, que no sé en qué momento se ha situado a mi lado, pero francamente lo agradezco, porque no estoy muy segura de lo que estoy haciendo.

Bajo el arma y apunto a la pierna izquierda, que es la que se encuentra más alejada de Oana, pero fallo el tiro.

—Sube el arma, solo un poco... ahora.

Esta vez sí la bala le roza el muslo, lo que le permite a Oana deshacerse de su agarre. Para sorpresa de todos sale disparada al pequeño bar que su tío tiene montado y armándose con una botella en cada mano se lanza contra él rompiéndole ambas sobre la espalda, una cada vez. Antes de que mi cabeza procese lo que está sucediendo, me descubro contemplando cómo Oana prende el mechero que aún estaba en su poder, y, sin pensarlo un segundo, lo deja caer a los pies de Horatiu donde los restos del alcohol gotean sin descanso.

En apenas unos segundos ese hombre conocido como el Pirómano termina convirtiéndose en una antorcha humana. Toda una ironía.

—Disfruta de tu maravilloso fuego —pronuncia mi hermanastra plantada frente a él casi embelesada con la dantesca escena.

—Vamos —me azuza Ion empujándome en dirección a la puerta.

—¡Oana! —la llamo tirando de ella, pero no se mueve.

—Necesito verle arder, hasta que no sea más que ceniza —resuelve sin apartar la mirada de ese diablo rojo.

Comienzo a pensar que al igual la obsesión por el fuego en esta familia es algo hereditario.

—Vamos, Celia —insiste Ion empujándome de nuevo.

—No podemos dejarla.

Y es que el fuego ha comenzado a propagarse rápidamente por la habitación.

—Quítame esto —me pide Ion dándose la vuelta.

Busco urgente algo con que poder quitarle la brida, rebusco en los cajones del escritorio hasta que doy con una navaja. Sin perder un minuto corto la jodida brida, Ion coge a Oana en volandas y esquivando las llamas que se acercan peligrosamente a la puerta abandonamos la habitación dejando al demonio quemarse en su propio infierno.

Sofocados por el fuego que hemos dejado atrás no nos detenemos hasta abandonar el edificio haciéndolo por la puerta trasera, en donde nos encontramos con un importante operativo policial.

—¡Inspector! —exclama un agente acercándose a nosotros.

Antes de que este pueda añadir nada, el policía que Ion lleva dentro se adelanta lanzándole un par de órdenes.

—Saca a todo el mundo y avisa a los bomberos.

—Y a una ambulancia —añado yo incapaz de obviar el estado en el que se encuentra aquí el inspector.

Me cuesta incluso mirarlo directamente a la cara, la tiene más hinchada por momentos y la herida del hombro tiene una pinta realmente pésima.

—¿Estás bien? —se interesa.

—Sí, aunque me siento un poco acelerada. ¿Dónde está Oana? —pregunto mirando hacia todos los lados.

—Allí —me indica Ion señalando a nuestra izquierda. Está con un policía, que parece la está tranquilizando—. Es por la adrenalina.

—¿Cómo dices?

—La agitación que sientes, es el subidón de adrenalina.

—Cuánto tarda la ambulancia, ¿no? —me quejo buscándola con la mirada con evidente nerviosismo.

—Vendrá enseguida.

—¿Cómo estás? ¿Te duele mucho?

Me concentro en él esta vez, viendo cómo se tapona la herida del hombro con una toalla que le entrega un compañero.

—Ven, siéntate y trata de tranquilizarte.

Ion me lleva hasta un coche policial animándome a tomar asiento en la parte trasera. Lo hago, dejando las piernas fuera, permitiendo de ese modo que él se sitúe frente a mí, acuclillándose para ello.

—Dale un trago —me anima entregándome una botella de agua. Le doy un par de sorbos con la mirada tan perdida como la mente—. ¿Mejor?

—¿Por qué has hecho eso? —le interrogo pasado unos pocos segundos.

—¿A qué te refieres?

—Acceder a… estar con él. Es horrible.

—¿Más que lo que tú llevas haciendo estos tres años? —pregunta perplejo.

—No, pero es que yo lo hacía por mí, no por otra persona.

—¿Estás segura de ello? Según recuerdo te metiste en esto por proteger a alguien.

—Pero eso es diferente.

—¿Ah, sí? ¿Por qué?

—Porque yo…

—¿Porque tú qué, Celia?

Más que preguntarme me está retando a que lo diga.

—Porque yo le quería.

—Lo que te he dicho antes ahí dentro era cierto, yo te quie…

—No lo digas —le irrumpo—. Aún no estoy preparada.

Ion asiente, claudicando, no sin dificultad.

—Únicamente quiero que sepas que eso no me daba ni la mitad de miedo que la idea de perderte o de verte sufrir más de lo que ya lo has hecho, Celia.

—¿Te ha…? Quiero decir, ¿habéis…?

—Como puedes comprobar no se lo he puesto fácil precisamente —argumenta regalándome una sonrisa tan encantadora como dolorosa al mostrarme el perfil magullado de su rostro.

—No has respondido a mi pregunta.

Realiza un movimiento negativo con la cabeza.

—No entiendo por qué te preocupa tanto.

—Porque llevo sufriendo tres años de violaciones, Ion, por eso lo digo. Porque conozco las secuelas y no me perdonaría que alguien sufriera lo mismo por tratar de ayudarme.

—Pero eso no es decisión tuya.

—Y ese es el problema, que no quiero que nadie vuelva a tomar esa clase de decisiones por mí. Ni siquiera por una buena causa. Ni tan siquiera para salvarme la vida.

Me metió en un callejón, me dio una paliza y me dijo:
«Métete en un puto coche y hazme ganar dinero».
Prostituta

Tricked

Capítulo 34

—Me siento como si hubiera caminado de puntillas al borde de un precipicio durante años, y ahora alguien me hubiese tendido un puente tras el que está todo eso que siempre he soñado. La cuestión es… ¿y si no estoy preparada para lo que me espera al otro lado?

—Bueno, el primer paso es cruzar el puente. Ya después, y poco a poco, irás asumiendo cada reto según vaya llegando. Es como cuando haces un puzle, vas pieza a pieza. ¿Te imaginas tratar de ponerlas todas al mismo tiempo?

—Sí, pero… no sé —refuto en un suspiro.

—¿Qué es lo que de verdad te preocupa, Celia?

—¿Qué pasaría si una de esas piezas fuera perfecta, pero no encajara… en este momento?

—Tú decides cómo quieres que sea ese puzle, Celia. Si no encaja, no encaja. No hay necesidad de forzar nada.

—Pero…

—¿De qué estamos hablando exactamente?

—Ion. Creo que no estoy preparada para estar con él —reconozco casi como si me avergonzara cubriéndome la cara con las manos.

—No tienes ninguna obligación con nadie.

—Pero le quiero. Solo que... no es el momento.

—¿Le has comentado algo de esto a él?

Hago un gesto negativo con la cabeza.

—Tan solo hemos hablado una vez por teléfono desde que pasó todo, desde que llegué aquí y... tengo muchas dudas, la verdad. Hay momentos en los que no sé si lo que siento es real, una parte de mí está segura de amarle, pero otra...

—¿Qué pasa con la otra?

Me echo hacia delante en la silla, apoyándome justo en el borde.

—¿Y si en realidad me siento en deuda con él por lo que hizo, por lo que estaba dispuesto a hacer por mí? No sé, estoy confusa.

—Antes de que eso ocurriera, ¿qué sentías por él?

—Ya entonces estaba enamorada de él, pero... ¿Y si lo que siento por él es algo así como un síndrome de Estocolmo, pero en vez de enamorarme de mi secuestrador lo he hecho del... héroe? ¿Del único hombre que en todos estos años se ha portado bien conmigo? Al igual estoy confundiendo amabilidad con amor. No lo sé. ¿Tiene sentido lo que digo?

—Todo el del mundo. Sufres estrés postraumático, Celia, así que es completamente normal. Necesitas darte un tiempo para adaptarte a todos estos cambios. Y no te sientas presionada a hacer nada que no quieras, eso ya terminó —añade acercando su silla frente a mí para poder arropar mis manos con las suyas, con una ternura a la que no estoy acostumbrada, lo que provoca que termine derrumbándome.

Un llanto profundo y desgarrador me abandona, aunque con un agradable resultado sanador.

En cuanto logro calmarme levanto la vista encontrándome con la calidez de Aurora, mi joven y amable terapeuta. Esta es nuestra segunda sesión, pero desde el minuto uno me he sentido muy cómoda con ella. Lo que, después de todo lo ocurrido, es algo que francamente se agradece. Es como un ángel caído del cielo, y tiene incluso un aspecto incluso tan etéreo como uno.

—No lo olvides, Celia, ahora tú eres dueña de tu vida. También de tus decisiones.

Asiento elevando la comisura de los labios en una sonrisa con cierto sabor agridulce. Obviamente eso es algo bueno, pero al mismo tiempo… asusta.

—Seguimos mañana, ¿quieres? —añade esperando mi respuesta antes de romper el contacto de nuestras manos.

—Claro.

—Cualquier cosa sabes dónde estoy.

Asiento y, esta vez sí, ensanchando una sonrisa de honesta gratitud.

Salgo de la consulta recorriendo los amplios y acogedores pasillos del centro Princesas Valientes. Reconozco que jamás hubiese imaginado que un lugar de acogida fuera de esta manera, tampoco es que me hubiese parado a pensar mucho sobre ello si soy completamente honesta. Pero cierto es que me ha sorprendido para bien.

Me encuentro aquí gracias a Ion. Antes de que se lo llevara la ambulancia, organizó todo para que me trajeran a este lugar. Habló directamente con Daniel Baumann (aún no me puedo creer que sean amigos), el caso es que lo dejó todo arreglado para que me pudiese quedar el tiempo que fuese necesario.

María, que es la directora técnica del centro, me recibió nada más llegar. Atendiéndome con suma amabilidad mientras me enseñaba el lugar y me explicaba detenidamente la labor que hacen aquí. El centro Princesas Valientes tiene capacidad para unas treinta unidades familiares en un espacio amplio, abierto y luminoso, que le aporta cierta sensación de libertad, alejando de ese modo presiones y agobios, que entiendo sería ese precisamente su propósito: construir un hogar repleto de luz y esperanza para todas esas mujeres que, como yo, hayamos vivido mucho tiempo de nuestra vida encarceladas.

Como las intervenciones suelen hacerse de urgencia, tienen siempre las habitaciones previstas para que ingrese la mujer y los hijos de esta en el caso de que hiciera falta. Dichas habitaciones se encuentran en la segunda y tercera planta. En la baja, se sitúa el comedor con autoservicio, además de distintos lugares para el ocio con diferentes actividades que promueve el propio centro. Dispone también de patio, guardería y una zona para los niños en la que pasan el tiempo cuando salen del cole, acompañados con unos educadores que les ayudan con la tarea, para que así las madres puedan tener tiempo para ellas y para las diferentes terapias que se realizan, incluyendo algunas en grupo.

Apenas llevo una semana y ya siento este lugar como un pequeño hogar: insólito cuanto menos. He conocido a mujeres con historias terribles, tanto o más que la mía, pero también con un valor que supera lo inimaginable. Resistir todo lo que yo he vivido tiene su mérito, no voy a negarlo, pero hacerlo con personas a tu cargo, sin papeles e incluso sin hablar el idioma ya es otra categoría. Hasta he llegado a sentirme afortunada después de haber escuchado relatar a esas otras mujeres historias que solo creerías si las vieras en una película. Pero ahí están, son reales. Tantos sus vidas, como ellas.

Justo cuando estoy a punto de coger las escaleras para subir a mi habitación en la segunda planta, me encuentro con Bella, a la que conocí el segundo día de llegar a este lugar. Desde el minuto uno me trató con cordialidad, mostrando una sencillez y simpatía realmente genuina, como sin duda es ella. Bella, tal y como una vez me dijo Ion, es de esas personas claras que, en cuanto las conoces, sabes que lo que ves, es lo que hay. Sin dobles caras ni segundas intenciones.

—¡Celia, justo te estaba buscando! —exclama dándome un rápido abrazo con un solo brazo, ya que sobre el otro carga un paquete—. ¿Cómo estás?

—Bien, acabo de terminar justo ahora la sesión con Aurora.

—Ah, ¿y qué tal ha ido?

—Muy bien, me está ayudando mucho, la verdad —admito sonriente.

—No sabes cuánto me alegra escuchar eso —arguye contemplándome en silencio unos segundos que se me hacen demasiado largos.

Algo incómoda, termino por fijar la vista en el paquete que lleva en las manos.

—¡Ay, perdona, ya se me olvidaba! Han traído esto para ti, viene de parte de un policía muy atractivo —me informa con una sonrisa pícara al tiempo que me lo tiende.

Lo recojo sintiendo cómo me ruborizo levemente. ¿Un paquete de Ion?

Tan concentrada estoy tratando de imaginar qué es lo que habrá en la caja, que no veo llegar al hombre alto de pelo gris y con pinta de guiri hasta que le tengo justo delante.

—¡Qué pronto has llegado! —exclama Bella dándole un rápido beso en la mejilla al desconocido.

Me quedo mirándolo con esa extraña sensación de cuando te suena alguien, pero no terminas de ubicarlo. Por un momento, la posibilidad de que pueda ser algún cliente de mi pasado se me hace bastante factible, pero en cuanto escucho a Bella pronunciar su nombre… me viene enseguida el recuerdo compartido con este amable señor.

—Papá, te presento a Celia. Celia, él es mi padre, Neil.

—Tú… eres el taxista —reconozco en voz alta recordando esa entrañable mirada que me llegaba a través del espejo retrovisor cuando salí de aquella fiesta la noche que conocí a Ion.

—Me alegra verte tan bien —confiesa estrechándome la mano con una amplia sonrisa.

—Muchas gracias. De hecho, gracias por lo bien que se portó conmigo, creo que nunca se las di.

—Solo hice mi trabajo —resuelve guiñándome un ojo divertido.

—¿Os conocéis? —interviene Bella paseando la mirada de uno a otro ceñuda.

—Eso parece. ¿Nos vamos? Tengo el taxi mal aparcado. Encantado de volver a verte —se dirige de nuevo a mí a modo de despedida.

En cuanto Bella y su padre abandonan el centro retomo el camino a mi habitación, incapaz de apartar la vista del paquete que porto en las manos preguntándome qué diablos es lo que habrá dentro. No pesa demasiado y por el tamaño y la forma tiene pinta de ser… ¿una caja de zapatos?

Sola en mi cuarto y con la intimidad necesaria no demoro la resolución de esta incógnita. Envuelto en papel Kraft marrón me encuentro, efectivamente, con una caja de zapatos negra y brillante, donde el único distintivo se encuentra justo en el centro de la tapa. Una preciosa letra ce plateada en una elegante caligrafía me invita a pasar la yema de los dedos sobre ella, descubriendo al hacerlo el bonito relieve que tiene. Repentinamente mis manos comienzan a temblar, anteponiéndome a lo que sé me voy a encontrar.

Retiro la tapa y ahí está.

Dejo la caja sobre la cama y con cuidado, como si se tratara de la pieza de joyería más delicada y valiosa que haya cogido jamás, saco uno de los zapatos.

Una lágrima resbala por mi mejilla, y yo, plenamente consciente de que esa emoción no es por felicidad, sino por todo lo contrario. La siguiente lágrima va dirigida a Ion y a su bonita y tierna intención.

Vuelvo a dejar el zapato en su lugar y saco la nota doblada que hay dentro sentándome en el colchón antes de leerla.

Mandé a hacerlos a uno de los mejores talleres del país. ¿Sabes qué? Se sorprendieron mucho y me aseguraron que eran una obra maestra.
Mi única intención es recordarte quién eres y lo que eres capaz de hacer.
Son tuyos. Es tu creación.

El problema, es que en realidad no lo es.

Ion me ha arrebatado esa posibilidad, confirmando con ello algo que en realidad ya sabía y que ahora, mientras cierro la elegante caja y la guardo bajo la cama, me toca transmitirle a él.

Entonces todo bien?
11:44

Genial
11:44

Tengo un montón de ganas de verte
11:45

En cuanto vuelva de Barcelona nos vemos
11:45

Por favor
Cómo va todo con Pablo?
11:45

No se levanta a las 5 para hacer yoga, así que bien
11:46

Te quejas mucho, pero seguro que lo echas de menos
11:46

A ti te echo de menos. No al yoga
Bueno y tú cómo estás?
Ya has hablado con el policeman?
11:46

He quedado ahora con él, estoy esperándole en una cafetería

Debe estar al caer

11:47

Estás segura de lo que vas a hacer?
11:47

Completamente

11:48

Sabes que cualquier cosa estoy aquí, verdad?
11:48

Lo sé

Gracias

11:48

Te quiero
11:48

Y yo a ti

11:48

Gus está viviendo la historia de amor con la que siempre soñó. Y yo no puedo estar más feliz por él, siempre que sea eso lo que quiere tendrá todo mi apoyo. A pesar de nuestras rencillas y discusiones hemos pasado muchas cosas juntos y nuestra relación es mucho más que la de dos amigos. Gus para mí es como un hermano, del mismo modo que sé que yo para él soy lo más cercano que tiene a una familia de verdad.

—Hola.

Levanto la vista del móvil para encontrarme con unos conocidos ojos rasgados que me contemplan con ternura, pero también con cierto halo de tristeza. Me pongo en pie y con cuidado le doy un abrazo algo contenido y también un beso en la mejilla, exactamente en esa que no tiene los siete colores del arcoíris. Y es que hace casi dos semanas que no nos vemos, y, aunque es cierto que tiene mejor aspecto que la última vez, tampoco es que sea una cosa para tirar cohetes, parece que le haya pasado un camión por el lado derecho de su cuerpo.

Nos sentamos, uno frente al otro contemplándonos muy callados, después de que el camarero venga a tomarnos nota.

—Estás hecho una mierda —digo burlándome de él rompiendo este inquietante silencio.

—No es para tanto. Tus quemaduras, ¿cómo las llevas?

—Bastante mejor, la verdad. Por cierto, sé que ya te lo he dicho, pero gracias de nuevo por lo del centro.

—No digas tonterías, es mi trabajo.

—¿Lo es?

—Bueno, puedes ponerme al día con todo el tema Negrescu.

Lo único que sé es que Horatiu está ingresado en estado crítico con lesiones en más del ochenta por ciento de su cuerpo. Así que básicamente está luchando entre la vida y la muerte.

—Horatiu continúa más o menos igual.

—¿Qué hay de Lena?

—Tanto Oana como Anca han testificado en su contra y además hemos encontrado unos correos que la relacionan con su hermano, así que lo tiene jodido. Además, ha salido en los periódicos y se ha vuelto todo bastante mediático.

—¿Unos «juguetes rotos» del *show business* metidos en prostitución? No lo creo, ¿en serio? —arguyo sarcástica.

Ion en consonancia a mi tono eleva la comisura de los labios.

—¿Cómo te sientes después de coger al asesino de tu madre? —me intereso jugueteando con el sobre de azúcar.

—¿La verdad? Siempre había imaginado este momento y...

—No es como creías —adivino.

—No. Va a sonar muy tópico, pero no ha hecho que me sienta mejor. Evidentemente me alegra saber que no va a seguir haciendo más daño, pero sí, de alguna manera creo que esperaba que mitigara el dolor y la rabia.

—Es un asco.

—De hecho… hacía tiempo que Horatiu había dejado de ser una prioridad para mí —añade clavándome la mirada, escrutando mi reacción al mismo tiempo.

Una confesión que yo decido obviar, como si nunca hubiese ocurrido escondiéndome tras la taza de café, bebiendo de ella con una lentitud casi absurda.

—¿Cómo te encuentras tú? —pregunta cambiando de tema, claramente consciente de mi reciente incomodidad.

—Adaptándome, pero bien dentro de lo que cabe. Las sesiones con la terapeuta me están ayudando mucho, aunque es un proceso lento.

—Me alegro, de verdad que sí.

—Quería aprovechar para pedirte disculpas.

—¿Disculpas por qué?

—La última vez en el hotel, cuando te di el dinero aludiendo al día que nos acostamos. No sabía qué hacer para frenarte con la idea esa de liquidar tu deuda con Lena y recurrí a la crueldad. Sé que no es excusa, pero estaba desesperado.

Le miro como si me estuviera hablando en chino, porque me parece como si hubiera pasado un año de todo aquello.

—Ion, eso ya da igual. Entiendo por qué lo hiciste y no estoy enfadada. De verdad que no.

Asiente, aunque sé que lo hace más bien resignado.

—Y en cuanto a lo que te dije en el club… —añade estirando el brazo izquierdo sobre la mesa para poder alcanzar mi mano—. Te quiero.

Como si me hubiera tragado una piedra, así me siento en este instante.

—Ion, yo… —Se me apaga la voz y termino esquivando su mirada.

—Dilo, Celia.

—Sé que te quiero.

—¿Pero…?

—Pero una no elige cuando supera las cosas, y aunque ya no sea esa mujer que tenía sexo a cambio de dinero, sí que tengo que vivir con todos esos recuerdos, con todo aquello que hice y que me hicieron. Para siempre. Necesito tiempo. Tiempo para asumir que la Celia previa a todo esto ya no existe. Supongo que soy una fusión entre la primera y la segunda. La cuestión es que necesito encontrarme, saber quién soy y qué es lo que quiero. Si me quedo contigo ahora te estaría amando desde la necesidad, aferrándome a esa seguridad que claramente me proporcionas. Pero es que es imperativo que aprenda a amar desde el desapego, desde la libertad. Tengo que aprender a confiar de nuevo y para eso…

—Necesitas tiempo.

Asiento en respuesta, aunque lo hago con un nudo apretándome la boca del estómago.

—La verdad, Ion, no sé si algún día llegaré a estar preparada.

—Eso no lo sabes.

—Puede que tengas razón, sin embargo, así es cómo lo veo en este momento.

—Y te comprendo perfectamente. Necesitas tiempo y espacio para encontrarte, nadie podría culparte por ello. Únicamente quiero que sepas que estaré aquí, esperándote. No importa cuánto…

—¡No, Ion! —exclamo elevando la voz inconscientemente. Le pido perdón con la mirada antes de continuar para explicarme—. No hagas eso, por favor. No quiero que me esperes. Lo que haces es poner más peso sobre mis hombros del que ya tengo.

—Pero es que no puedo evitarlo. No sé hacerlo de otra manera, Celia. Nunca he sentido esto por nadie.

Sería incapaz de creer lo contrario, esa forma de atravesarme con la mirada… no deja lugar a muchas dudas.

—Siempre hay una primera vez, pero no tiene por qué ser la última.

Decido obviar que yo tampoco lo he sentido, contemplándole cubrir mi mano con la suya justo antes de decir:

—No solo eres la primera, eres la única.

—Eso crees ahora. Mira, Ion, si algo he aprendido es que cuando crees que te sabes todas las respuestas, llega el universo y te cambia todas las preguntas. Así que no cierres puertas a nada, porque yo no voy a hacerlo.

—Fue un error, ¿verdad? —pregunta repentinamente.

—¿El qué?

—Los zapatos.

—Fue un detalle muy bonito y entiendo completamente por qué lo hiciste. Pero, ¿sabes? Convertir aquel boceto en algo real era el impulso que me mantenía firme para continuar cada día, era un objetivo. Y ahora eso, como tantas otras cosas de mi vida, me ha sido arrebatado.

—Joder, Celia, no sabes cuánto lo siento —admite cubriéndose la boca con la palma de la mano.

—Igualmente es un detalle precioso, Ion —digo tratando de restarle algo de dramatismo al asunto tirando además de su mano para abrazarla entre las mías—. Tampoco tenías por qué saberlo.

—Aun así…

—Sigue siendo un gesto precioso, en serio. Nunca nadie antes había hecho algo así por mí.

—Lo único que me importa es que estés bien, Celia. Te mereces ser feliz.

—Esa es mi intención, y… en ello estoy.

En cuanto comienzo a atisbar una ligera humedad acumulándose en los ojos de Ion siento la urgente necesidad de marcharme.

—Debería irme ya —digo dándole un último apretón en la mano, justo antes de ponerme en pie—. Gracias por todo, Ion.

Mi arrogante policía asiente una última vez sin pronunciar una palabra. Como despedida se lleva mi mano a los labios para depositar un beso en el dorso tan cálido que consigue empañar de emoción mi astillado corazón.

Incapaz de ver marchar de mi vida a otro hombre más, y para comenzar este nuevo sino, soy yo la que en esta ocasión abandona la cafetería sin mirar atrás. Alejándome no solo del único hombre por el que no solo he sentido amor y una conexión única, también dejando una parte de Cenicienta con él, exactamente aquella que cada noche cambiaba de dueño. Ni a ella ni a él los olvidaré jamás, forman parte de mí, precisamente para recordarme que ahora yo, Celia Bonner, no pertenezco a nadie, más que a mí misma.

Mía, eso es lo único que quiero ser. Para el resto de lo que me quede de vida.

La verdad, de la cual estabas tan desesperado por huir, es que eres como un violador discreto. Tu actitud y tu comportamiento no mitiga lo que haces. El daño que causaste es incalculable, pero te decías a ti mismo que no estabas haciendo ningún mal, y usas las sonrisas de las mujeres que compras como una especie de moneda que permite comprar tu propia mierda... No te quería cerca, mucho menos dentro de mí. Tus manos alrededor de mí me hicieron vomitar más de lo que tu polla nunca hizo... Cada momento contigo fue una mentira, y odié cada segundo de él.

Prostituta

www.traductorasporlaabolicióndelaprostitución.weebly.com

Epílogo

Se me hace raro estar de nuevo en Madrid después de haber pasado dos años fuera. Mi primera impresión es que todo está muy diferente, pero después de un rato paseando por la ciudad me doy cuenta de que no es Madrid, soy yo el que ha cambiado.

Me marché después de que Horatiu finalmente no consiguiera superar las lesiones por las quemaduras y falleciera dos semanas después, por lo que ese episodio de mi vida, de alguna manera, ya parecía quedar cerrado. Sentía la necesidad de empezar de cero, así que opté por comenzar una nueva vida en otro lugar y pedí el traslado a Barcelona.

Y sí, no niego que el rechazo de Celia tuviera mucho que ver con aquella decisión, pero una vez finiquitado el asunto de los Negrescu ya nada me retenía en esta ciudad. Si he vuelto ahora es porque puse en venta el piso que tengo aquí y hay alguien interesado en él. Tras darle muchas vueltas decidí que venderlo era la mejor opción. Mi vida ya no está en esta ciudad, sino en Barcelona, y mantener esa propiedad solo suponía continuar atado a un pasado al que ya no pertenezco.

Este tiempo me ha servido, entre otras cosas, para darme cuenta de todo aquello que no me permitía ser feliz. Porque a pesar de haber cerrado esa etapa de mi vida, aún permanecía fuertemente aferrado al pasado y a los comportamientos insanos derivados de todo ello: la competitividad, la adicción al trabajo o la necesidad de proyectar una imagen de éxito permanentemente. Todo eso no era más que una forma de desconectarme por completo de mis sentimientos para trabajar más y mejor que nadie, puesto que siempre he vivido con el miedo constante a fracasar. Sentía que si no destacaba terminaría siendo invisible, inservible. Igual he tardado algún tiempo en darme cuenta, pero al final he llegado a ello y eso es lo importante, ¿no? Ya en alguna ocasión hubo gente a mi alrededor que me lo había hecho saber, no puedo olvidar a una en concreto, que dio por completo en el clavo. Así que efectivamente siempre he necesitado que reconocieran mis logros para, de alguna manera, sentirme seguro conmigo mismo.

Alcanzar este nivel de conciencia ha sido todo un descubrimiento que, francamente, me veía incapaz de ignorar. Aunque el verdadero reto ha sido cambiar unos patrones que estaban intrínsecamente anclados a mi forma de ser desde que era un niño. Pero si algo tengo claro es que todo es posible si uno pone empeño en ello. Y no es que ahora sea otra persona, únicamente he cogido esos hábitos que me impedían ser feliz con plena libertad y los he transformado en otros muchos sanos. Puedo decir sin temor a equivocarme que estoy en el mejor momento de toda mi vida.

Incluso Daniel, al que me dirijo a ver en este momento y con el que he mantenido el contacto durante todo este tiempo, dice haber notado un drástico cambio para bien en mí. De hecho, fue durante un viaje que hizo él mismo a la capital condal, en el que reconoció verme mejor que nunca, de lo cual claramente se alegraba. No solo eso, incluso llegó a confesarme que durante mucho tiempo yo le recordaba a él mismo en su peor época personal.

—¡Anda cabrón que dices nada! —le recriminé.

—Cada uno tiene que recorrer su propio camino. Y mira, al final tú solito has llegado a encontrar el tuyo.

Esa fue la última vez que nos vimos, hará unos seis meses más o menos, desde entonces hemos mantenido el mismo contacto que teníamos antes de que me fuera a vivir a Barcelona. Así que en cuanto se enteró de que venía unos días a Madrid insistió en que debíamos vernos, y aquí estoy, llegando al restaurante de su cuñada, en el que tantas veces hemos quedado para comer o tomarnos algo.

Como he llegado antes y aprovechando esta espléndida tarde de julio, decido quedarme en la terraza, pero justo cuando estoy a punto de tomar asiento un grupo de tres mujeres ubicadas dos mesas más lejos capta toda mi atención. Reconozco rápidamente a Bella, que en cuanto me ve levanta el brazo agitándolo con efusividad.

Al mismo ritmo que me voy acercando a su mesa, un cosquilleo va despertando en el centro de mi estómago, y no es hasta que reconozco sentada entre Bella y otra mujer pelirroja y de espaldas a mí a Celia; ni siquiera necesito que se gire para saber que es ella. Igual es una paranoia mía, pero por un momento juro haber percibido el singular olor a vainilla de su cabello.

—¡Ion, qué alegría verte! —exclama la Bella poniéndose en pie para darme un cálido abrazo—. Te veo muy bien.

—Gracias, tú también estás estupenda como siempre.

Apenas necesito girarme ligeramente para que mis ojos reparen rápidamente en Celia, pero no en una cualquiera, sino en la única capaz de arrebatarme la respiración con solo una mirada.

—Ella es Ariel —dice Bella sacándome de mi ensimismamiento presentándome a la otra mujer, una joven.

Espera… ¿no es ella acaso la cantante? Antes de que me dé tiempo a resolver esta cuestión, Bella vuelve a interrumpir mis pensamientos y, en esta ocasión, por una muy buena causa.

—Y bueno, a Celia ya la conoces.

Se acerca ya en pie para darme dos besos e inmediatamente comienzan a sudarme las manos.

—¿Cómo estás? —se interesa elevando la comisura de sus preciosos labios.

—Muy bien.

Es lo único que logro decir, quiero preguntarle algo, pero de la impresión me he quedado mudo. Como un auténtico idiota.

—Ya me comentó Daniel que había quedado a comer contigo y debe estar al caer así que siéntate con nosotras —me invita Bella amable, como es ella.

—Genial, gracias.

Tomamos asiento y yo lo hago justo delante de Celia, por si no estaba ya nervioso. Me cuesta dejar la vista quieta en un sitio, no me quiero quedar mirándola embobado, que es lo que en realidad me apetece hacer.

—Cuéntanos, Ion. ¿Qué tal todo por Barcelona?

Honestamente, agradezco que Bella me dé algo de lo que hablar, igual así consigo calmarme un poco y comportarme con algo de normalidad, porque ahora mismo normal lo que se dice normal no estoy. Dos años sin ver a Celia es mucho tiempo, y tenerla justo enfrente mordiéndose el labio inferior como si estuviera tratando de contener una sonrisa... ¡Tierra trágame porque si no me la trago yo a ella!

—Reconozco que al principio me costó adaptarme —expongo recomponiéndome tras un carraspeo—, pero en apenas un par de meses ya...

—Perdona, es Daniel —me irrumpe Bella con la mirada fija en la pantalla de su móvil—. Se le ha complicado la reunión y no sabe a qué hora va a terminar. Y de verdad que me ha encantado verte, pero yo me tengo que marchar ya que tengo que hacer unas gestiones en el centro.

—Te acompaño —añade Ariel poniéndose en pie también—, me toca ensayo y como llegue tarde me matan.

—Pero vosotros podéis quedaros —propone la mujer de mi amigo—, así os ponéis al día. Pedid lo que queráis de comer, ya está todo hablado con Emma.

Emma que es la cuñada de Daniel y dueña del restaurante. Y digo yo… ¿qué oportuno todo, no?

—Cómo tú veas, yo estoy libre —digo finalmente mirando a Celia.

No voy a ser yo el que rechace una oportunidad como esta, haya sido o no estratégicamente planeada.

—Por mí bien —resuelve Celia encogiéndose de hombros.

Tras unas rápidas despedidas se marchan muy sonrientes dejándonos a solas.

—Yo diría que nos han tendido una trampa —confieso viendo cómo se alejan.

—Debería haberlo visto venir, inspector —arguye Celia con una pícara sonrisa, un segundo antes de llevarse la copa de vino a los labios y darle un trago pausado sin apartar la mirada de mí.

Lo que me lleva a tragar con fuerza y cubrirme la boca con el puño para así ocultar un carraspeo con el que trato de recomponerme antes de puntualizar en voz alta:

—En realidad… ya no soy inspector.

—¿Ah, no? ¿Te han ascendido? —pregunta curiosa.

—Más bien lo contrario, ahora soy oficial.

—¿Y eso es algún rango inferior?

Asiento en respuesta.

—¿Sorprendida?

Con calma, sopesa sus siguientes palabras mientras me escruta minuciosamente con esos enormes ojos de color verde dejándome completamente obnubilado.

—Puede —reconoce finalmente.

—Bueno, ¿y tú qué tal todo? —me intereso haciendo un gesto al camarero para pedirle algo de beber.

Necesito con urgencia remojar mi garganta con algún líquido, porque cuanto más rato paso con Celia, más seca siento la boca.

Justo cuando Celia va a comenzar a relatarme cómo le va en su nueva vida, me fijo que aún lleva la pulsera con el pequeño zapato azul colgando de ella y, sin pensarlo, estiro el brazo para tocarlo, cuando quiero darme cuenta estoy deslizando el dorso de los dedos a lo largo de su brazo en su muñeca en una escueta pero quizá inadecuada caricia. Lo que le lleva a Celia a sobresaltarse y tirar su copa de vino sobre mí, logrando que todo el tinto termine concentrado principalmente en la zona de la entrepierna.

—¡Mierda! ¡Lo siento, Ion!

Comienza a sacar papeles del servilletero como una loca, una y otra vez, pasándome a cada momento una pila de ellos.

—Tranquila —le digo poniéndome en pie por inercia, reconociéndome a mí mismo que sin duda me lo merezco—. Celia, de verdad que no pasa nada.

—Lo siento mucho, en serio. Mira, mi casa está justo aquí al lado, puedo dejarte unos pantalones y alguna camiseta.

—Sé que tienes buen gusto para la ropa, pero como que no me veo yo con algo tuyo.

—Tengo ropa de hombre en casa —me aclara.

¿De hombre?

—No estoy seguro yo de si a tu novio le hará mucha ilusión que me dejes su ropa.

—¿Novio? —exclama echándose a reír—. No tengo novio, Ion. La ropa es del taller donde trabajo.

—¿Diseñas ropa de hombre? —pregunto incapaz de ocultar mi incredulidad.

—En su mayoría.

—¿Y qué hay de los zapatos? —inquiero casi sin pensar.

—Bueno, ¿vienes o piensas pasearte por todo Madrid con ese semáforo en la entrepierna? —pregunta con los brazos en jarra ignorando por completo la duda que acabo de exponerle.

—Supongo que no me has dejado otra opción.

Llevo unos vaqueros claro y sí, la verdad que el resultado no es ni estético ni mucho menos discreto.

Celia echa a andar sin decir una palabra más y ahí voy yo detrás, siguiendo sus pasos. Todo el recorrido hasta su casa, que no son más que unos escasos cinco minutos, se los pasa haciéndome preguntas una tras otra: sobre el viaje, el trabajo, la vida en Barcelona... Por un momento no sé si de verdad le interesa toda esa información o es que se siente incómoda y necesita rellenar el silencio. Aunque por el patente interés que muestra con cada respuesta que le voy ofreciendo, yo me decantaría por la primera opción.

Ya en el portal, trato de darle la vuelta a esa dinámica, interesándome yo en esta ocasión por su vida. Porque, además, tengo una curiosidad real por saber cosas sobre ella.

—¿Cómo está Gus?

—¡Ese está mejor que tú y que yo, te lo aseguro! Viviendo en Berlín ahora, viaja más que un piloto.

—¿En Berlín? ¿Y que se le ha perdido por allí?

—Un berlinés, eso se le ha perdido.

—Recuperando el tiempo perdido supongo.

—Supones bien —añade guiñándome un ojo al tiempo que accedemos al ascensor.

Quizá porque no quería que se sintiera incómoda no la he observado mucho (o todo lo que me gustaría). Y si me permito hacerlo ahora, es porque ella está escrutándome con detenimiento y sin ninguna clase de reparo.

—Te queda bien el pelo así —dice apoyada en la pared del ascensor mirándome de frente.

—Gracias. Tú... —Justo cuando voy a decirle lo bonita que está, las puertas se abren y me quedo con la palabra en la boca.

—Bonita casa —confieso en cuanto pasamos dentro del pequeño piso.

Y digo pequeño, porque de un solo vistazo te has recorrido todo el espacio.

—Gracias. En realidad, este piso es de Bella, se ofreció a alquilármelo cuando salí del centro. Perdona el desorden —añade apartando algunas cajas del suelo con los pies—, pero me mudo en dos semanas, aunque aún no he encontrado piso.

—¿Adónde te vas? —pregunto observando el acogedor (y desordenado) lugar.

—A Barcelona.

Tragando estaba cuando lo ha dicho y he terminado atragantándome con mi propia saliva. Ahora no puedo parar de toser.

—Ion, ¿estás bien? ¿Quieres un poco de agua?

Asiento repetidamente mientras trato de recomponerme.

Habiendo ya bebido y una vez recuperado el color habitual de mi cara, me atrevo a preguntarle para cerciorarme de que he escuchado bien lo que ha dicho.

—¿A Barcelona dices?

—Sí, voy a abrir mi propio estudio. Con mi marca.

—¡Eso… eso es genial, Celia! Lo que siempre quisiste. —Mi primer impulso es ir a darle un abrazo, pero en el último momento consigo contenerme—. Enhorabuena.

—Muchas gracias, la verdad que estoy muy ilusionada —me cuenta apoyada en la encimera mostrando una ilusión y una despreocupación honestas, dos cosas que jamás había visto en ella, pero que le sientan como el mejor vestido de alta costura—. Aunque esto es posible principalmente gracias a la hermana de Daniel, ¿la conoces?

—¿A Monika? Claro.

—Sabrás entonces que es diseñadora; una de las grandes en realidad. El caso es que Bella le habló de mí, se interesó por mis diseños, se los mostré y le encantaron. Desde ese momento mantuvimos el contacto y bueno, yo llevaba tiempo organizándolo todo con idea de abrir mi propio estudio y crear mi marca. Se lo comenté a ella para pedirle algunos consejos y fue entonces cuando me propuso hacer algo juntas. Bueno, en realidad ella es más como una socia capitalista.

—Te lo mereces, de verdad que sí —confieso incapaz de esconder la enorme sonrisa de orgullo de mi cara.

—Bueno, será mejor que hagamos algo con esos pantalones. A ver, espera —dice rebuscando en una pila de ropa que hay doblada sobre el sofá—. Yo diría que este es tu talla.

—Mmmm… pues yo diría que es un poco pequeño —discrepo con ellos en la mano.

—¿Tú crees? —dice ladeando la cabeza—. Tú ve y pruébatelo. Por esa puerta tiene el probador, caballero —dice divertida haciendo un gesto con la mano.

Entro en el dormitorio riéndome solo, porque estoy descubriendo a una Celia que nunca antes había visto y que me encanta: relajada, divertida e incluso bromista. Igual también se debe al hecho de que se viene a vivir a Barcelona, no voy a tratar ahora de engañar a nadie cuando esa noticia ha hecho que mi corazón dé putos saltos de alegría bajo mi pecho. Y a ver, no vine a Madrid con intención de nada con ella. ¡Joder, vale, sí! Estoy mintiendo. La verdad es que en todo este tiempo Daniel me ha mantenido informado sobre ella y…

—¿Cómo va todo ahí dentro, caballero? ¿Necesita otra talla? ¿O quizá prefiere que le enseñe otro modelo?

Haciendo a un lado todas estas emociones salgo de la habitación dando unos pasos de lo más ridículos, teniendo en cuenta que el pantalón me queda sumamente estrecho. Aún no sé cómo he logrado metérmelos.

Ante tal espectáculo Celia no puede contenerse y comienza a reírse a carcajada limpia. Durante un buen rato. Y yo, con ella.

—Pues va a ser que tenías razón —reconoce limpiándose las lágrimas de los ojos una vez tranquilizada.

—¿Qué? —pregunto al verla mirándome con el ceño fruncido.

—¿No vas a decir nada? En plan: ya te lo dije, yo nunca me equivoco…

—Yo no tengo esa voz —me quejo, porque la imitación ha sido pésima—. Además, ya no soy el que era, *señorita dependienta* —bromeo cruzando los brazos sobre el pecho.

—¿No?

—No, ahora soy una versión mejorada de mí mismo.

—Sigues siendo tú. De hecho, eso que acabas de decir tiene la firma de Ion Dalca en cada letra.

—Estás equivocada, yo...

—Anda, quítatelos —me irrumpe ignorándome de forma descarada al tiempo que rebusca en la pila de los pantalones. Claudico. Me doy la vuelta para entrar en la habitación, pero sus palabras me detienen—. Quítatelos aquí.

—¿Cómo dices?

—Que te los quites aquí, que si no, no acabamos nunca.

—¿Estás segura?

—No hay nada ahí que no haya visto ya —dice señalándome la entrepierna.

—¿Estás segura?

Se me queda mirando extrañada mientras yo me deshago de los pantalones, no sin hacer el ridículo, eso seguro. Ya sin ellos, Celia descubre que, en realidad, sí que hay algo que no había visto antes. Y parece más que sorprendida, yo diría que se ha quedado petrificada.

—Ion... Es... el dibujo.

Efectivamente. Llevo tatuado en la parte frontal del muslo izquierdo un anime de una versión de Cenicienta inspirado en ella. Un dibujo que hice a escondidas en el cuaderno de bocetos de Celia y que, en realidad, nunca supe si llegó a ver. Una incógnita que ha quedado resuelta en este mismo instante.

—Eres tú.

Mi confesión provoca que Celia se cubra la boca con las manos tratando de contener la emoción.

—¿Te gusta?

—¿Lo preguntas en serio? Es brutal, me encanta. Siempre me gustó ese dibujo, de hecho...

Me coge de la mano y tira de mí hacia la habitación. En la pared, sobre una cómoda y en un sencillo marco plateado, se encuentra mi dibujo, el original, el que hice para ella.

—¿Por qué te lo hiciste?

—Las dos mujeres de mi vida. Mis dos pilares —digo arrastrando una mano por cada pierna.

Tras esa confesión se instaura entre nosotros un silencio muy intenso cargado de miradas y sonrisas.

—Celia, o dejas de mirarme así o voy a tener que marcharme de tu casa sin pantalones.

—A lo mejor es eso lo que pretendo... —dice juguetona dejándome gratamente perplejo cambiando esa vehemencia emocional de hace unos segundos.

—¿Ah, sí?

—¿Estás saliendo con alguien? —se interesa de repente.

—No.

—Yo tampoco —me informa sin que yo se lo pida.

Lo que provoca que la comisura de mis labios se eleve irremediablemente.

—Ya lo sé —respondo con suficiencia. Ella arruga el entrecejo—. Daniel.

—Yo sabía que venías a Madrid. También por Daniel. En realidad... todo ha sido cosa mía.

—¿Cosa tuya?

—Uhm. Lo del restaurante —me aclara.

Y yo pensando ya en ponerle un altar a Daniel.

—¿Lo del vino también?

—No, no, eso es sencillamente que soy un poco torpe.

—Entonces, ¿no querías verme sin pantalones? —pregunto bajando el tono de voz mientras me acerco a ella despacio.

—Puestos a preferir... mejor sin nada de ropa, ¿no?

—Tú sabrás.

Dos palabras y una clara declaración de intenciones.

Nos sostenemos la mirada mientras que yo, completamente estático a unos escasos centímetros de ella, espero con paciencia a que tome una decisión. Cualquiera que sea, será bienvenida.

Aunque no parece que necesite mucho tiempo para decidirse, porque antes siquiera de que me haya hecho a la idea de que esto es real, se acerca dejando caer la palma de su mano sobre mi pecho, provocando un estallido emocional justo bajo ese punto. Y con un aplomo que nunca antes había visto en ella, deja caer con suavidad su boca sobre la mía expandiendo los latidos de mi corazón, dilatando la sangre bajo mis venas, haciéndome redescubrir la felicidad.

Un beso honesto, cálido, agradecido. Un beso tierno, delicado y poderoso a la vez. Un beso escueto, el más corto de mi vida, pero también el que perdurará más tiempo en mi memoria.

Recuperamos una conexión que en realidad nunca se había perdido, tan solo se quedó esperando a que los dos estuviéramos preparados, a que la vida nos enseñara el camino que debíamos seguir hasta encontrarnos.

Dos años y es como si no hubiese pasado ni un día desde la última vez que nos vimos. Desde que me dejara temblando de dolor sentado en aquella incómoda silla de aquella cafetería vulgar y corriente. Dolor, porque yo la perdí a ella. Dolor, porque ella hacía mucho que se había perdido a sí misma. Y no dolió menos saber que era la correcto.

Pero ahora… Ahora el universo nos da una oportunidad. La primera, esa que en realidad nunca tuvimos. La que de verdad nos merecemos.

—¿Eres feliz, Celia?

—Tardé un tiempo en ubicarme, pero ahora… Nunca he sido tan feliz, Ion.

—No sabes cuánto me alegra escuchar eso —reconozco recogiendo un suave mechón de su pelo para ponérselo suavemente detrás de la oreja—. No me equivocaba.

—¿En qué no te equivocabas?

—En que eres la única. En que nunca has dejado de serlo. Y de verdad que lo intenté, le di más oportunidades al amor, pero al final siempre terminaba buscándote en otras mujeres.

Mis palabras prenden un brillo especial en su mirada.

—Te quiero, Ion.

—Yo nunca he dejado de hacerlo. ¿Y sabes qué?

—¿Qué? —pregunta curiosa abriendo mucho esos ojazos verdes iluminando con ellos un nuevo camino ante nosotros. Para nosotros.

—Que ahora que eres solo tuya, estás más bonita que nunca.

AGRADECIMIENTOS

D ura. Esa probablemente sería la palabra para definir lo que ha supuesto sumergirse en esta historia, que sí, es ficción, pero después de un año de intensa escritura e incansable documentación sobre la trata de personas y la prostitución, la conclusión a la que una llega sin que pueda evitarlo es que la realidad supera terroríficamente a la ficción. Y tengo que reconocer que mi percepción sobre este tema ha cambiado drásticamente, como si me hubiera quitado una venda de los ojos: la del patriarcado, concretamente.

He aprendido muchas cosas durante este proceso, pero una destaca máxime sobre todas ellas, y es que la esclavitud existe y por desgracia, está demasiado normalizada. Así lo demuestran todas las citas y testimonios recogidos y expuestos entre capítulos a lo largo de este libro.

Por ello, mis agradecimientos deben comenzar sin duda por todas aquellas mujeres que han cedido sus testimonios para que fueran recogidos y plasmados en artículos, documentales, libros y/o películas. Gracias a todas por vuestra valentía.

No puedo olvidar a todas las que anónima y generosamente me han confiado sus vivencias personales dentro del mundo de la prostitución, que no de la trata, obligándome por ende a acercarme a todos los puntos de vista.

A J.M, por aparecer en el momento indicado para resolver todas mis dudas sobre armas y demás asuntos policiales. Todo ocurre por una razón, ¿no? Porque ya sabemos que no existen las casualidades.

A mamá, por ser inspiración de lucha y valentía.

A Cris, por estar siempre ahí. Especialmente en esta etapa que me ha tocado vivir: gracias por tu inmensa generosidad.

No puedo olvidarme de todas mis Princesas Valientes. Gracias por la paciencia, pero más que nada, por todo el cariño que recibo de vosotras a diario.

Esta historia tiene para mí un importante cometido, y es que no olvidemos que existen treinta y dos millones de «Cenicientas» en todo el mundo, y a todas, las queremos libres, no valientes.

Por un mundo libre de Cenicientas.

#CenicientasLibres

¿Te ha gustado la historia?

¡¡DEJA TU OPINIÓN Y LLÉVATE UN REGALO!!

Deja una opinión en Amazon y ponte en contacto conmigo para que te haga llegar un pack de postales de las Princesas Valientes a tu casa para agradecértelo.

Escríbeme a: contacto@rachelbels.como a través de Instagram: @rachelbels_

www.ingramcontent.com/pod-product-compliance
Lightning Source LLC
Chambersburg PA
CBHW022140010726
47493CB00002B/283